Per Petterson

Pferde stehlen

Roman

Aus dem Norwegischen
von Ina Kronenberger

Büchergilde Gutenberg

Die Originalausgabe erschien erstmals 2003 unter dem Titel
Ut og stjæle hester bei Oktober in Oslo.

Die Übersetzung wurde von NORLA in Oslo gefördert.

www.buechergilde.de

Lizenzausgabe für die Büchergilde Gutenberg,
Frankfurt am Main, Wien und Zürich
Mit freundlicher Genehmigung des
Carl Hanser Verlags München Wien

Satz: Satz für Satz. Barbara Reischmann, Leutkirch
Druck und Bindung: Friedrich Pustet, Regensburg
Printed in Germany 2006
ISBN 978-3-7632-5748-5

Für Trond T.

I

1

Anfang November. Neun Uhr. Die Kohlmeisen knallen gegen das Fenster. Manchmal fliegen sie nach dem Zusammenprall wie benommen davon, dann wieder fallen sie in den Neuschnee und mühen sich ab, bevor sie erneut auf die Flügel kommen. Ich weiß nicht, was ich habe, das sie haben wollen. Ich sehe aus dem Fenster hinüber zum Wald. Über den Bäumen zum See hin scheint ein rotes Licht. Wind kommt auf. Ich sehe die Form des Windes im Wasser.

Hier wohne ich jetzt, in einem kleinen Haus an einem See ganz im Osten des Landes. In den See fließt ein Fluß. Es ist ein kleiner Fluß, der im Sommer wenig Wasser führt, aber im Frühjahr und Herbst munter strömt, und es gibt tatsächlich Forellen darin. Ich habe schon welche gefangen. Die Mündung ist nur wenige hundert Meter von hier entfernt. Wenn die Birken ihr Laub abgeworfen haben, kann ich sie aus dem Küchenfenster gerade noch sehen. Wie jetzt im November. Am Fluß steht eine Hütte, die ich sehen kann, wenn ihre Fenster erleuchtet sind und ich mich draußen auf die Treppe stelle. Dort wohnt ein Mann, der, wie ich glaube, älter ist als ich. Es wirkt so. Doch vielleicht liegt es auch daran, daß mir nicht klar ist, wie ich selbst aussehe, oder daran, daß das Leben härter zu ihm war als zu mir. Das will ich nicht ausschließen. Er hat einen Hund, einen Border Collie.

Ich habe ein Futterbrett auf einer Stange ein Stück weiter hinten im Hof. Morgens, wenn das Licht kommt, sitze ich mit einer Tasse Kaffee am Küchentisch und sehe, wie die Vögel herbeiflattern. Ich habe auf dem Brett acht verschiedene Arten gezählt. Mehr als an allen anderen Orten, an denen ich jemals gewohnt habe, doch nur die Kohlmeisen fliegen gegen das Fenster. Ich habe schon an vielen Orten gewohnt. Jetzt wohne ich hier. Wenn das Licht kommt, bin ich seit Stunden wach. Habe schon Feuer gemacht. Bin umhergelaufen, habe die Zeitung von gestern gelesen, den Abwasch von gestern gemacht, es war nicht sehr viel. BBC gehört. Das Radio läuft fast den ganzen Tag. Ich höre Nachrichten, kann es mir nicht abgewöhnen, aber ich kann nichts mehr mit ihnen anfangen. Man sagt, siebenundsechzig sei noch nicht alt, heutzutage nicht, und es fühlt sich auch nicht so an, ich fühle mich fit. Aber wenn ich die Nachrichten höre, nehmen sie in meinem Leben nicht länger den gleichen Platz ein. Sie verändern nicht mehr wie früher meinen Blick auf die Welt. Vielleicht stimmt etwas mit den Nachrichten nicht, mit der Art, wie sie wiedergegeben werden, vielleicht sind es zu viele. Der Vorteil von BBC World Service, einem Programm, das frühmorgens gesendet wird, ist, daß alles anders klingt, daß überhaupt nichts über Norwegen gesagt wird und daß ich mich über das Kräfteverhältnis zwischen Ländern wie Jamaika, Pakistan, Indien und Burma in einem Sport wie Kricket auf dem laufenden halten kann, einem Sport, den ich noch nie auf einem Spielfeld gesehen habe und auch nie sehen werde, wenn es nach mir geht. Mir ist allerdings aufgefallen, daß das »Mutterland« England ständig Prügel bezieht. Das ist schon mal was.

Ich habe auch eine Hündin. Sie heißt Lyra. Welcher Rasse sie angehört, ist schwer zu sagen. Und auch nicht wichtig. Wir waren schon draußen unterwegs, mit der Taschenlampe, haben den Weg genommen, den wir immer nehmen, hinter dem See mit millimeterdünnem Eis auf dem Wasser, wo das herbstgelbe, tote Schilf steif am Ufer steht, und der Schnee fiel leise und dicht aus dem dunklen Himmel, und Lyra mußte vor Freude niesen. Jetzt liegt sie neben dem Ofen und schläft. Es schneit nicht mehr. Im Laufe des Tages wird alles schmelzen. Das sehe ich am Thermometer. Die rote Säule steigt mit der Sonne.

Mein ganzes Leben lang habe ich mich danach gesehnt, allein an einem Ort wie diesem zu sein. Auch in schönsten Zeiten, und die waren nicht selten. Soviel kann ich sagen. Daß sie nicht selten waren. Ich hatte Glück. Doch auch dann, zum Beispiel inmitten einer Umarmung, wenn mir jemand Worte ins Ohr flüsterte, die ich gerne hörte, konnte ich mich plötzlich weit weg sehnen an einen Ort, an dem es einfach nur still war. Es konnten Jahre vergehen, ohne daß ich daran dachte, aber das heißt nicht, daß ich mich nicht danach sehnte. Und jetzt bin ich hier, und es ist fast genau so, wie ich es mir vorgestellt habe.

In knapp zwei Monaten ist dieses Jahrtausend zu Ende. Dann gibt es in der Gemeinde, zu der ich nun gehöre, ein Fest mit Feuerwerk. Dorthin werde ich aber nicht gehen. Ich bleibe mit Lyra hier im Haus, mache vielleicht einen Spaziergang zum Wasser hinunter, um zu sehen, ob das Eis schon hält, ich stelle mir zehn Grad minus und eine Mondnacht vor, und dann werde ich Feuer machen und mich mit einer Flasche, die ich im Schrank habe, ein bißchen betrinken und eine Platte von Billie Holiday auf den alten Plattenspieler legen – ihre Stimme gleich einem Flüstern –, wie damals, als ich sie in den fünfziger Jahren im Colosseum in Oslo gehört habe, fast ausgebrannt und doch magisch. Wenn die Platte zu Ende ist, werde ich zu Bett gehen und so fest schlafen, wie man nur kann, ohne tot zu sein, und zu einem neuen Jahrtausend erwachen und ihm nicht die geringste Bedeutung beimessen. Darauf freue ich mich.

Bis dahin nutze ich die Zeit, um diesen Ort hier herzurichten. Es gibt nicht wenig zu tun, ich habe ihn billig bekommen.

Um ehrlich zu sein, war ich darauf vorbereitet gewesen, noch einige Scheine draufzulegen, um mir das Haus mit Grundstück zu sichern, aber es gab nicht viel Konkurrenz. Ich weiß jetzt auch warum, aber das macht nichts. Ich bin auch so zufrieden. Ich versuche, das meiste selbst zu machen, obwohl ich durchaus einen Schreiner bezahlen könnte, ich bin keineswegs knapp bei Kasse, aber dann ginge es zu schnell. Ich will mir die Zeit nehmen, die es braucht. Zeit ist jetzt wichtig für mich, denke ich. Nicht daß sie schnell oder langsam vergeht, sondern die Zeit an sich, etwas, worin ich lebe und das ich mit physischen Dingen und Aktivitäten füllen kann, um sie aufzuteilen, so daß sie für mich deutlich wird und nicht verschwindet, ohne daß ich es merke.

Heute nacht ist etwas passiert. Ich hatte mich in die Kammer neben der Küche gelegt, wo ich unter dem Fenster ein provisorisches Bett gebaut habe, und war eingeschlafen, es war nach Mitternacht, pechschwarz und kalt. Das fiel mir auf, als ich ein letztes Mal draußen war, um hinter dem Haus zu pinkeln. Das erlaube ich mir. Vor allem, weil es bisher nur ein Plumpsklo im Freien gibt. Es sieht ohnehin kein Mensch. Die Bäume im Westen stehen sehr dicht.

Ich wurde von einem schrillen, hohen Ton geweckt, der sich in kurzen Abständen wiederholte, bevor es still wurde und dann von neuem begann. Ich setzte mich im Bett auf, öffnete das Fenster einen Spaltbreit und sah hinaus. In der Dunkelheit konnte ich etwas weiter unten auf dem Weg zum Fluß den gelblichen Strahl einer Taschenlampe erkennen. Derjenige, der die Taschenlampe in der Hand hielt, gab zweifellos das Geräusch von sich, das ich hörte, mir war aber nicht klar, was für ein Geräusch es war und wie er es machte. Falls es ein *er* war. Dann schwenkte der Lichtstrahl ziellos nach rechts und nach links, hilflos fast, und in einem Moment erhaschte ich einen

Blick auf das zerfurchte Gesicht meines Nachbarn. Im Mund hatte er etwas, das wie eine Zigarre aussah, und dann war das Geräusch wieder da, und mir wurde klar, daß es eine Hundepfeife war, obwohl ich bisher noch nie eine solche Pfeife gesehen hatte. Und er begann nach dem Hund zu rufen: Poker, rief er, Poker – so hieß der Hund –, komm, Junge, rief er, und ich legte mich wieder ins Bett und schloß die Augen, aber ich wußte, daß ich nicht mehr einschlafen würde.

Eigentlich wollte ich nur noch schlafen. Ich achte sehr auf die Stunden, die ich zum Schlafen brauche, es sind nicht mehr so viele, aber ich brauche sie ganz anders als früher. Eine Nacht ohne ausreichend Schlaf wirft noch tagelang Schlagschatten, macht mich reizbar und bremst meinen Schwung. Dazu fehlt mir die Zeit. Ich muß mich konzentrieren. Dennoch setzte ich mich wieder auf, schwang die Beine aus dem Bett, stellte die Füße auf den Boden und suchte im Dunkeln nach meinen Kleidern, die über dem Rücken eines Sprossenstuhls hingen. Ich hielt die Luft an, als ich merkte, wie kalt sie waren. Dann lief ich durch die Küche in den Gang, zog die alte Seemannsjacke über, nahm die Taschenlampe vom Brett an der Wand und ging hinaus auf die Treppe. Es war stockdunkel. Ich machte die Tür noch einmal auf und schaltete die Außenbeleuchtung an. Das half. Die rote Wand des Geräteschuppens warf einen warmen Widerschein auf den Hof.

Ich hatte Glück, dachte ich. Ich kann zu einem Nachbarn, der seinen Hund sucht, in die Nacht hinausgehen, und es dauert nur wenige Tage, bis ich wieder fit bin. Ich machte die Taschenlampe an und ging den Weg hinunter auf ihn zu, der immer noch auf dem sanften Abhang stand und die Lampe schwenkte, so daß der Lichtstrahl langsam in einem Kreis zum Waldrand glitt, über die Straße, am Flußufer entlang und zum Ausgangspunkt zurück. Poker, rief er, Poker, und dann blies er in die Pfeife, und das Geräusch erklang in unangenehm hohen

Frequenzen in der stillen Nacht, und sein Gesicht, sein Körper waren in der Dunkelheit verborgen. Ich kannte ihn nicht, hatte nur ein paar Mal mit ihm gesprochen, auf dem Weg an seiner Hütte vorbei, wenn ich mit Lyra draußen war, gern am frühen Morgen, und ich hatte plötzlich Lust, wieder hineinzugehen und alles zu vergessen. Was konnte *ich* schon ausrichten? Aber jetzt hatte er bestimmt das Licht meiner Taschenlampe gesehen, und es war zu spät, und außerdem hatte sie etwas, diese einsame Gestalt, die ich in der Nacht kaum sehen konnte. Er sollte nicht auf diese Weise allein sein. Das war nicht richtig.

»Hallo«, rief ich leise, aus Respekt vor der Stille. Er drehte sich um, und für einen Augenblick sah ich nichts, denn er schickte mir den Lichtstrahl direkt ins Gesicht, und als ihm das klar wurde, ließ er die Taschenlampe sinken. Ich blieb noch einige Sekunden stehen, bis sich meine Augen wieder an die Dunkelheit gewöhnt hatten, dann ging ich zu ihm hinunter, und wir standen zusammen da, jeder mit seinem Lichtstrahl, der auf Hüfthöhe in die Landschaft zielte, und nichts sah so aus wie am Tag. Ich habe mich an die Dunkelheit gewöhnt. Ich weiß nicht mehr, ob ich jemals Angst vor ihr hatte, das hatte ich bestimmt, aber jetzt fühlt sie sich natürlich und sicher und vor allem übersichtlich an, egal, was sich eigentlich darin verbirgt. Das ist nicht wichtig. Nichts kann mit der Freiheit und Leichtigkeit des Körpers konkurrieren, keine definierte Höhe, keine klar abgegrenzte Entfernung, denn in der Dunkelheit gibt es nichts davon. Nur einen großen Raum, in dem man sich bewegt.

»Er ist wieder abgehauen«, sagte mein Nachbar. »Poker. Mein Hund. Das tut er manchmal. Er kommt zwar immer wieder zurück. Aber ich kann nicht gut schlafen, wenn er weg ist. Es gibt ja heutzutage Wölfe im Wald. Auch kann ich die Tür nicht zumachen, denke ich.«

Er wirkte ein wenig verunsichert. Das würde mir wohl

ebenso gehen, wenn mein Hund einfach abhauen würde, und ich weiß nicht, was ich täte, wenn es um Lyra ginge, ob ich allein in die Nacht hinausginge, um sie zu suchen.

»Wissen Sie, daß der Border Collie als der intelligenteste Hund der Welt gilt?« fragte er.

»Das habe ich gehört«, sagte ich.

»Poker ist schlauer als ich, und das weiß er auch.« Mein Nachbar schüttelte den Kopf. »Er übernimmt bald das Ruder, fürchte ich.«

»Das ist bestimmt nicht gut«, sagte ich.

»Nein«, sagte er.

Mir fiel ein, daß wir uns einander nie richtig vorgestellt hatten, deshalb streckte ich die Hand aus, strahlte sie mit der Lampe an, damit er sie sah, und sagte:

»Trond Sander.« Das verwirrte ihn. Er brauchte ein paar Sekunden, bis er die Taschenlampe in die linke Hand genommen hatte, meine rechte mit seiner rechten ergriff und sagte:

»Lars, Lars Haug. Mit g.«

»Sehr erfreut«, sagte ich, und es klang ebenso sonderbar und fremd in der dunklen Nacht wie damals, als mein Vater vor vielen, vielen Jahren bei einer Beerdigung tief im Wald »Herzliches Beileid« sagte, und ich bereute sofort, daß ich diese zwei Worte ausgesprochen hatte, aber Lars ließ sich nichts anmerken. Vielleicht schien es ihm völlig angemessen, und er fand die Situation nicht merkwürdiger als jede andere, wenn zwei erwachsene Männer sich draußen bei der Arbeit vorstellen.

Um uns herum war es still. Tagelang, ja ganze Nächte hatte es geregnet und gestürmt und unablässig in den Kiefern und Fichten gerauscht, aber jetzt war es mucksmäuschenstill im Wald, kein Schatten bewegte sich, und wir standen ganz still da, mein Nachbar und ich, und starrten in die Dunkelheit, und dann war ich plötzlich sicher, daß da hinter mir etwas war. Ich konnte gegen das jähe Gefühl von Kälte im Rücken nichts machen, und auch Lars Haug spürte es: Er richtete den Lichtstrahl auf einen Punkt ein paar Meter neben mir, ich drehte mich um, und dort stand Poker. Ganz steif und auf der Hut. Ich hatte das schon einmal gesehen, daß ein Hund Schuldgefühle kennt und zeigt, und wie die meisten Menschen mochte auch er es nicht sonderlich, und erst recht nicht, als der Besitzer nun in einem fast kindlichen Ton zu ihm sprach, der so überhaupt nicht zu dem wettergegerbten, zerfurchten Gesicht eines Mannes paßte, der zweifellos nicht zum ersten Mal in einer Winternacht draußen war und mit widerspenstigen Dingen zu tun hatte, komplizierten Dingen, denen er im Gegenwind und mit hohem Einsatz widerstand, das konnte ich spüren, als wir einander die Hand gaben.

»He, wo warst du nur, Poker, du dummer Hund, warst ungehorsam zu deinem Papa, pfui, du böser Junge, das sollst du nicht«, und er machte einen Schritt auf den Hund zu, und dieser begann leise und tief in der Kehle zu knurren, er legte die Ohren an. Lars Haug hielt sofort inne. Er ließ die Lampe sinken, bis sie direkt auf den Boden schien und ich kaum noch die weißen Stellen im Fell des Hundes erkennen konnte, die schwarzen verschwanden in der Nacht, und es sah merkwürdig zufällig und asymmetrisch aus, während die leisen Kehllaute jetzt von einem noch unbestimmteren Punkt kamen, und mein Nachbar sagte:

»Ich habe schon mal einen Hund erschossen, und ich habe mir damals geschworen, es nie wieder zu tun. Aber ich weiß nicht.« Er war nicht sehr zuversichtlich, das war leicht zu erkennen, er wußte nicht, was er als nächstes tun sollte, und er tat mir plötzlich furchtbar leid. Es war ein Gefühl, das von, ich weiß nicht wo, in mir hochstieg, irgendwoher aus der Dunkelheit vielleicht, wo etwas in einer völlig anderen Zeit passiert war, oder von einem Moment in meinem eigenen Leben, den ich längst vergessen hatte, und das machte mich verlegen und betroffen. Ich räusperte mich und sagte mit einer Stimme, über die ich nicht ganz die Kontrolle hatte:

»Was war das für ein Hund, den Sie erschießen mußten?« Obwohl ich nicht glaube, daß ich mich ausgerechnet *dafür* interessierte, mußte ich doch etwas sagen, um das überraschende Zittern in meiner Brust zu beenden.

»Ein Schäferhund. Aber es war nicht meiner. Es passierte auf dem Hof, auf dem ich aufgewachsen bin. Meine Mutter hatte ihn zuerst gesehen. Er lief frei am Waldrand und machte Jagd auf Rehe: zwei völlig verängstigte, fast schon ausgewachsene Kitze, die wir seit Tagen aus dem Fenster beobachtet hatten, wie sie im Dickicht am Rand der oberen Wiese grasten. Sie waren die ganze Zeit zusammen, und das waren sie auch an jenem Tag, und der Schäferhund jagte sie, kreiste sie ein, schnappte nach ihren Läufen, und sie waren allmählich ziemlich erschöpft, sie hatten keine Chance, und meine Mutter konnte es nicht länger mitansehen, also rief sie den Dorfpolizisten an und fragte, was sie tun sollte, und er sagte: Erschießen Sie ihn einfach.«

»›Das ist was für dich, Lars‹, sagte sie, nachdem sie aufgelegt hatte, ›schaffst du das, was meinst du?‹ Ich hatte keine Lust, das muß ich sagen, ich rührte dieses Gewehr so gut wie niemals an, aber mir taten die Rehkitze ziemlich leid, und ich konnte meine Mutter schlecht bitten, es selbst zu erledigen, und sonst war niemand zu Hause. Mein großer Bruder war auf See und mein Stiefvater im Wald, fällte Bäume für den Großbauern, wie er es um diese Jahreszeit immer tat. Daraufhin nahm ich das Gewehr, ging nach draußen und über den Acker zum Wald. Als ich dort angelangt war, konnte ich den Köter nirgendwo sehen. Ich blieb stehen und horchte. Es war Herbst, ganz klare Luft mitten am Tag, es war so still, daß es fast unangenehm war. Ich drehte mich um und sah über den Acker zum Haus, wo, wie ich wußte, meine Mutter am Fenster stand und jede meiner Bewegungen genau verfolgte. Ich konnte mich nicht drücken. Ich sah wieder in den Wald, über einen Pfad, und von dort rannten plötzlich die beiden Rehe auf mich zu. Ich kniete mich hin, nahm das Gewehr hoch, legte an, und die großen Kitze waren so verschreckt, daß sie mich nicht sahen oder nicht die Kraft hatten, sich noch um einen weiteren Feind zu kümmern. Sie änderten ihren Kurs überhaupt nicht, sondern hielten direkt auf mich zu und rasten wenige Zollbreit von meiner Schulter entfernt an mir vorbei, ich hörte sie schnaufen und sah, wie ihre aufgerissenen Augen weiß glänzten.«

Lars Haug hielt einen Augenblick inne, nahm die Lampe hoch und strahlte Poker an, der sich hinter mir nicht von der Stelle gerührt hatte. Ich drehte mich nicht um, hörte den Hund jedoch leise knurren. Es war ein unangenehmes Geräusch, und der Mann vor mir biß sich auf die Lippen und fuhr sich mit den Fingern der linken Hand unsicher über die Stirn, bevor er weitersprach:

»Dreißig Meter dahinter kam der Schäferhund. Ein riesiges Vieh. Ich schoß sofort. Ich bin sicher, daß ich ihn getroffen hatte, aber er änderte weder Tempo noch Richtung, vielleicht ging ein Zucken durch seinen Körper, ich war beileibe nicht sicher, also schoß ich noch einmal, und er sank auf die Knie, kam wieder hoch und lief weiter. Ich war völlig verzweifelt und gab noch einen Schuß ab, er war nur noch wenige Meter von mir entfernt, und dann stürzte er vornüber, die Beine in der Luft und rutschte bis an meine Stiefelspitze. Aber er war nicht tot. Mit lahmen Beinen lag er da und sah zu mir auf, und plötzlich tat er mir leid, das muß ich zugeben, also beugte ich mich vor, um ihm einen letzten Klaps auf den Nacken zu geben, doch da knurrte er und schnappte nach meiner Hand. Ich zuckte mächtig zusammen, wurde zornig und verpaßte ihm zwei weitere Schüsse, direkt in den Kopf.«

Lars Haug stand mit dem Gesicht im Schatten, die Taschenlampe hing ihm müde in der Hand und schickte lediglich eine kleine gelbe Scheibe auf den Boden. Tannennadeln. Kleine Steine. Zwei Kiefernzapfen. Poker stand ganz still und gab keinen Laut von sich, und ich fragte mich, ob Hunde die Luft anhalten können.

»Verdammt aber auch«, sagte ich.

»Ich war gerade achtzehn geworden«, sagte er. »Es ist lange her, aber das werde ich nie vergessen.«

»Dann verstehe ich, daß Sie nie wieder einen Hund erschießen wollen«, sagte ich.

»Wir werden sehen«, sagte Lars Haug. »Aber jetzt gehe ich mit dem Hund besser rein. Es ist spät. Komm, Poker«, sagte er, hatte plötzlich eine strenge, würdige Stimme und setzte sich langsam in Bewegung. Poker folgte gehorsam ein paar Meter hinter ihm. Als sie zu der kleinen Brücke kamen, blieb er stehen und winkte mit der Lampe.

»Danke für die Gesellschaft«, sagte er laut in die Dunkelheit. Ich winkte mit meiner Lampe zurück, drehte mich um, ging das sanft ansteigende Stück hinauf zum Haus, machte die Tür auf und trat in den erleuchteten Gang. Aus irgendeinem Grund schloß ich die Tür hinter mir ab, was ich, seit ich hier eingezogen bin, noch nie getan habe. Es gefiel mir nicht, daß ich es tat, aber ich tat es trotzdem. Ich zog mich aus, legte mich ins Bett, deckte mich zu, starrte an die Decke und wartete auf die Wärme. Ich fühlte mich ein wenig dumm. Dann schloß ich die Augen. Irgendwann, während ich schlief, begann es zu schneien, und ich bin sicher, daß ich im Schlaf wußte, daß das Wetter umschlug und es kälter wurde, und ich wußte, daß ich mich vor dem Winter fürchtete, und ich fürchtete mich vor dem Schnee, sollte es viel davon geben, und davor, daß ich mich in eine ausweglose Situation begeben hatte, als ich hierhergezogen war. Also träumte ich entschlossen vom Sommer und hatte ihn noch im Kopf, als ich erwachte. Ich hätte von jedem beliebigen Sommer träumen können, aber ich tat es nicht, ich träumte von einem ganz bestimmten Sommer, und ich denke noch immer an ihn, während ich hier am Küchentisch sitze und das Licht über die Bäume am See kommen sehe. Nichts sieht mehr so aus wie heute nacht, und mir fällt kein Grund dafür ein, weshalb ich die Tür abgeschlossen habe. Ich bin müde, aber nicht so müde, wie ich befürchtet hatte. Ich halte bis zum Abend durch, das spüre ich. Ich stehe etwas steif vom Tisch auf, mein Rücken ist nicht mehr das, was er einmal war. Lyra liegt neben dem Ofen, hebt den Kopf und sieht mich an. Wollen wir noch mal nach draußen? Das wollen wir nicht, noch nicht. Ich habe genug zu tun mit diesem Sommer, der mich plötzlich wieder heimsucht. Das hat er jahrelang nicht getan.

2

Wir wollten los und Pferde stehlen. Das sagte er, als er vor der Tür zu der Hütte stand, in der ich in diesem Sommer zusammen mit meinem Vater wohnte. Ich war fünfzehn. Es war das Jahr 1948 und einer der ersten Tage im Juli. Drei Jahre zuvor hatten die Deutschen das Land verlassen, aber ich kann mich nicht erinnern, daß wir noch über sie redeten. Mein Vater zumindest nicht. Er redete nie über den Krieg.

Jon kam häufig an unsere Tür, früh, aber auch spät, und wollte, daß ich mitkomme: um Hasen zu schießen, um im fahlen Mondlicht, wenn es mucksmäuschenstill war, durch den Wald zu laufen und den Bergkamm zu erklimmen, um im Fluß Forellen zu angeln, um auf den gelbglänzenden Baumstämmen zu balancieren, die nach wie vor mit der Strömung zu unserer Hütte getrieben wurden, lange nachdem die letzten Fällarbeiten abgeschlossen waren. Es war gefährlich, aber ich sagte nie nein und sagte meinem Vater nie, was wir trieben. Wir konnten vom Küchenfenster aus ein Stück vom Fluß sehen, aber dort vollführten wir unsere Kunststücke nicht. Wir begannen immer weiter unten, einen Kilometer fast, und manchmal ging es so schnell, und wir kamen so weit auf den Stämmen, daß wir, wenn wir schließlich wieder an Land geklettert waren, triefnaß und zitternd, eine Stunde brauchten, um durch den Wald zurückzugehen.

Jon wollte nur mit mir zusammen sein. Er hatte zwei jüngere Brüder, die Zwillinge Lars und Odd, aber er und ich waren gleich alt. Ich weiß nicht, mit wem er das restliche Jahr verbrachte, wenn ich in Oslo war. Davon erzählte er nie etwas, und ich sagte nie, was ich in der Stadt machte.

Er klopfte nicht an, kam nur leise über den Trampelpfad vom Fluß, wo sein kleines Boot am Ufer lag, und wartete vor der Tür, bis ich merkte, daß er da war. Es dauerte selten lange. Sogar frühmorgens, wenn ich noch schlief, spürte ich manchmal eine Unruhe mitten im Traum, als müßte ich auf die Toilette, und ich rang mit dem Schlaf, bevor es zu spät wäre, und wenn ich die Augen aufschlug und mir klar wurde, daß es das nicht war, ging ich sofort zur Tür, machte sie auf, und dann stand er da. Er lächelte fast unmerklich und kniff die Augen zusammen, wie immer.

»Kommst du mit?« fragte er. »Wir wollen los und Pferde stehlen.«

Es zeigte sich, daß mit *wir* nur er und ich gemeint waren, wie gewöhnlich, und käme ich nicht mit, wäre er allein, und das würde keinen Spaß machen. Außerdem war es schwierig, allein Pferde zu stehlen. Unmöglich eigentlich.

»Wartest du schon lange?« fragte ich.

»Ich bin gerade gekommen.«

Das sagte er jedesmal, und ich wußte nicht immer, ob es stimmte. Ich stand nur in Unterhosen bekleidet in der Tür und sah über seine Schulter. Über dem Fluß hingen Nebelfetzen, und es war schon hell und noch etwas kalt. Das würde sich in den nächsten Minuten geben, aber jetzt spürte ich, wie sich eine Gänsehaut auf Oberschenkeln und Bauch ausbreitete. Trotzdem blieb ich stehen, starrte hinunter zum Fluß und sah, wie er glänzend und sanft aus dem Dunst an der Biegung weiter oben auftauchte und schließlich hier vorbeiströmte. Ich kannte seinen Verlauf genau. Ich hatte den ganzen Winter hindurch von ihm geträumt.

»Welche Pferde denn?« fragte ich.

»Die von Barkald. Sie grasen auf der Koppel hinterm Hof.«

»Das weiß ich. Komm rein, ich muß mich noch anziehen.«

»Ich warte hier«, sagte er.

Er kam nie mit mir rein, vielleicht wegen Vater. Er redete nie mit meinem Vater. Grüßte ihn nicht. Sah zu Boden, wenn sie sich auf dem Weg zum Laden begegneten. Dann blieb mein Vater für gewöhnlich stehen, drehte sich nach ihm um und fragte:

»War das nicht Jon?«

»Doch«, sagte ich.

»Was hat er denn?« fragte mein Vater jedesmal, irgendwie unangenehm berührt, und jedesmal antwortete ich:

»Ich weiß es nicht.«

Und ich wußte es auch nicht, und ich dachte nie daran, ihn zu fragen. Jetzt stand Jon auf der Stufe vorm Haus, die nur aus einer Steinplatte bestand, und starrte hinunter zum Fluß, während ich meine Kleider von einem der aus Baumstämmen gefertigten Stühle nahm und sie so schnell wie möglich überstreifte. Ich mochte es nicht, wenn er draußen warten mußte, obwohl ich die Tür offen gelassen hatte, damit er mich die ganze Zeit sah.

Ich hätte natürlich merken müssen, daß an diesem Julimorgen etwas anders war, etwas, was vielleicht mit dem Nebel über dem Fluß und dem Dunst über den Berghängen zusammenhing, mit dem weißen Licht am Himmel, mit der Art, wie Jon sagte, was er zu sagen hatte, oder mit der Art, wie er sich bewegte oder dort aufrecht auf der Steinplatte stand. Aber ich war erst fünfzehn, und das einzige, was mir auffiel, war, daß er das Jagdgewehr nicht mithatte, das er sonst immer bei sich trug, für den Fall, daß ein Hase angerannt käme, aber das war nicht wirklich merkwürdig, bei der Pferdejagd wäre es nur im Weg. Wir wollten die Pferde ja auch nicht schießen. Soweit ich sehen konnte, war er wie immer: ruhig und intensiv zugleich, die Augen zusammengekniffen, auf unser Vorhaben konzentriert, ohne Zeichen von Ungeduld. Für mich war das in Ordnung, denn es war kein Geheimnis, daß ich im Vergleich zu ihm bei den meisten Dingen hinterherhinkte. Er hatte jahrelanges Training. Lediglich bei unserem Baumstammritt den Fluß hinunter war ich wirklich gut, ich hatte ein angeborenes Gleichgewichtsgefühl, ein Naturtalent, meinte Jon, auch wenn er dieses Wort nicht benutzte.

Was er mir beigebracht hatte, war, es drauf ankommen zu lassen. Wenn ich locker blieb und nicht schon vorher so viel darüber nachdachte und mich innerlich bremste, konnte ich Dinge schaffen, von denen ich nicht einmal geträumt hätte.

»Auf die Plätze, fertig, los«, sagte ich.

Wir liefen den Pfad hinunter zum Fluß. Es war frühmorgens. Die Sonne stieg mit einem Fächer aus Licht hinter dem Berg auf und tauchte alles um uns herum in eine neue Farbe, und was vom Nebel noch übrig war, schmolz über dem Wasser und verschwand. Ich spürte die plötzliche Wärme durch den Pullover, schloß die Augen und ging weiter, ohne ein einziges Mal zu stolpern, bis ich wußte, daß wir das Ufer erreicht hatten. Dort öffnete ich die Augen wieder, kletterte über die vom Wasser umspülten Steine und setzte mich hinten in das kleine Boot. Jon stieß ab und sprang hinterher, nahm die Riemen in die Hand und ruderte mit kurzen harten Schlägen quer über das fließende Wasser, ließ das Boot ein Stück treiben, ruderte erneut, bis wir das gegenüberliegende Ufer circa fünfzig Meter weiter unten erreicht hatten. Gerade weit genug, daß das Boot von der Hütte aus nicht zu sehen war.

Dann kletterten wir die schmale Uferböschung hinauf, Jon zuerst, ich hinterher, und gingen am Stacheldrahtzaun der Koppel entlang, wo das Gras hoch unter hauchdünnen Teppichen aus Nebel stand und bald gemäht und auf Reuter gehängt werden sollte, damit es in der Sonne zu Heu trocknete.

Es war, als würde man durch hüfttiefes Wasser gehen, nur ohne Widerstand, wie in einem Traum. Ich träumte häufig von Wasser, das Wasser war mein Freund.

Die Koppel gehörte Barkald, und wir waren diese Strecke schon oft gegangen, zwischen den Feldern hindurch zur Straße, die zum Laden führte, um Comics oder Bonbons und andere Dinge zu kaufen, für die unser Geld reichte: Münzen zu ein, zwei, manchmal gar fünf Öre, die bei jedem Schritt in der Tasche klimperten, oder wir gingen zu Jon nach Hause, in die entgegengesetzte Richtung, wo seine Mutter uns mit überströmender Herzlichkeit begrüßte, wenn wir durch die Tür traten, als wäre ich der norwegische Kronprinz oder etwas in der Art, während sich sein Vater in die Lokalzeitung vertiefte oder in der Scheune verschwand, um etwas zu erledigen, was plötzlich ganz dringend anlag. Irgend etwas *war* da, was ich nicht verstand. Es störte mich jedoch nicht. Meinetwegen konnte er gern in der Scheune bleiben. Mir war das egal. Wenn der Sommer vorbei war, fuhr ich sowieso wieder nach Hause.

Barkalds Hof lag auf der anderen Straßenseite, oben am Waldrand, hinter ein paar Feldern, auf denen Barkald abwechselnd Hafer und Gerste säte. Die Scheune stand im Winkel dazu, und im Wald ließ er auf einem weiten Gelände, das er mit Stacheldraht von Baum zu Baum auf zwei Höhen eingezäunt hatte, seine vier Pferde grasen. Ihm gehörte der Wald, und es gab viel davon. Er war der größte Grundbesitzer der Gegend. Wir konnten den Mann nicht ausstehen, ich weiß jedoch nicht genau, warum. Er hatte uns nie etwas getan oder ein unfreundliches Wort zu uns gesagt, nicht daß ich wüßte. Aber er hatte einen großen Hof, und Jon war der Sohn eines Kleinbauern. Fast alle am Flußufer in diesem Tal, nur wenige Kilometer von der Grenze zu Schweden entfernt, waren Kleinbauern, und die meisten lebten noch immer von dem, was sie auf ihren Höfen produzierten, von der Milch, die sie an die

Molkerei lieferten, und saisonal als Holzfäller im Wald. In Barkalds Wald, aber auch in dem, der einem reichen Kerl aus Bærum gehörte: Hunderte von Hektar, die sich nach Norden und Westen erstreckten. Geld war nicht viel da, oder ich merkte nichts davon. Vielleicht hatte Barkald welches, aber Jons Vater hatte nichts, und mein Vater hatte überhaupt nichts, zumindest war mir nichts davon bekannt. Woher er das Geld genommen hatte, um die Hütte zu kaufen, in der wir in diesem Sommer wohnten, ist mir noch immer ein Rätsel. Um ehrlich zu sein, war mir nicht immer klar, womit mein Vater seinen Lebensunterhalt verdiente, seinen und unter anderem auch meinen, denn es wechselte häufig, aber immer waren viele Werkzeuge involviert und kleine Maschinen, und manchmal waren viele Planungen und Überlegungen erforderlich, mit dem Bleistift in der Hand, und Reisen zu allen möglichen Orten in Norwegen, an denen ich noch nie gewesen war und von denen ich mir nicht vorstellen konnte, wie sie aussahen, aber er stand auf niemandes Gehaltsliste mehr. Oft gab es viel zu tun, andere Male weniger, aber egal wie, er hatte genug Geld, und als wir im letzten Jahr zum ersten Mal hierherkamen, lief er durch die Gegend, sah sich um, lächelte listig, gab den Bäumen einen freundschaftlichen Klaps, setzte sich auf einen großen Stein am Ufer, das Kinn in die Hand gestützt, und sah über das Wasser, als wären alle Dinge alte Bekannte. Das konnten sie aber doch nicht sein.

Jon und ich nahmen den Pfad über die Wiese und gingen die Straße hinunter, und obwohl wir diesen Weg schon viele Male gegangen waren, war es diesmal anders. Wir wollten Pferde stehlen, und wir wußten, daß das zu sehen war. Wir waren Verbrecher. Das veränderte die Leute, das veränderte ihren Blick und verlieh ihnen eine eigene Gangart, an der man nichts ändern konnte. Und Pferdestehlen war das allerschlimmste. Wir kannten das Gesetz westlich des Pecos, wir hatten Cowboyhefte gelesen, und obwohl man vielleicht behaupten konnte, wir befänden uns östlich des Pecos, war es doch so weit östlich, daß man ebenso gut das Gegenteil behaupten konnte, es kam darauf an, wie man die Welt sehen wollte, und dieses Gesetz war unerbittlich. Wurde man erwischt, ging es direkt an den Baum mit einem Strick um den Hals: grober Hanf auf der weichen Haut, jemand verpaßte dem Pferd einen Schlag auf den Hintern, so daß es unter deinen Beinen verschwand, und du ranntest um dein Leben, mit den Beinen in der Luft, während eben jenes Leben in immer schwächeren Bildern Revue passierte, bis auf den Bildern von dir und allem, was du gesehen hattest, nichts mehr zu erkennen war, nur noch Nebel, und sie schließlich schwarz wurden. Fünfzehn Jahre nur, dachtest du als letztes, das war nicht viel, und das für ein Pferd, und dann war es zu spät. Barkalds Haus stand massiv und grau am Waldrand und wirkte bedrohlicher denn je. Die Fenster waren so früh am Morgen dunkel, aber vielleicht stand er drinnen, schaute zur Straße hinunter, sah, wie wir uns bewegten, und wußte Bescheid.

Doch jetzt gab es kein Zurück mehr. Wir gingen mit ziemlich steifen Schritten ein paar hundert Meter den Schotterweg hinunter, bis das Haus hinter einer Biegung verschwand, dann wieder einen Pfad hinauf, über eine weitere Wiese, die ebenfalls Barkald gehörte, und in den Wald. Zuerst war es dunkel und eng zwischen den Fichtenstämmen ohne jedes Dickicht, nur tiefgrünes Moos auf der Erde in einem großen Teppich, der weich war, denn das Licht drang nie ganz bis hierher, und wir gingen hintereinander auf dem Pfad und spürten, wie es jedesmal nachgab, wenn wir die Füße aufsetzten. Jon zuerst und ich mit abgelaufenen Turnschuhsohlen hinterher, und dann gingen wir nach rechts, schlugen gewissermaßen einen Bogen, und langsam wurde es lichter über uns, bis das Licht in dem doppelten Stacheldraht blinkte, und wir am Ziel waren. Wir sahen ein abgeholztes Waldstück, aus dem alles entfernt worden war außer Zapfenkiefern und Birken, die seltsam groß waren und einsam ohne Rückendeckung dastanden, und einige davon hatten sich gegen den Nordwind nicht behaupten können und waren der Länge nach umgefallen, die Wurzeln in der Luft. Doch zwischen den Baumstümpfen wuchs das Gras saftig und dicht, und hinter ein paar Büschen, ein Stück weiter weg, sahen wir die Pferde stehen, nur die Hinterbacken waren sichtbar, und die Schweife schwangen wegen der Fliegen und Bremsen hin und her. Es roch nach Pferdemist und sumpfigem Moos, und wir atmeten den süßen, kräftigen, alles umfassenden Geruch von etwas ein, das größer war als wir und was wir fassen konnten: von Wald, der nicht mehr aufhörte und ewig weiterging, Richtung Norden, bis nach Schweden und hinüber nach Finnland und weiter bis nach Sibirien, und man konnte sich in diesem Wald verlaufen, und Hundertschaften suchten wochenlang das Gelände ab und hatten keine Chance, einen zu finden, und das war wohl nicht das schlimmste, dachte ich, hier zu verschwinden, doch ich wußte nicht, wie ernst der Gedanke war.

Jon bückte sich und kletterte zwischen den beiden Stacheldrähten hindurch, wobei er den unteren mit der Hand nach unten drückte, wogegen ich mich auf den Boden legte und darunter durchkroch, und beide schafften wir es ohne Risse in Hose oder Pullover. Wir standen vorsichtig auf und gingen durch das Gras auf die Pferde zu.

»Die Birke da vorne«, sagte Jon und zeigte sie mir, »auf die kletterst du drauf.« Nicht weit von den Pferden stand eine große, einsame Birke mit starken Ästen, und der unterste davon hing gut drei Meter über dem Boden. Ich ging langsam, aber ohne zu zögern auf die Birke zu. Die Pferde hoben die Köpfe und sahen zu mir herüber, wie ich dort lief, aber sie blieben stehen, kauten weiter und nahmen nicht einmal einen Huf hoch. Jon lief von der anderen Seite her im Kreis um sie herum. Ich streifte die Turnschuhe ab, umfaßte die Birke mit beiden Händen, fand Halt in der spröden Rinde, stemmte mich mit einem Fuß dagegen, hob dann den anderen, setzte ihn ebenfalls mit der ganzen Sohle gegen den Stamm und kletterte langsam wie ein Affe nach oben, bis ich mit der linken Hand den Ast zu fassen bekam, lehnte mich hinüber, faßte auch mit der rechten danach und ließ die Füße von dem rauhen Stamm gleiten, so daß ich einen Augenblick lang nur noch mit den Händen an dem Ast hing, bevor ich mich nach oben schwang und dort mit baumelnden Beinen sitzen blieb. Das konnte ich damals.

»Okay«, rief ich leise. »Fertig.«

Jon war fast direkt vor den Pferden in die Hocke gegangen und sprach ganz leise mit ihnen. Sie rührten sich nicht, wandten ihm die Köpfe zu, hatten die Ohren aufgestellt und lauschten dem, was fast ein Flüstern war. Ich, der ich auf dem Ast saß, konnte nicht hören, was er sagte, aber nachdem ich mein »okay« gerufen hatte, sprang er plötzlich auf und schrie:

»Ho!«, fuchtelte dabei wild mit den Armen, und die Pferde drehten sich jäh um und trabten los. Nicht sehr schnell, aber auch nicht sehr langsam, zwei rannten nach links, und zwei kamen direkt auf meine Birke zu.

»Sei bereit«, rief Jon und hielt wie zum Pfadfindergruß drei Finger in die Luft.

»Allzeit bereit«, rief ich zurück, drehte mich um, legte mich bäuchlings quer über den Ast, hielt mit den Händen das Gleichgewicht und spreizte die Beine wie eine Schere in der Luft. Ich spürte ein schwaches Beben in der Brust von dem Hufgetrappel auf dem Boden, das durch den Baum ging, und ein Zittern, das ganz woanders herkam, tief aus meinem Innern, es begann im Bauch und ging dann in die Hüften über. Aber ich konnte nichts dagegen tun und dachte nicht weiter darüber nach. Ich war bereit.

Und dann kamen die Pferde. Ich hörte sie keuchen, und das Zittern im Baum wurde stärker, und das Geräusch von Hufen erfüllte meinen Kopf, und sobald ich die Nüstern des einen unter mir sah, rutschte ich vom Ast, die Beine zur Seite gestreckt, ließ los und landete auf dem Pferderücken, etwas zu weit oben auf dem Hals, und die Schulterknochen trafen mich im Schritt und schickten einen Strahl der Übelkeit durch meinen Hals. Es sah so leicht aus im Film, wenn Zorro es machte, aber jetzt flossen die Tränen, und ich mußte mich erbrechen und mich zugleich mit beiden Händen an der Mähne festhalten, und ich beugte mich vor und preßte die Lippen fest zusammen. Das Pferd schüttelte wie wild den Kopf, der Pferderücken traf mich immer wieder hart im Schritt, und es verfiel in gestreckten Galopp, das andere Pferd tat es ihm nach, und zusammen preschten wir zwischen den Baumstümpfen hindurch.

»Juhuu!« hörte ich Jon hinter mir rufen, und ich wollte selbst schreien, triumphierend, aber ich schaffte es nicht, der Hals war so voller Erbrochenem, daß ich nicht atmen konnte, und dann machte ich den Mund auf und ließ es auf den Nakken unter mir rinnen. Jetzt roch es schwach nach Erbrochenem und stark nach Pferd, und ich hörte Jons Stimme nicht mehr. Nur noch ein Rauschen, und die Hufschläge entfernten sich, und der Pferderücken ging durch meinen Körper wie meine eigenen Herzschläge, und dann war ich plötzlich von einer Stille umgeben, die sich auf alles ausdehnte, und in dieser Stille hörte ich die Vögel. Ich hörte deutlich die Schwarzdrossel auf einem Tannenwipfel und ganz klar die Lerche hoch oben und andere Vögel, deren Namen ich nicht wußte, und es war so merkwürdig, es war wie ein Film ohne Ton, über den ein anderer Ton gelegt worden war, ich war an zwei Orten gleichzeitig, und nichts tat mehr weh.

»Juhuu!« schrie ich und konnte meine Stimme gut hören, obwohl es schien, als käme sie von weit her, aus dem großen

Raum, in dem die Vögel sangen, ein Vogelschrei aus der Stille, und einen Augenblick lang war ich völlig glücklich. Meine Brust dehnte sich wie der Faltbalg einer Ziehharmonika, und bei jedem Atemzug gab sie Töne von sich. Und dann glitzerte es zwischen den Bäumen vor mir, es war der Stacheldraht, wir waren quer über die Koppel galoppiert und näherten uns in hohem Tempo dem Zaun auf der anderen Seite, und der Pferderücken traf mich hart im Schritt, und ich klammerte mich fest und dachte: Jetzt springen wir. Aber wir sprangen nicht. Direkt vor dem Stacheldraht machten beide Pferde abrupt kehrt, und physikalische Gesetze rissen mich vom Pferderükken und schickten mich zappelnd weiter, geradeaus durch die Luft, bis kurz hinter den Zaun. Ich spürte, wie der Stacheldraht den einen Ärmel aufriß, spürte einen stechenden Schmerz, und dann lag ich im Heidekraut und mit einem Schlag wich alle Luft aus meinem Körper.

Ich glaube, ich war für einige Sekunden weg, denn ich weiß noch, daß ich die Augen aufschlug wie zu einem Neubeginn: Nichts von dem, was ich sah, war mir vertraut, das Gehirn war leer, keine Gedanken, alles rein und der Himmel durchscheinend blau, und ich wußte nicht, wie ich hieß, und konnte nicht einmal meinen Körper spüren. Ich schwebte namenlos durch die Luft und sah die Welt zum ersten Mal und fand sie seltsam erleuchtet und gläsern schön, und dann hörte ich ein Wiehern und Hufgetrappel, und alles kam auf einmal zurück wie ein schwirrender Bumerang und traf mich an der Stirn, und ich dachte, verflucht, ich bin gelähmt. Ich sah auf meine nackten Füße, die aus dem Heidekraut aufragten, und zwischen ihnen und mir bestand keinerlei Verbindung.

Ich lag immer noch reglos da, als ich Jon auf dem Pferderücken auf den Zaun zukommen sah. Er hatte dem Pferd ein Seil um das Maul gebunden, und damit konnte er es führen. Er zog an dem Seil und blieb auf der anderen Seite stehen, das

Pferd stellte sich fast seitlich zum Stacheldraht, dicht daran. Er sah zu mir herunter.

»*Da* liegst du also«, sagte er.

»Ich bin gelähmt«, sagte ich.

»Das glaube ich nicht«, sagte er.

»Nein?« sagte ich. Ich sah wieder auf meine Füße. Und dann richtete ich mich auf. Es tat weh, im Rücken und auf der einen Seite, aber nichts in mir war kaputtgegangen. Ich blutete aus einer Schnittwunde am Unterarm, durch den Pullover hindurch, der genau an dieser Stelle einen großen Riß hatte, das war alles. Ich riß ab, was von dem Ärmel noch übrig war, und band es mit Hilfe des Oberschenkels um den Arm. Es brannte mächtig. Jon saß nach wie vor ruhig auf dem Pferd. Jetzt sah ich, daß er meine Turnschuhe in der Hand hielt.

»Willst du wieder aufsitzen?« fragte er.

»Ich glaube nicht«, sagte ich, »mir tut der Hintern weh«, obwohl das nicht wirklich die Stelle war, die am meisten schmerzte, und ich hatte fast den Eindruck, Jon würde darüber lächeln, aber ich war nicht sicher, denn ich hatte die Sonne im Gesicht. Er rutschte vom Pferd herunter, löste das Seil um dessen Maul und schickte das Tier mit einer Handbewegung davon. Es war mehr als willig.

Jon verließ die Weide, wie er sie betreten hatte: leichtfüßig kletterte er durch den Zaun, ohne jegliche Schramme. Er kam auf mich zu und ließ die Turnschuhe in das Heidekraut fallen.

»Kannst du laufen?« fragte er.

»Ich glaube schon«, sagte ich. Ich schlüpfte in die Schuhe, ohne sie zuzubinden, so brauchte ich mich nicht zu bücken, dann gingen wir tiefer in den Wald. Jon voran, ich hinterher: mit Schmerzen im Schritt, steifem Rücken, ein Bein leicht hinterherziehend, den Arm fest an den Körper gepreßt, immer tiefer hinein, zwischen den Bäumen hindurch, und ich dachte, daß ich es vielleicht nicht schaffen würde, den ganzen Weg zurückzugehen, wenn es soweit wäre. Und dann dachte ich an meinen Vater, der mich vor einer Woche gebeten hatte, das Gras hinter der Hütte zu mähen. Das Gras war viel zu hoch geworden, es würde sich nur umlegen, zu einer welken Matte werden, nichts würde durch sie hindurchwachsen können. Ich solle die kurze Sense nehmen, hatte er gesagt, die einem Laien leichter in der Hand liege. Ich hatte die Sense aus dem Geräteschuppen geholt und mit aller Kraft losgelegt, die Bewegungen nachgeahmt, die ich bei meinem Vater gesehen hatte, wenn er mähte, und ich mähte, bis ich richtig schön verschwitzt war, und es ging tatsächlich gar nicht so schlecht, obwohl die Sense ein Werkzeug ist, mit dem ich nicht vertraut war. Doch an einer größeren Stelle entlang der Hütte wuchsen die Brennnesseln hoch und dicht, und ich mähte in einem großen Bogen um sie herum, und dann kam mein Vater um die Hütte, blieb stehen und sah mir zu. Er legte den Kopf schief, rieb sich mit der Hand das Kinn, und ich richtete mich auf und wartete ab, was er sagen würde.

»Warum mähst du die Brennesseln nicht?« fragte er.

Ich sah auf den kurzen Schaft der Sense und dann auf die hohen Nesseln.

»Es tut weh«, sagte ich. Daraufhin sah er mich milde lächelnd an und schüttelte leicht den Kopf.

»Du entscheidest selbst, wann es weh tut«, sagte er, war mit einem Mal ganz ernst, ging zur Hütte, faßte die brennenden Pflanzen mit den nackten Händen an und begann sie ganz ruhig eine nach der anderen auszureißen und auf einen Haufen zu werfen, und er hörte nicht eher auf, bis er alle ausgerissen hatte. Nichts in seinem Gesicht verriet, daß es wehtat, und ich schämte mich ein wenig, wie ich nun hinter Jon herlief, richtete mich auf und änderte den Takt und ging, wie ich immer ging, und schon nach wenigen Schritten wußte ich nicht mehr, warum ich es nicht gleich getan hatte.

»Wohin gehen wir?« fragte ich.

»Ich will dir was zeigen«, sagte er. »Es ist nicht weit.«

Die Sonne stand jetzt hoch am Himmel, es war warm zwischen den Bäumen, es roch warm, und von überallher waren Geräusche zu hören: Flügelschlagen, Äste, die sich bogen, und Zweige, die knackten, ein Habicht, der schrie, der letzte Ruf eines Hasen und das leise Brummen, wenn eine Biene auf einer Blume landete. Ich hörte die Ameisen in der Heide krabbeln, und der Pfad, auf dem wir liefen, stieg zum Bergrücken hin an, ich atmete tief durch die Nase ein und dachte, egal, wie mein Leben einmal verlaufen wird und wohin auch immer ich reisen werde, an diesen Ort, wie er jetzt ist, werde ich mich stets erinnern und ihn vermissen. Als ich mich umdrehte, sah ich das Tal durch ein Gitter aus Kiefern und Fichten, ich sah, wie sich der Fluß unten wand und glänzte, ich sah das ziegelrote Dach auf Barkalds Sägemühle weiter südlich am Ufer und mehrere kleinere Gehöfte auf den grünen Flecken an dem schmalen Streifen Wasser. Ich kannte die Familien, die dort wohnten, und wußte, wie viele in jedem Haus lebten, und auch wenn ich unsere Hütte auf dem gegenüberliegenden Ufer nicht sah, konnte ich genau sagen, hinter welchen Bäumen sie lag, und ich fragte mich, ob mein Vater noch schlief oder ob er draußen herumlief, nach mir suchte und sich wunderte, wo ich war, ohne sich ängstlich zu fragen, ob ich bald nach Hause käme und ob er vielleicht schon anfangen sollte, Frühstück zu machen, und plötzlich merkte ich, wie hungrig ich war.

»Hier ist es«, sagte Jon, »da«. Er zeigte auf eine hohe Fichte etwas abseits vom Pfad. Wir blieben stehen.

»Ganz schön hoch «, sagte ich.

»Das meine ich nicht«, sagte Jon. »Komm.« Er ging zu der Fichte und kletterte hinauf. Es war nicht schwierig, die unteren Äste waren kräftig und lang, hingen schwer herunter und waren leicht zu erreichen, und im Nu war er ein paar Meter über mir, und ich folgte ihm. Er kletterte schnell, doch nach cirka zehn Metern hielt er inne, setzte sich und wartete, bis ich auf gleicher Höhe war, und es war ausreichend Platz, wir konnten beide gut hier sitzen, jeder auf seinem dicken Ast. Er zeigte auf einen Punkt weiter vorne an seinem Ast, wo sich dieser gabelte. Dazwischen hing ein Vogelnest, wie eine tiefe Schüssel oder eher wie eine spitze Tüte. Ich hatte schon viele Nester gesehen, aber noch nie eins, das so klein war, mit solcher Leichtigkeit und so perfekt aus Moos und Federn geformt. Und es hing nicht. Es schwebte.

»Wintergoldhähnchen«, sagte Jon leise. »Die zweite Brut.« Er beugte sich vor, streckte seine Hand aus, steckte drei Finger in die mit Federn bedeckte Öffnung und holte ein Ei heraus, das so klein war, daß ich mit offenem Mund dasaß. Er balancierte das Ei zwischen den Fingerspitzen und hielt es mir hin, damit ich es aus nächster Nähe betrachten konnte, und mir wurde bei seinem Anblick ganz schwindlig, auch beim Gedanken daran, daß sich in wenigen Wochen die winzigkleine, ovale Kugel in einen lebenden Vogel mit Flügeln verwandelt haben würde, der von Ästen hoch oben losfliegen und sich hinabstürzen könnte, ohne je unten aufzuschlagen, der vielmehr mit Instinkt und Willen nach oben schießen und die Schwerkraft aufheben würde. Und ich sagte es laut:

»Verdammt«, sagte ich, »es ist irre, daß so etwas Kleines lebendig werden und einfach davonfliegen kann«, das war vielleicht nicht so gut gesagt und reichte bei weitem nicht an das berauschende, luftige Gefühl heran, das ich innerlich empfand. In diesem Augenblick geschah jedoch etwas, das ich nicht verstehen konnte, denn als ich den Blick hob und in Jons Gesicht sah, war es starr und ganz weiß. Ob es die wenigen Worte waren, die ich gesagt hatte, oder das Ei, das er in der Hand hielt, werde ich nie erfahren, aber irgend etwas veränderte ihn urplötzlich, und er sah mir in die Augen, als hätte er mich noch nie gesehen, und ausnahmsweise kniff er sie nicht zusammen, und seine Pupillen waren groß und schwarz. Und dann machte er die Hand auf und ließ das Ei fallen. Es fiel am Stamm entlang, und ich folgte ihm mit den Augen und sah, wie es auf einen der Zweige weiter unten traf, zerbrach und sich in viele kleine helle Teile auflöste, die in alle Richtungen stoben, fast schwerelos wie Schneeflocken herabrieselten und ganz langsam verschwanden. Vielleicht habe ich es auch nur so in Erinnerung, aber mir fiel nichts ein, auf das ich jemals so verzweifelt reagiert hatte. Ich sah wieder hoch zu Jon, doch er hatte sich bereits vorgebeugt, riß mit einer Hand das Nest aus der Gabelung, hielt es mit ausgestrecktem Arm von sich und zermalmte es in der Hand zu Pulver, nur wenige Zentimeter von meinen Augen entfernt. Ich wollte etwas sagen, brachte jedoch kein Wort heraus. Jons Gesicht war eine kreideweiße Maske mit offenem Mund, und aus diesem Mund kamen Laute, die mir eiskalte Schauer über den Rücken jagten, ich hatte noch nie etwas Vergleichbares gehört: Würgelaute wie von einem Tier, das ich noch nie gesehen hatte und das ich auch niemals sehen wollte. Er öffnete wieder die Faust, schlug mit der offenen Hand gegen den Baumstamm, rieb sie an der Rinde ab, kleine Schnipsel tropften herab, und zum Schluß war nur noch etwas Schmieriges über, das ich nicht anzuschauen vermochte. Ich schloß die Augen und hielt sie geschlossen, und als ich sie wieder aufmachte, war Jon schon weit auf dem Weg nach unten. Er rutschte fast von Ast zu Ast, und ich sah direkt auf seine struppigen, braunen Haare, und er sah nicht ein einziges Mal hoch. Die letzten Meter ließ er sich einfach fallen, er landete auf dem festen Boden, mit einem dumpfen Aufprall, der bis zu mir zu hören war, und dann fiel er auf die Knie wie ein leerer Sack und schlug mit der Stirn auf den Boden, und so verharrte er für eine Zeit, die mir wie eine Ewigkeit vorkam, und während dieser Ewigkeit hielt ich die

Luft an und rührte mich nicht von der Stelle. Ich begriff nicht, was passiert war, aber ich hatte das Gefühl, es sei meine Schuld. Ich wußte nur nicht, warum. Schließlich stand er schwerfällig auf und lief los, den Pfad hinunter. Ich atmete aus und langsam wieder ein, es pfiff in meiner Brust, ich hörte es deutlich, es hörte sich an wie Asthma. Ich kannte einen Mann, der Asthma hatte, er wohnte in der Straße uns gegenüber, daheim in Oslo. So hörte es sich an, wenn er atmete. Ich habe Asthma bekommen, dachte ich, verflucht, so bekommt man Asthma. Wenn etwas passiert. Und dann fing ich an, nach unten zu klettern, nicht so schnell wie Jon, eher so, als wäre jeder Ast eine Landmarke, an der ich mich lange festhalten mußte, um nichts Wichtiges zu verpassen, und die ganze Zeit über konzentrierte ich mich auf das Atmen.

Kam der Wetterumschwung in diesem Augenblick? Ich glaube ja. Ich stand auf dem Pfad, Jon war nirgendwo zu sehen, war auf dem Weg verschwunden, den wir gekommen waren, und plötzlich hörte ich es im Baum über mir rauschen. Ich sah auf, sah die Baumwipfel schwanken und sich gegenseitig peitschen, ich sah hohe Kiefern, die sich im Wind bogen, und spürte unter meinen Füßen, wie der Waldboden wogte. Als ob ich auf Wasser stünde, mir wurde schwindlig davon, und ich sah mich nach etwas um, woran ich mich festhalten konnte, aber alles war in Bewegung. Der Himmel, der gerade so durchscheinend blau gewesen war, war jetzt stahlgrau mit einem ungesunden gelben Licht über dem Bergkamm auf der anderen Seite des Tals. Und dann blitzte es heftig über dem Bergrücken. Kurz darauf krachte es, daß ich es im ganzen Körper spürte, ich spürte, wie die Temperatur abrupt fiel, und ich spürte, wie mir der Arm wehtat an der Stelle, an der mich der Stacheldraht aufgeschlitzt hatte. Ich lief, so schnell ich konnte, rannte fast, den Pfad hinunter, den wir gekommen waren, zur Pferdekoppel. Als ich dort ankam, sah ich über den Stacheldraht und zwischen den Bäumen hindurch, aber es waren keine Pferde zu sehen, und einen Augenblick lang überlegte ich, die Abkürzung quer über die Koppel zu nehmen, doch dann ging ich statt dessen außen am Zaun entlang, den ganzen Bogen, bis ich auf den Weg zur Straße stieß. Dort ging ich nach links und die Straße hinunter, und es war nicht länger windig, sondern totenstill im Wald, und das frischentdeckte Asthma drückte mir den Brustkorb flach.

Ich stand auf der Straße. Die ersten Tropfen trafen mich auf der Stirn. Ein Stück weiter vorne sah ich Jons Rücken. Er war nicht gelaufen, dazu war er zu nah, er ging nicht schnell, aber auch nicht langsam. Er ging einfach. Ich überlegte, ob ich nach ihm rufen sollte, damit er auf mich wartete, aber ich war nicht sicher, ob mein Atem dazu reichte. Außerdem hatte sein Rükken etwas, das mich zurückhielt, also lief ich hinter ihm her und hielt den ganzen Weg über den gleichen Abstand, vorbei an Barkalds Hof, dessen Fenster vor dem dunklen Himmel über uns jetzt deutlich erleuchtet waren, und ich fragte mich, ob er drinnen stand und zu uns heruntersah und begriff, wo wir gewesen waren. Ich sah in die Luft und hoffte, daß es nicht noch mehr Tropfen geben würde, als ich bisher gespürt hatte, aber plötzlich blitzte es wieder über dem Bergkamm und krachte in der gleichen Sekunde. Ich hatte mich nie vor Gewitter gefürchtet, und ich hatte auch jetzt keine Angst, aber ich wußte, wenn Blitz und Donner einander so dicht folgten, konnte es überall um mich herum einschlagen. Es war ein eigenartiges Gefühl, dort auf der Straße zu gehen, ohne jeglichen Schutz. Und dann traf mich der Regen wie eine Wand, und plötzlich war ich hinter der Wand und innerhalb von wenigen Sekunden völlig durchnäßt, und wäre ich nackt gewesen, es hätte keinen Unterschied gemacht. Die ganze Welt war grau vom Wasser, und ich konnte Jon, der hundert Meter vor mir ging, kaum noch sehen. Aber es war nicht nötig, daß er mir den

Weg zeigte, ich wußte, wohin ich mußte. Ich bog auf den Pfad über Barkalds Koppel, und wäre ich nicht schon naß gewesen, hätte das hohe Gras meine Hose klatschnaß und schwer gemacht. Doch jetzt spielte es keine Rolle. Ich dachte, nun muß Barkald mit dem Mähen ein paar Tage warten, damit das Gras trocknen kann. Man kann kein nasses Gras mähen. Und ich fragte mich, ob er meinen Vater und mich für die Heuernte um Hilfe bitten würde, wie er es letztes Jahr getan hatte, und ich überlegte, ob Jon das Boot genommen hatte und allein über den Fluß gerudert war, oder ob er am Ufer auf mich wartete. Ich konnte die Straße hinauf zurück zum Laden gehen, die Brücke überqueren und auf der anderen Seite durch den Wald wieder hinunterlaufen, aber das war weit und anstrengend. Oder ich konnte hinüberschwimmen. Das Wasser war jetzt sicher kalt und die Strömung stark. Ich merkte, daß ich in den nassen Kleidern fror, es ginge besser ohne sie. Ich blieb stehen und zog Pullover und Hemd aus. Es war nicht ganz einfach, denn sie klebten am Körper, doch schließlich schaffte ich es und rollte sie zu einem Bündel zusammen, das ich unter den Arm nahm. Alles war jetzt so naß, daß es fast lächerlich wirkte, und der Regen schlug gegen meinen nackten Oberkörper, und mir wurde merkwürdig warm. Ich fuhr mir mit der Hand über die Haut und spürte fast überhaupt nichts, die Haut wie die Finger waren ganz gefühllos, und ich merkte, wie ich müde und schläfrig wurde, wie schön es wäre, wenn ich mich nur ein wenig hinlegen und die Augen schließen könnte. Ich ging ein paar Schritte weiter. Ich wischte mir mit der Hand das Wasser vom Gesicht. Mir war ein wenig schwindlig. Und dann stand ich direkt am Fluß und hatte ihn nicht gehört. Vor mir im Ruderboot saß Jon. Seine Haare, die normalerweise in widerspenstigen Büscheln abstanden, klebten triefnaß am Kopf. Er sah mich durch den Regen an, während er die Riemen strich und das Heck des Bootes am Ufer hielt, aber er sagte nichts.

»Hallo«, sagte ich und lief etwas unbeholfen die letzten Meter über die glatten, runden Steine. Ich strauchelte einmal, fiel aber nicht hin, und ich stieg ins Boot und setzte mich auf die hintere Bank. Er ruderte los, sobald ich an Bord war, und es ging schwer, das konnte ich sehen, denn die Strömung war jetzt gegen uns, und wir kamen nur langsam vorwärts. Er wollte mich bis nach Hause rudern, obwohl er bestimmt müde war. Er selbst wohnte stromabwärts, und ich wollte sagen, daß es nicht nötig wäre, daß er mich einfach auf die andere Seite rudern sollte, ich könnte das letzte Stück zu Fuß gehen. Aber ich sagte nichts. Ich schaffte es nicht.

Endlich waren wir da. Mit einem kräftigen Schlag wendete Jon das Boot und strich die Riemen, so daß ich direkt an Land gehen konnte. Und das tat ich auch, ich ging an Land, blieb am Ufer stehen und sah ihn an.

»Tschüß«, sagte ich, »bis morgen«, aber er antwortete nicht. Nahm nur die Riemen aus dem Wasser und ließ das Boot treiben, während er mit zusammengekniffenen Augen in einer Weise zurückschaute, von der ich schon im selben Moment wußte, daß ich sie nie mehr vergessen würde.

3

Wir waren vor vierzehn Tagen hierhergekommen, mein Vater und ich, mit dem Zug von Oslo, und dann weiter mit dem Bus von Elverum, in stundenlanger Fahrt. Der Bus hielt nach einem System, das ich nie durchschaute, aber er hielt oft, und manchmal schlief ich in der prallen Sonne auf dem warmen Sitz ein, und wenn ich wieder wach wurde und aus dem Fenster sah, kam es mir vor, als wären wir keinen Millimeter vorangekommen, denn was ich sah, unterschied sich nicht von dem, was ich gesehen hatte, bevor ich eingeschlafen war: ein kurvenreicher Schotterweg mit Feldern auf beiden Seiten und Höfen mit weißen Wohnhäusern und roten Scheunen, und manche waren klein und andere etwas größer, und Kühe lagen hinter Stacheldrahtzäunen bis zur Straße im Gras und käuten mit halbgeschlossenen Augen in der Sonne wieder, und fast alle waren braun, und nur wenige waren braun-weiß oder schwarz-weiß gefleckt, und dann der Wald hinter den Höfen, der sich als bläulicher Schatten einen Berg hinaufzog, der stets derselbe war.

Die Fahrt dauerte fast den ganzen Tag, und das Seltsame ist, daß ich es nicht langweilig fand. Ich sah gern aus dem Fenster, bis meine Lider schwer und warm wurden und ich einschlief und wieder aufwachte und zum tausendsten Mal oder öfter aus dem Fenster sah oder mich zu meinem Vater umdrehte, der die ganze Fahrt über die Nase in ein technisches Buch steckte, etwas über Hausbau oder Maschinen oder Motoren, darauf war er völlig versessen. Dann nahm er den Kopf hoch, sah mich an, nickte und lächelte, und ich lächelte zurück, und er tauchte wieder ab, in sein Buch. Und ich schlief ein und träumte von warmen Dingen, weichen Dingen, und als ich das letzte Mal wach wurde, lag es daran, daß mich mein Vater an der Schulter rüttelte.

»He, Chef«, sagte er, und ich schlug die Augen auf und sah mich um. Der Bus stand still, mit ausgestelltem Motor im Schatten der großen Eiche vor dem Laden. Ich sah den Fußweg zur Brücke über den Fluß, und der Fluß war an dieser Stelle ganz schmal und rauschte in der kleinen Stromschnelle, und die tiefe Sonne glitzerte auf den Schaumkronen. Wir waren die letzten, die ausstiegen. Es war die Endhaltestelle. Weiter kam man nicht, den Rest mußten wir zu Fuß gehen, und ich dachte, es ist typisch Vater, mit mir so weit zu fahren, bis es nicht weiter geht und es immer noch Norwegen heißt, und ich fragte nicht, warum ausgerechnet *hierher*, denn es war, als stellte er mich auf die Probe, und dagegen hatte ich nichts. Ich vertraute meinem Vater.

Wir holten unsere Taschen und die Anglerausrüstung von der Plattform hinten im Bus und gingen langsam hinunter zur Brücke. In der Mitte der Brücke blieben wir stehen, starrten in das schnell fließende, fast grüne Wasser, hielten unsere Bambusangeln fest in der Hand, schlugen damit gegen das neue Holzgeländer, spuckten in den Fluß, und mein Vater sagte:

»Wart's nur ab, Jakob!«

Er nannte alle Fische Jakob, ob in dem salzhaltigen Oslofjord zu Hause, den ganzen Brustkasten über den Bootsrand gebeugt, das Gesicht über dem Wasser zu einem Grinsen verzogen, eine im Scherz geballte Faust über dem tiefen Grund, wart's nur ab, Jakob, jetzt kommen wir und holen dich, oder hier am Fluß, der in einem großen Bogen von Schweden über die Grenze kam, durch diesen Ort floß und einige Kilometer weiter südlich nach Schweden zurückkehrte. Und ich erinnerte mich, wie ich letztes Jahr in das wirbelnde Wasser gestarrt und mich gefragt hatte, ob es irgendwie möglich war zu schmecken, daß das Wasser eigentlich schwedisch war und auf dieser Seite der Grenze nur leihweise zu haben. Aber ich war damals so viel jünger und wußte so wenig von der Welt, und der Gedanke hatte mich nur kurz gestreift. Wir standen auf der Brücke, mein Vater und ich, sahen einander an und lächelten, und zumindest *ich* konnte spüren, wie sich ein erwartungsvolles Gefühl im Bauch ausbreitete.

»Wie geht's?« fragte er.

»Gut«, sagte ich und mußte lachen.

Jetzt kam ich durch den Regen über den Pfad vom Fluß. Hinter mir saß Jon im Ruderboot und ruderte stromabwärts. Ich fragte mich, ob er laut mit sich sprach, wie ich es häufig tat, wenn ich allein war. Wie ich laut beschrieb, was ich gerade getan hatte, und das Für und Wider abwog, bevor ich zu dem Schluß kam, daß ich keine Wahl gehabt hatte. Doch das tat er sicher nicht.

Mir war am ganzen Körper eiskalt, ich klapperte mit den Zähnen. Unter dem Arm trug ich Pullover und Hemd, aber es war jetzt zu spät, um sie wieder anzuziehen. Der Himmel war dunkler als im Sommer nachts. Mein Vater hatte die Petroleumlampe in der Hütte angemacht, aus den Fenstern drang gelbes, warmes Licht, und aus dem Schornstein wirbelte grauer Rauch auf, den der Regen sofort wieder auf das Dach drückte, und Wasser und Rauch vermischten sich über dem Schiefer zu einem grauen Brei. Es sah merkwürdig aus.

Die Tür stand einen Spaltbreit offen. Ich ging bis zur Steinstufe und sog den Geruch von gebratenem Speck ein, der durch den hellen Spalt kam. Ich blieb unter dem kleinen Vordach stehen. Zum ersten Mal seit langem prasselte der Regen nicht auf meinen Kopf. Dort blieb ich ein paar Minuten lang stehen, dann machte ich die Tür ganz auf und ging hinein. Mein Vater stand vor dem Holzofen und machte Frühstück. Ich stand in der Tür und tropfte auf den Flickenteppich. Er hörte mich nicht. Ich wußte nicht, wie spät es war, ich war jedoch sicher, daß er mit dem Essen so lange wie möglich gewartet hatte. Über dem karierten Hemd trug er einen löchrigen Pullover, den er gern überzog, wenn er nicht bei der Arbeit war. Er hatte einen Stoppelbart, hatte sich seit unserer Ankunft nicht mehr rasiert. Behaart und frei, sagte er immer und strich sich über das Kinn. Dort stand ein Mann, den ich mochte. Ich hustete, und er drehte sich um, legte den Kopf schief und sah mich an. Ich wartete ab, was er sagen würde.

»Jesses, das nenn ich einen nassen Jungen.«

Ich nickte. »Ja, Mann«, sagte ich zwischen klappernden Zähnen.

»Bleib da.« Er zog die Pfanne an den Rand des gußeisernen Ofens, ging ins Schlafzimmer und kam mit einem großen Handtuch zurück.

»Zieh die Hose und die Schuhe aus«, sagte er. Ich befolgte seine Worte. Es war nicht einfach. Dann stand ich nackt auf dem Flickenteppich. Ich fühlte mich wieder wie ein kleiner Junge.

»Komm herüber zum Ofen.« Ich ging zum Ofen. Er legte zwei weitere Holzscheite in die Brennkammer und schloß die kleine Tür. Durch die Öffnung in der Ofenklappe sah ich die Flammen hochschlagen, und aus dem schwarzen Gußeisen kamen Wellen der Hitze, es tat fast weh auf der Haut. Dann legte er das Handtuch um mich und fing an zu reiben, vorsichtig zunächst, dann immer fester. Es kam mir vor, als würde ich gleich anfangen zu brennen, wie wenn die Indianer zwei Stöcke aneinander rieben, um Feuer zu machen. Ich war ein steifer, trockener Stock, dann wurde ich zu einer glühenden Masse.

»Hier, halt mal«, sagte er. Ich hielt das Handtuch fest um die Schultern, und er ging wieder ins Schlafzimmer und kam mit einer sauberen Hose, einem dicken Pullover und Socken zurück. Ich zog mich ganz langsam an.

»Hast du Hunger?« fragte er.

»Ja«, sagte ich, und dann sagte ich lange Zeit nichts mehr. Ich setzte mich an den Tisch. Er servierte Rührei und gebratenen Speck und Brot, das er selbst in dem alten Ofen gebacken hatte, und er schnitt es in dicke Scheiben und strich Margarine darauf. Ich aß alles, was er vor mich hinstellte, und er setzte sich und aß selbst. Wir hörten den Regen auf das Dach prasseln, und es regnete auf den Fluß und auf Jons Ruderboot und auf die Straße zum Laden und auf Barkalds Wiesen, es regnete auf den Wald und die Pferde auf der Koppel und alle Vogelnester in allen Bäumen, auf Elche und Hasen und auf alle Dächer im ganzen Ort, doch in der Hütte war es warm und trocken. Im Ofen knisterte es, und ich aß, bis nichts mehr auf dem Teller war, und mein Vater aß mit einem Schmunzeln um den Mund, als wäre es ein ganz gewöhnlicher Morgen, aber das war es ja nicht, und dann wurde ich plötzlich müde, legte die Hände auf den Tisch, den Kopf darauf und schlief ein.

Als ich wach wurde, lag ich unter der Decke im unteren Bett, das eigentlich meinem Vater gehörte. Ich war vollständig angezogen. Die Sonne schien durch das Fenster, vom Himmel hinter der Hütte, und da wußte ich, daß es weit nach zwölf war. Ich schlug die Decke zurück, schwang mich aus dem Bett und setzte die Füße auf den Boden. Ich fühlte mich fit. Die eine Seite schmerzte, aber das war nichts, was mich störte. Ich ging in die Stube. Die Tür stand weit offen, und die Sonne schien in den Hof. Das Gras glänzte feucht, und einen Meter über der Erde lag ein Wollteppich aus Dunst in der Wärme. Am Fenster schwirrte eine Fliege. Vor dem Schrank in der einen Ecke stand mein Vater und holte Waren aus seinem

Rucksack, die er ins Regal stellte. Er war den weiten Weg zum Laden gegangen und wieder zurück, während ich geschlafen hatte.

Er sah mich sofort, hielt inne und blieb mit der Tüte in der Hand stehen. Es war ganz still, und er war ganz ernst.

»Wie geht es dir?« fragte er.

»Gut«, sagte ich. »Ich fühle mich gut.«

»Das ist gut«, sagte er, und dann schwieg er kurz, bevor er sagte:

»Heute morgen, als du unterwegs warst, warst du da mit Jon zusammen?«

»Ja«, sagte ich.

»Was habt ihr gemacht?«

»Wir wollten los und Pferde stehlen.«

»Was sagst du da?« Mein Vater sah beinahe schockiert aus. »Was denn für Pferde?«

»Die von Barkald. Wir wollten sie nicht wirklich stehlen, wir wollten sie nur ein wenig reiten. Aber wir nennen es stehlen, das klingt spannender.« Ich lächelte vorsichtig, aber er lächelte nicht zurück.

»Bei mir hat es nicht so toll geklappt«, sagte ich, »ich wurde abgeworfen, direkt über den Stacheldrahtzaun.« Ich hielt ihm meinen Arm mit der deutlich sichtbaren Schnittwunde hin, aber er sah mir direkt ins Gesicht.

»Wie ging es Jon?«

»Jon? Er war wie immer. Außer am Schluß. Er wollte mir Eier in einem Nest zeigen, Wintergoldhähnchen, oben auf einer Fichte, und dann plötzlich hat er das ganze Nest in der Hand zerquetscht, so«, sagte ich, streckte den Arm aus und machte mit der Hand eine Bewegung, als wollte ich etwas zerdrücken, und mein Vater stellte die letzte Tüte in den Schrank, sah mich unverwandt an und nickte, und dann schloß er die Schranktür, fuhr sich über das stoppelige Kinn, und ich sagte:

»Und dann ist er abgehauen, und dann kam das Gewitter.«

Mein Vater trug die Tasche zur Tür, stellte sie dort ab, blieb stehen und sah auf den Hof, mit dem Rücken zu mir. Er kratzte sich im Nacken, dann drehte er sich um, kam zurück, setzte sich ebenfalls an den Tisch und sagte:

»Willst du wissen, worüber alle im Laden reden?«

Es interessierte mich nicht wirklich, worüber die Leute im Laden redeten, aber er würde es mir sowieso erzählen.

»Ja«, sagte ich.

Am Vortag war Jon mit seiner Flinte losgezogen, um wie gewöhnlich auf Hasenjagd zu gehen. Ich begriff nicht, warum er so versessen darauf war, Hasen zu schießen, aber das war seine Spezialität geworden, und er war richtig gut, er traf einen von zweien. Und das war bei so einem kleinen und schnellen Tier nicht schlecht. Ob seine Familie all die Hasen aß, weiß ich nicht. Das wäre wohl etwas zu eintönig. Jedenfalls kam er nach Hause, trug die zwei Hasen, die er mit den Ohren an ein Seil gebunden hatte, in der Hand und strahlte wie die Sonne, denn er hatte an diesem Morgen zwei Schüsse abgegeben, und beide waren Treffer gewesen. Das kam selten vor, auch bei ihm. Er ging ins Haus und suchte seine Mutter oder seinen Vater, um ihnen die Beute zu zeigen, aber seine Mutter war an dem Tag in der Distriktstadt, um ein paar Bekannte zu besuchen, und sein Vater war im Wald. Das hatte er in der Eile vergessen. Als er loszog, hatte er nicht darauf geachtet, wer zu Hause war, dabei sollte er auf die Zwillinge aufpassen. Er stellte die Flinte in den Gang, hängte das Seil mit den Hasen an einen Haken und lief auf der Suche nach seinen Brüdern durch das Haus, aber sie waren nirgendwo zu finden, deshalb ging er wieder hinaus, um den Holzschuppen und die Scheune herum, fand sie jedoch nicht. Jetzt wurde er von Panik erfaßt. Er rannte zum Fluß hinunter, watete neben dem Anlegesteg, den sie dort hatten, ins Wasser, drehte sich zur einen Seite, sah das Ufer hinauf, drehte sich zur anderen Seite, sah das Ufer hinunter, aber alles, was er sah, war ein Eichhörnchen in einer Tanne.

»Scheiß Eichhörnchen«, sagte er. Er bückte sich und zog die Hände durchs Wasser, als wollte er es zur Seite schieben, um besser sehen zu können, doch das war ziemlich sinnlos, es ging ihm nur bis zu den Knien und war absolut durchsichtig. Er richtete sich wieder auf, atmete tief durch und versuchte nachzudenken, und dann hörte er aus dem Haus einen Schuß.

Die Flinte. Er hatte vergessen, die Flinte zu sichern, er hatte die letzte Patrone nicht herausgenommen, was er sonst immer tat, wenn er nach Hause kam. Die Waffe war das einzig wertvolle, das er besaß, und er paßte auf sie auf, putzte sie, hegte und pflegte sie, als wäre sie sein Baby, und das tat er, seit er sie an seinem zwölften Geburtstag von seinem Vater erhalten hatte, mit strengen Anweisungen, wozu sie benutzt werden durfte, und vor allem, wozu sie *nicht* benutzt werden durfte. Und er sicherte sie immer, nahm die Patrone heraus und hängte die Flinte an ihren Platz in der Abstellkammer, ganz oben an einen Haken. Doch jetzt hatte er sie einfach im Gang abgestellt, weil ihm plötzlich eingefallen war, was er vergessen hatte: daß er die Verantwortung für die Zwillinge trug, die allein zu Hause waren. Sie waren erst zehn.

Jon rannte aus dem Wasser, daß es spritzte, lief ein Stück das Ufer hinauf und weiter direkt auf das Haus zu, und der Weg war plötzlich lang, und seine Hosenbeine waren naß und schwer bis zu den Knien, und in seinen Schuhen gluckerte es, und bei jedem Schritt, den er machte, war ein Quatschlaut zu hören, und ihm wurde ganz übel davon. Auf halbem Weg zum Haus sah er, wie sein Vater vom Wald auf der anderen Seite des Hofs angerannt kam. Er hatte seinen Vater noch nie rennen gesehen, und der Anblick des großen schweren Mannes, der aus dem Wald auf den Hof gerannt kam, mit langen, schweren

Schritten, die Arme etwas unbeholfen in Schulterhöhe, als liefe er durch Wasser und gegen die Strömung, war so angsteinflößend, daß Jon stehenblieb und sich unmittelbar auf die Wiese setzte. Was auch immer vorgefallen war, es war jetzt ohnehin zu spät, der Vater würde zuerst ins Haus kommen, und Jon hatte das Gefühl, daß er nicht sehen wollte, was passiert war.

Passiert war, daß die Zwillinge den ganzen Morgen im Keller mit ausrangierten Kleidern und ausgetretenen Schuhen gespielt hatten. Dann waren sie lachend die Treppe hochgekommen und durch die Kellertür in den Flur gestolpert, wo sie die Hasen am Haken sahen und die Flinte an der Wand. Es war Jons Flinte, das wußten sie genau, und ihr großer Bruder Jon war ihr Held, und wenn sie die gleichen Vorbilder hatten wie ich in ihrem Alter, war er ihr Davy Crockett, ihr Deerfoot und Huckleberry Finn in einer Person. Alles, was Jon tat, konnte nachgeahmt und zu einem Spiel werden.

Lars war der erste, er riß die Flinte an sich, drehte sich um und rief:

»Sieh mich an!« Und dann drückte er ab. Der Knall und der Rückstoß des Kolbens warfen ihn mit einem Schrei zu Boden, er hatte ja auf nichts gezielt, er wollte nur die wunderbare Flinte halten und *Jon* sein, und er hätte die Holzkiste oder das kleine Fenster neben dem Eingang treffen können oder das Photo von Großvater mit dem langen Bart, das direkt über dem Haken in einem mit leuchtendem Gold bemalten Rahmen hing, oder die Glühbirne dort, nackt ohne Schirm, die immer brannte, damit diejenigen, die draußen im Dunkeln unterwegs waren, das Licht im Fenster sahen und sich nicht verirrten. Aber er traf nichts davon, er traf Odd aus nächster Nähe genau ins Herz. Und wäre dies in einem Western passiert, wäre auf den brüchigen Seiten zu lesen gewesen, Odds

Name habe eben auf der Kugel gestanden oder in den Sternen oder auf einer der Seiten im dicken Schicksalsbuch. Daß nichts hätte getan oder gesagt werden können, um die Linien, die sich in *diesem* brennenden Augenblick trafen, in eine andere Richtung zu lenken. Daß andere Kräfte als jene, über die die Menschen herrschten, die Mündung der Flinte dazu gebracht hätten, genau in diese Richtung zu zeigen. Aber so war es nicht, und das wußte Jon, wie er zusammengekauert im Gras auf der Wiese lag und den Vater aus dem Haus kommen sah mit dem Bruder auf dem Arm, und das einzige Buch, in dem Odds Name geschrieben stand und nicht ausgelöscht werden konnte, war das Kirchenbuch.

Mein Vater konnte mir das nicht alles erzählt haben, nicht in allen Details. Dennoch sehe ich es in meiner Erinnerung so vor mir, und ich weiß nicht, ob ich es sofort auszumalen begann, oder ob ich es erst im Lauf der Jahre getan habe. Doch die nackten Fakten des Ganzen standen nicht zur Diskussion, was geschehen war, war geschehen, und mein Vater sah mich über den Tisch hinweg fragend an, als ob *ich* etwas Kluges dazu hätte sagen können, weil ich die Beteiligten in diesem Drama vielleicht besser kannte als er, aber alles, was ich vor mir sah, waren Jons weißes Gesicht und der Regen, der auf das tosende Wasser im Fluß fiel, als er sich abstieß und das Boot in die Strömung trieb, die zu dem Haus führte, in dem er wohnte wie auch jene, die dort auf ihn warteten.

»Das ist aber noch nicht das schlimmste«, sagte mein Vater.

*

Frühmorgens, am Tag, bevor Lars seinen Zwillingsbruder Odd erschoß, hatte ihre Mutter in dem Auto, das die Läden mit Waren belieferte, eine Mitfahrgelegenheit in die Distriktstadt erhalten. Am Tag darauf, als sich das Ganze ereignete, sollte der Vater sie mit Pferd und Wagen abholen. Ihr Pferd hieß Bramina und war ein fünfzehn Jahre alter, braunschwarzer Ackergaul mit weißer Blesse und weißen Fesseln. Es war eine hübsche Stute, fand ich, nicht gerade leichtfüßig, aber Jon war der Meinung, sie hätte einen leichten Heuschnupfen, der sie schwer schnaufen ließ, und das war für ein Pferd ziemlich ungewöhnlich. Mit ihr dauerte die Fahrt zur Distriktstadt und zurück fast den ganzen Tag.

Der Vater stand mit dem toten Jungen auf dem Arm im Hof. Auf der Wiese lag sein ältester Sohn, völlig reglos, als wäre auch er tot. Er wußte, daß er fahren mußte. Das hatte er zugesagt. Er hatte keine andere Wahl. Und wollte er es noch schaffen, mußte er jetzt los. Er drehte sich um und ging wieder ins Haus. Im Flur stand Lars, stocksteif und still, und sein Vater sah ihn, konnte aber nur an *eine* große Sache auf einmal denken, und er ging ins Schlafzimmer, legte Odd auf das Ehebett, nahm ein Tuch und deckte den kleinen Körper zu. Er zog sich um, zog sein blutiges Hemd und seine Hose aus und ging hinaus, um Bramina anzuschirren. Aus den Augenwinkeln sah er, daß Jon aufgestanden war und langsam auf den Stall zukam. Als das Pferd fertig vor dem Wagen stand, war Jon dort angelangt. Sein Vater drehte sich um und faßte ihn an der Schulter, viel zu hart, dachte er einen Augenblick später, aber der Junge gab keinen Ton von sich.

»Du paßt auf Lars auf, während ich weg bin. *Das* schaffst du«, sagte er und sah zum Haus, wo Lars nach draußen gekommen war, in die Sonne, und mit den Augen in das helle Licht blinzelte. Der Vater fuhr sich mit der Hand über das Gesicht, schloß einen Moment lang die Augen, dann räusperte er sich, setzte sich auf den Kutschbock, schnalzte dem Pferd zu, und der Wagen rollte los und fuhr durch die Toreinfahrt auf die Hauptstraße, am Laden vorbei und langsam weiter, die weite Strecke zur Distriktstadt.

Jon nahm Lars mit in sein Boot, und sie fuhren den Fluß hinunter zum Angeln, ihm fiel nichts anderes ein, und sie blieben stundenlang fort. Worüber sie sprachen, konnte ich mir nie wirklich vorstellen. Vielleicht sprachen sie überhaupt nicht. Vielleicht standen sie nur jeder mit seiner Angel am Ufer und fischten; warfen die Angel aus und holten sie wieder ein, hielten viel Abstand zwischen sich und hatten nichts als den Wald um sie herum und eine große Stille. *Das* kann ich mir vorstellen.

Als sie zurückkamen, setzten sie sich mit ihrem mageren Fang in die Scheune und warteten. Nicht ein einziges Mal gingen sie ins Haus. Spät abends hörten sie Braminas Hufe auf dem Schotter und den Wagen, der über die Straße rollte. Sie sahen sich an. Sie wären gern noch ein wenig sitzengeblieben. Dann stand Jon auf, und Lars stand auf, und sie faßten sich bei den Händen, das erste Mal seit die Zwillinge ganz klein waren, und gingen hinaus und sahen den Wagen auf den Hof einbiegen, auf sie zukommen und anhalten, und sie hörten Braminas asthmatischen Atem und Vaters tröstende Worte an das Pferd; freundliche Worte, sanfte Worte, Worte, die sie ihn nie zu einem Menschen sagen hörten.

Die Mutter saß in dem blauen Kleid mit den gelben Blumen auf dem Bock, die Tasche auf dem Schoß, lächelte ihnen zu und sagte:

»Ich bin wieder da, zu Hause, ist das nicht schön«, und sie stand auf, setzte einen Fuß auf das Rad und hüpfte herunter.

»Wo ist Odd?« fragte sie.

Jon sah zu seinem Vater, aber dieser sah nicht zurück, er starrte auf die Scheunenwand und kaute, als wäre sein Mund voller Tabak. Er hatte es nicht erzählt. Den ganzen weiten Weg durch den Wald, und nur sie beide, und er hatte ihr nichts erzählt.

Die Beerdigung fand drei Tage später statt. Mein Vater fragte, ob wir hingehen sollten, und ich sagte ja. Es war meine erste Beerdigung. Einer der Brüder meiner Mutter war von den Deutschen erschossen worden, als er 1943 irgendwo in Südnorwegen versucht hatte, von einer Polizeiwache zu fliehen, aber ich war nicht dabei gewesen, als es geschah, und ich weiß nicht einmal, ob es eine Beerdigung gab.

Von Odds Beerdigung erinnere ich mich noch an zwei Dinge. Zum einen, daß sich mein Vater und Jons Vater nicht ein einziges Mal in die Augen sahen. Mein Vater gab ihm zwar die Hand und sagte:

»Herzliches Beileid«, was völlig fremd klang und was kein anderer als er an diesem Tag sagte, aber sie sahen einander nicht an.

Zum anderen an Lars. Als wir aus der Kirche kamen und an dem offenen Grab standen, wurde er immer unruhiger, und als die Zeremonie zur Hälfte vorbei war und der kleine Sarg mit Seilen um jeden Griff hinabgelassen werden sollte, konnte er sich nicht länger beherrschen, riß sich von seiner Mutter los und lief davon, zwischen den Grabsteinen hindurch, bis an den Rand des Friedhofs, und fing an, dicht an der Steinmauer im Kreis zu laufen. Er lief mit gesenktem Kopf im Kreis, den Blick auf den Boden gerichtet, und je länger er lief, um so langsamer sprach der Pfarrer, und zuerst drehten sich nur einige wenige in der schwarzgekleideten Menge um, doch allmählich wurden es immer mehr, und schließlich drehten sich alle um und sahen auf Lars anstatt auf den Sarg mit seinem Bruder, und es nahm kein Ende, bis ein Nachbar langsam über das Gras ging, sich außerhalb des Kreises aufstellte, ihn einfing, als er vorbeirannte, und hochhob. Seine Beine liefen weiter, doch er gab keinen Laut von sich. Ich sah zu Jon, und er sah zu mir, und ich schüttelte leicht den Kopf, aber er machte kein Zeichen zurück, sondern starrte mir nur direkt in die Augen, ohne zu blinzeln. Und ich weiß noch, daß ich dachte, wir würden nie mehr wieder zusammen Pferde stehlen, und das machte mich trauriger als alles andere, was auf dem Friedhof geschah. Daran erinnere ich mich noch. Dann waren es wohl drei Dinge.

4

Auf dem Stück Land, das mein Vater zusammen mit der Hütte gekauft hatte, stand Wald. Überwiegend Fichten, aber auch Kiefern und die eine oder andere schmächtige Birke, zwischen die dunkleren Baumstämme gezwängt, und alles stand bis dicht ans Ufer, und an die äußerste Kiefer, die zwischen den Ufersteinen wuchs und nahezu über dem Wasser hing, war auf geheimnisvolle Weise ein Holzkreuz genagelt. Dann bildete der Wald fast einen Kreis um den Hof und die Hütte mit dem Geräteschuppen und die Wiese dahinter und erstreckte sich weiter bis zu der schmalen Straße, an der unser Grundstück endete. Die Straße war eigentlich nur ein schmaler Schotterweg zwischen den Fichtenstämmen, mit Wurzeln durchsetzt, und führte ein Stück am Ostufer des Flusses entlang, hinauf zur Holzbrücke, wo sie im Bogen zum »Dorfzentrum« ging, zum Laden und der Kirche. Sie mußten wir nehmen, wenn wir Ende Juni mit dem Bus kamen oder wenn irgendein Idiot das Boot am falschen Ufer zurückgelassen hatte: auf der Ost- oder Westseite, je nachdem, wo wir uns befanden. Der Idiot war in der Regel ich. Sonst gingen wir am Zaun entlang über Barkalds Wiese und ruderten über den Fluß.

Wegen des dichten Walds an der Südseite lag unsere Hütte vormittags mehrere Stunden im Schatten, und ich wußte nicht, ob mein Vater deshalb beschloß, den ganzen Mist abzuholzen. Er brauchte wohl auch Geld, aber daß es so akut war, war mir nicht klar gewesen, ich hatte nur verstanden, daß wir überhaupt nur zu diesem Fluß fuhren, und das zum zweiten Mal in

Folge, damit er Zeit und Ruhe hatte, um Pläne für ein anderes Leben zu schmieden als das, welches er hinter sich hatte, und daß er dies an einem anderen Ort machen mußte, mit einem anderen Ausblick als wir ihn von unserer Wohnung in Oslo aus hatten. Dieses Jahr ist eine Wegscheide, hatte er gesagt. Daß er mich mitnahm, verlieh mir einen Status, der meiner Schwester nicht zuteil wurde, denn sie mußte zusammen mit meiner Mutter in der Stadt bleiben, obwohl sie drei Jahre älter war als ich.

»Ich will auch gar nicht mitkommen, ich muß dann nur den Abwasch machen, während ihr angeln geht. Ich bin doch nicht blöd«, sagte sie, und damit hatte sie recht, und ich dachte, ich verstehe, was mein Vater meint, denn mehr als einmal hörte ich ihn sagen, daß er nicht nachdenken könnte, wenn Frauen in der Nähe wären. Ich selbst hatte das Problem nie. Im Gegenteil.

Später habe ich überlegt, daß er vielleicht nicht *alle* Frauen gemeint hatte.

Aber über das bißchen Schatten, das wir hatten, redete er: Der verfluchte Schatten, sagte er, es sind doch Sommerferien, verdammt noch mal, und er fluchte, wie er es manchmal tat, wenn Mutter nicht dabei war. Sie war in einer Stadt aufgewachsen, in der ständig geflucht wurde, behauptete sie, und jetzt wollte sie keine Flüche mehr hören. Ich persönlich fand es in Ordnung, in den heißen Stunden etwas Ferien von der Sonne zu haben, wenn der Wald im grellen Licht reglos dastand und Düfte aussonderte, die mich träge und schlaff machten, so daß ich manchmal mitten am Tag einschlief.

Was auch immer der Grund war, seine Entscheidung war gefallen. Der größte Teil des Waldes sollte gefällt werden, die Stämme sollten zum Fluß gezogen und mit der Strömung zu einem Sägewerk nach Schweden geschleppt werden. Letzteres wunderte mich, da Barkald knapp einen Kilometer weiter stromabwärts eine Säge hatte, aber es war nur eine Säge für den Hausgebrauch, und sie war vielleicht zu klein und konnte die Menge nicht aufnehmen, die wir liefern würden. Abgesehen davon wollten die Schweden das Holz nicht an Ort und Stelle kaufen, wie es üblich war, sondern nur für das bezahlen, was in ihrem Sägewerk ankäme. Auch für die Flößerei wollten sie die Verantwortung nicht übernehmen. Nicht im Juli, sagten sie.

»Vielleicht sollten wir es Stück für Stück machen«, schlug ich vor, »einen Teil jetzt und einen Teil nächstes Jahr?«

»Ich bin derjenige, der entscheidet, wann mein Holz gefällt wird«, sagte er. Ich hatte ja gar nicht in Frage gestellt, daß er derjenige war, der bestimmte, aber ich ließ es gut sein. Für mich war es nicht von Bedeutung. Was ich vor allem überlegte, war, ob ich beim Abholzen dabei sein dürfte, und wer sonst noch mit dabei wäre, denn es war schwere Arbeit und bestimmt gefährlich, wenn man nicht wußte, was man tat, und soweit mir bekannt war, hatte mein Vater noch nie mit der Holzfällerei zu tun gehabt. Das hatte er auch nicht, wie mir heute klar ist, aber er hatte das Selbstvertrauen, daß er fast alles anpacken konnte, und das ihn daran glauben ließ, daß es gutgehen würde.

Doch zuerst sollten die Wiesen gemäht werden. Nach dem Gewitter hatte es keinen Regen mehr gegeben, und zwei Tage lang war das Gras trocken geblieben. Eines Morgens stand also Barkald im Hof, frischgekämmt, die Hände in den Hosentaschen, und fragte, ob wir nicht vielleicht für ein paar Tage an der Heugabel bereit wären. Er behauptete, die letztjährige Heuernte wäre den Bach runter gegangen, wenn mein Vater und ich nicht mitangepackt hätten, vor allem ich, das schloß ich aus dem, was er so einschmeichelnd sagte, aber ich war alt genug, um zu verstehen, daß er es nur auf kostenlose Erntehilfe abgesehen hatte. Wobei wir durchaus hart genug gearbeitet hatten.

Mein Vater fuhr sich über das bärtige Kinn, blinzelte einen Augenblick in die Sonne, bevor er den Kopf schief legte und auf mich heruntersah, wie wir dort auf der Stufe vor dem Haus standen.

»Was meinst du, Trond T.?« fragte er. Ich hieß Tobias mit zweitem Vornamen, aber den Namen benutzte ich nie, und das T tauchte nur auf, wenn mein Vater zum Spaß ernst tat, und war ein Signal an mich, daß jetzt Raum für ein paar Scherze war.

»Schon«, sagte ich, »das wäre sicher nicht völlig undenkbar.«

»Wir haben zwar selbst das eine oder andere zu tun«, sagte er.

»Allerdings«, sagte ich, »es gibt ein paar Dinge, die wir unbedingt erledigen müßten, das stimmt schon, aber vielleicht könnten wir ein paar Tage einschieben, das wäre nicht völlig ausgeschlossen.«

»Nicht ausgeschlossen, aber schwierig wäre es schon«, sagte mein Vater.

»Doch, schwierig wäre es schon«, sagte ich, »das muß ich zugeben. Aber ein Tauschhandel wäre vielleicht hilfreich.«

»Da hast du recht«, sagte mein Vater, und jetzt sah er mich neugierig an. »Ein Tauschhandel wäre überhaupt nicht dumm.«

»Ein Pferd vielleicht, mit Geschirr«, sagte ich, »für ein paar Tage nächste Woche oder in der Woche darauf.«

»Genau«, sagte mein Vater mit einem breiten Lächeln, »haargenau. Was sagst du dazu, Barkald?«

Barkald hatte mit verwirrtem Gesichtsausdruck im Hof gestanden und unser verzwicktes Gespräch verfolgt, und nun saß er in der Falle. Er fuhr sich durch die Haare und sagte:

»Doch, klar, das müßte schon gehen. Ihr könntet Brona haben«, sagte er, und ich konnte sehen, daß er Lust hatte zu fragen, was wir mit dem Pferd eigentlich vorhatten, aber er fühlte sich jetzt ausgeschlossen, hatte seine Überlegenheit eingebüßt und wollte sich auf keinen Fall blamieren.

Barkald sagte, er wolle am nächsten Tag mähen, sobald sich der Tau verzogen hätte, wir sollten uns einfach auf der nördlichen Wiese einfinden, dann hob er die Hand zum Gruß, sichtlich froh, uns zu entkommen, ging zum Fluß, bestieg sein Boot, und mein Vater stemmte die Hände in die Hüften, sah mich an und sagte:

»Das war ja fast genial, wie bist du denn darauf gekommen?« Er ahnte nicht, wie intensiv ich schon über das Abholzen nachgedacht hatte, und da ich nicht gehört hatte, daß er etwas über irgendein Pferd gesagt hatte, habe ich zugeschlagen, denn ich wußte, daß wir die Baumstämme nicht mit den Händen zum Fluß schleppen konnten. Ich antwortete jedoch nicht, zuckte nur lächelnd mit den Schultern. Er faßte mich bei den Haaren und zog sanft daran.

»Du bist nicht dumm«, sagte er, und ich gab ihm recht. Davon war ich schon immer überzeugt gewesen: daß ich nicht dumm war.

Vier Tage waren seit Odds Beerdigung vergangen, und ich hatte Jon seitdem nicht mehr gesehen. Es war ein merkwürdiges Gefühl. Ich wachte morgens auf und horchte nach seinen Schritten im Hof, auf dem Absatz vor dem Haus, und ich horchte nach dem knarrenden Geräusch der Riemen in den Dollen und dem dumpfen Aufprall, wenn das Boot am Flußufer auf die Steine traf. Aber es war jeden Morgen still, nur die Vögel waren zu hören und der Wind in den Baumwipfeln und das Geräusch von Kuhglocken, wenn die Kühe von den Almhütten nördlich und südlich von uns auf den Berg hinter uns getrieben wurden, um den ganzen Tag auf den grünen Hängen zu weiden, bis die Sennerinnen auf die Wiesen kamen, zur

Straße gingen und sie um fünf Uhr nach Hause riefen. Ich lag bei geöffnetem Fenster im Bett, hörte den metallischen, dumpfen Laut von Terrain zu Terrain ziehen und dachte, ich würde nirgendwo sonst sein wollen als in dieser Hütte, zusammen mit meinem Vater, egal was passierte, und jedesmal, wenn ich aufstand und Jon nicht vor der Tür war, spürte ich einen Anflug von Erleichterung. Dann schämte ich mich, und es war, als hätte ich eine Halsentzündung, und es konnte Stunden dauern, bis die wunde Stelle im Hals verschwunden war.

Ich sah ihn auch nicht am Fluß, sah ihn nicht mit der Angel am Ufer oder im Boot auf dem Weg flußauf- oder -abwärts, und mein Vater fragte mich nicht, ob wir zusammengewesen wären, und ich fragte meinen Vater nicht, ob er ihn gesehen hätte. So war es. Wir frühstückten nur, zogen Arbeitsklamotten an, gingen hinunter zu dem alten Ruderboot, das beim Kauf der Hütte inbegriffen gewesen war, und ruderten über das Wasser.

Die Sonne schien. Ich saß auf der hinteren Ruderbank, die Augen geschlossen, dem Licht und dem vertrauten Gesicht meines Vaters zugewandt, während er mit sicheren Schlägen ruderte, und ich dachte darüber nach, wie es sich anfühlte, sein Leben so früh zu verlieren. Das Leben zu verlieren, als hätte man ein Ei in der Hand und ließe es los, und es fiele auf den Boden und ginge zu Bruch, aber ich wußte, daß es sich nicht einfach *irgendwie* anfühlen konnte. War man tot, so war man tot, doch in der winzigen Sekunde davor: Ob man da begriff, daß es vorbei war, und wie sich das anfühlte? Es gab eine schmale Öffnung, wie eine Tür, die einen winzigen Spaltbreit offenstand und gegen die ich mich stemmte, denn ich wollte hinein, und die Sonnenstrahlen leuchteten golden durch meine Lider, und dann glitt ich plötzlich hinein, und einen winzigen Augenblick lang fühlte ich mich ganz sicher, und es machte mir überhaupt keine Angst, machte mich nur traurig, und ich war verwundert darüber, wie still es war. Als ich die Augen öffnete, war das Gefühl noch da. Ich sah über das Wasser zum anderen Ufer, und es war immer noch da. Ich sah das Gesicht meines Vaters wie aus weiter Ferne, und ich blinzelte mehrmals und atmete tief durch, und vielleicht zitterte ich ein wenig, denn er lächelte neugierig und fragte:

»Alles in Ordnung, Chef?«

»Klar doch«, sagte ich nach einer Pause. Aber als wir anlegten und das Boot vertäuten und am Zaun entlang über die Wiese liefen, spürte ich irgendwo in mir drin einen kleinen Rest, einen gelben Fleck, und ich wußte nicht, ob ich ihn je wieder loswerden würde.

Als wir zu der nördlichen Wiese kamen, waren schon Leute da. Barkald selbst stand an der Mähmaschine, hatte die Zügel in der Hand und wollte gerade aufsteigen. Ich erkannte das Pferd wieder, mir tat nach unserem gemeinsamen Ritt noch immer der Schritt weh, und zwei Männer aus dem Dorf standen da und eine Frau, die ich nicht kannte, die nicht wie eine Bäuerin aussah, aber vielleicht mit jemandem vom Hof verwandt war, und Frau Barkald unterhielt sich mit Jons Mutter. Die beiden hatten die Haare nachlässig zu Knoten aufgesteckt und trugen verwaschene Kleider aus geblümtem Baumwollstoff, die sich an den Körper schmiegten, die nackten Beine in halbhohen Stiefeln, und in den Händen hatten sie Heurechen mit Schäften, doppelt so lang wie sie selbst. Wir hatten ihre Stimmen schon unten auf unserem Weg durch die Morgenluft gehört, und Jons Mutter wirkte hier auf der Wiese anders als daheim in dem engen Haus, und es war so auffallend, daß ich es sofort sah, und es war deutlich zu erkennen, daß es meinem Vater ebenfalls auffiel. Fast widerwillig drehten wir die Köpfe, tauschten Blicke und erkannten, was der andere gesehen hatte. Mir wurde heiß im Gesicht, und ich fühlte mich angespannt und zugleich peinlich berührt, aber ich wußte nicht, ob es aufgrund meiner eigenen überraschenden Gedanken war oder weil ich wußte, daß mein Vater das gleiche gedacht hatte wie ich. Als er sah, wie ich errötete, lachte er leise, aber überhaupt nicht herablassend, das muß ich ihm lassen. Er lachte nur. Fast begeistert.

Wir gingen durch das Gras auf die Mähmaschine zu und begrüßten Barkald und seine Frau, und Jons Mutter gab uns die Hand und bedankte sich, weil wir an Odds Beerdigung teilgenommen hatten. Sie war ernst und hatte leicht geschwollene Augen, wirkte aber nicht am Boden zerstört. Sie war auf eine schöne Art sonnengebräunt, trug ein blaues Kleid, und ihre Augen waren ebenso blau und glänzten, und sie war nur wenige Jahre jünger als meine Mutter. Es ging ein Glanz von ihr aus, und es war, als würde ich sie zum ersten Mal richtig sehen, und ich fragte mich, ob es an dem Vorgefallenen lag, ob so etwas Menschen dazu brachte, sich abzuheben und aus sich heraus zu leuchten. Ich mußte zu Boden sehen und auf die Wiese, um ihrem Blick auszuweichen, dann ging ich zu dem Stapel mit den Stangen, an denen die Geräte standen, holte mir eine Heugabel, stützte mich darauf, sah in die Luft und wartete darauf, daß Barkald loslegte. Mein Vater unterhielt sich noch ein wenig, kam dann aber auch herüber, hob zwischen zwei Stahldrahtrollen eine Heugabel aus dem Gras auf, stellte sie auf die Erde und wartete wie ich, wobei wir es vermieden, einander anzusehen, und Barkald, der auf der Mähmaschine saß, schnalzte dem Pferd zu, ließ die Messer herab und bewegte sich vorwärts.

Die Wiese war entsprechend der Zahl der erforderlichen Reuter in vier Teile aufgeteilt, und Barkald mähte eine lange Linie in der Mitte des ersten Teils. Ein paar Meter vom Wiesenrand entfernt schlugen wir mit dem Vorschlaghammer einen kräftigen Pflock schräg in die Erde, wickelten das Ende der einen Stahldrahtrolle drum herum, befestigten es gut, und dann war es meine Aufgabe, die Rolle an den beiden blankgewetzten Griffen aufzunehmen und den Draht abzurollen, den ich dabei die ganze Zeit über stramm hielt, während ich rückwärts über das Feld lief, das Barkald gemäht hatte. Es war eine schwere Arbeit, nach wenigen Metern schon taten mir die Handgelenke weh, und meine Schultern schmerzten, weil ich mit der schweren Rolle drei Dinge gleichzeitig machen mußte, ohne daß meine Muskeln warm waren. Je weiter der Draht abgerollt war, desto leichter wurde er, aber dafür war ich auch um so erschöpfter, und plötzlich war in allem Physischen ein derart großer Widerstand, daß ich merkte, wie ich wütend wurde und dachte, auf keinen Fall sollte einer von den Anwesenden glauben, ich sei so ein verweichlichter Stadtjunge, nicht ums Verrecken, und Jons Mutter sah mir mit blendend offenem Blick zu. Ich selbst konnte entscheiden, wann es weh tat und ob es zu sehen sein sollte oder nicht, und ich drückte den Schmerz in den Körper zurück, damit er in meinem Gesicht nicht zu erkennen war, und mit erhobenen Armen drehte ich die Rolle, und der Draht wickelte sich ab, bis ich am Ende der Wiese angelangt war, und dort legte ich die Rolle so ruhig ich konnte in das kurze, frischgemähte Gras, den Stahldraht noch immer strammgezogen, richtete mich ebenso ruhig auf, steckte die Hände in die Taschen und ließ die Schultern fallen. Es fühlte sich an wie Messerstiche im Nacken, und ich ging langsam zu den anderen zurück. Als ich an meinem Vater vorbeikam, hob er wie zufällig die Hand, strich mir über den Rücken und sagte leise:

»Gut gemacht.« Das genügte. Der Schmerz verschwand, und ich war bereit für das, was kommen sollte.

Barkald war mit dem ersten Teil der Wiese fertig und hatte den ersten Streifen im zweiten Teil gemäht, und nun stand er neben dem Pferd und rauchte und wartete darauf, daß wir den Rest erledigten. Er war der Chef, und laut meinem Vater gehörte er zu dem Typ Mann, der am besten im Sitzen arbeitete und sich im Stehen ausruhte, wenn es nicht zu lange dauerte, denn dann mußte er sich wieder setzen. Wenn es überhaupt etwas gab, wovon er sich ausruhen mußte. Dessen war ich mir nicht so sicher. Das Pferd zu führen war keineswegs anstrengend. Es hatte die Arbeit schon so viele Male gemacht, daß es sie blind beherrschte, und es langweilte sich und wollte weiter, aber es durfte nicht, denn Barkald war ein systematischer Mensch und hatte nicht vor, die ganze Wiese in einem Rutsch zu mähen. Eins nach dem anderen, obwohl die Sonne aus einem wolkenfreien Himmel schien und noch mehr Wärme versprach. Der Tag war jetzt so weit fortgeschritten, daß wir spürten, wie die Hemden auf dem Rücken vor Schweiß naß waren, und wann immer wir etwas Schweres hochhoben, lief uns das Wasser von der Stirn. Die Sonne stand genau im Süden, und im ganzen Tal war kaum Schatten, der Fluß wand sich und glitzerte, und wir konnten ihn die Stromschnelle unter der Brücke zum Laden hinunterrauschen hören. Ich nahm einen Armvoll Stangen auf, verteilte sie in angemessenem Abstand entlang dem Draht, ging mit leeren Händen zurück, um weitere zu holen, und mein Vater und einer der Männer aus dem Dorf maßen die Abstände ab, bohrten mit der Brechstange alle zwei Meter Löcher, abwechselnd, jeweils auf der einen und auf der anderen Seite des Drahts, zweiunddreißig insgesamt, und mein Vater, jetzt im Unterhemd, weiß gegen die dunklen Haare, die braune Haut und die weißglänzenden Oberarme, und das große Brecheisen ging hoch, dann schwer nach unten und wurde mit einem Sauggeräusch in die feuchte Erde versenkt, wie eine Maschine, mein Vater, und glücklich, mein Vater, und Jons Mutter kam hinterher und pflanzte die Stangen in die Löcher die ganze Strecke bis zu der Stahldrahtrolle, wo ein neuer Pflock in die Erde sollte, um den Heureuter zu befestigen, und ich konnte den Blick nicht von ihnen wenden.

Einmal hielt sie inne, legte die Stange ins Gras, trat ein paar Schritte zur Seite, blieb mit dem Rücken zu allem stehen und sah mit bebenden Schultern hinunter zum Fluß. Daraufhin richtete sich mein Vater auf, hielt inne und wartete, die Hände in Handschuhen um das Brecheisen, doch dann drehte sie sich mit hellerer Miene und nassem Gesicht wieder um, und mein Vater lächelte und nickte ihr zu, so daß ihm die Haare in die Stirn fielen, nahm das Brecheisen wieder auf, und sie lächelte ernst zurück, kam näher, beugte sich über die Stange, hob sie auf und rammte sie mit einer drehenden Bewegung in das Loch, so daß sie saß. Und dann arbeiteten sie weiter, im gleichen Takt wie zuvor.

Weder Jon noch sein Vater waren gekommen, obwohl ich sicher gewesen war, daß sie kommen würden, denn sie waren im letzten Jahr dabei gewesen, aber vielleicht hatten sie etwas anderes zu tun, eigene Dinge, oder sie ertrugen es einfach nicht. Daß *sie* es ertrug, war im Grunde seltsam, aber nachdem ich ihr eine Weile zugesehen hatte, dachte ich nicht mehr daran. Vielleicht würde mein Vater sie alle drei zum Holzfällen bitten. Das war nicht ausgeschlossen, denn Jons Vater hatte viel Erfahrung, aber zugleich wußte ich nicht, wie es eigentlich gehen sollte, wenn es weiter so wäre wie bisher, daß sie einander nicht anschauten.

Als alle Stangen in einer gezackten Reihe quer über die Wiese standen, sollte der Stahldraht in Oberschenkelhöhe zwischen ihnen gespannt werden, wobei ihre Ösen abwechselnd nach rechts und nach links zeigten, so daß der Draht genau in der Mitte saß. Diese Aufgabe übernahmen die beiden Männer aus dem Dorf: Der eine war lang, der andere kurz, und dies war ganz offensichtlich eine gute Kombination, denn sie hatten es schon oft gemacht und waren rasch und effektiv, bald saß der Draht bis zur letzten Stange stramm wie eine Gitarrensaite und wurde an dem Pflock, den Barkald am anderen Ende in die Erde gerammt hatte, festgezurrt und festgesteckt. Wir anderen nahmen die Rechen in die Hand, verteilten uns in Fächerform mit ausreichend Abstand zwischen uns und fingen an, das Gras von allen Seiten zum Reuter hin zu harken, und sofort wurde klar, warum die Rechenstiele so lang waren. Sie verliehen uns einen derart großen Radius, daß wir zusammen das ganze Feld abdeckten und kein Halm zurückblieb. Aber es ging sehr auf die Handflächen, den Rechen in den Händen tausend Mal vor und zurückzubewegen, und wir mußten Handschuhe benutzen, um nicht nach einer Stunde schon wunde Stellen, Brandspuren und Blasen zu bekommen. Und so beluden wir den ersten Draht, manche mit der Heugabel, mit Gleichgewichtssinn und großer Präzision, andere, die nicht die gleiche Übung hatten, wie mein Vater und ich, mit den Händen. Aber auch das ging gut, und unsere nackten Arme wurden innen langsam grün, und der Draht füllte sich, und wir spannten einen neuen und beluden ihn ebenfalls, und dann noch einen, bis wir fünf Drähte in voller Höhe beladen hatten, und die obere, etwas dünnere Grasschicht hing auf beiden Seiten wie ein schräges Dach herunter, wenn also der Regen käme, würde er einfach ablaufen, und der Reuter könnte monatelang so stehen, und das Heu unter den äußersten Halmen wäre unverändert gut. Laut Barkald war es, wenn alles richtig gemacht wurde, fast genauso gut, wie wenn man es trocken in der Scheune lagerte, und soweit ich sehen konnte, gab es keine Fehler. Der Reuter sah aus, als hätte er immer da gestanden, mitten im Gelände, von der Sonne beschienen und mit einem langen Schatten dahinter, und er folgte jeder Bodenwelle und war zuletzt nur mehr eine Form, eine Urform, auch wenn das nicht das Wort war, an das ich damals dachte, und es erfüllte mich mit großer Freude, ihn einfach nur anzuschauen. Ich spüre noch heute das gleiche, wenn ich auf einem Photo in einem Buch einen Reuter sehe, doch das ist längst

Vergangenheit. Niemand in diesem Teil des Landes macht es mehr auf diese Art: Heute sitzt ein Mann allein auf seinem Traktor mit Schwadmäher, Heuwender, Ballenpresse, runden Ballen mit weißem Plastik und stinkendem Silo. Die Freude geht über in ein Gefühl von verstrichener Zeit, von sehr lange her, und in das plötzliche Gefühl, alt zu sein.

5

Die ersten Male, die ich ihn sah, wenn ich mit Lyra unterwegs war und ihn grüßte, erkannte ich ihn nicht, denn ich dachte nicht in diesen Bahnen, weshalb auch? Wenn er vor seiner Hütte stand und bis unters Dach Holz stapelte und ich auf der Straße vorbeiging und an ganz andere Dinge dachte. Nicht einmal, als er seinen Namen sagte, kam ich darauf. Aber als ich heute abend ins Haus ging und mich schlafen legte, fing ich an zu spekulieren. Irgend etwas war mit diesem Mann und seinem Gesicht, das ich im flackernden Licht der Taschenlampe gesehen hatte. Und jetzt bin ich plötzlich sicher. Lars ist Lars, auch wenn ich ihn zuletzt gesehen habe, als er zehn Jahre alt war, und jetzt ist er über sechzig, und würde dies in einem Roman stehen, würde es mich nur ärgern. Schließlich habe ich ziemlich viel gelesen, vor allem in den letzten Jahren, aber auch früher schon, absolut, und habe über das, was ich gelesen habe, nachgedacht, und diese Art von Zufällen wirken in belletristischen Büchern äußerst gesucht, zumindest in modernen Romanen, und es fällt mir schwer, an sie zu glauben. Bei Dickens ginge es vielleicht noch, aber wenn man Dickens liest, liest man eine lange Ballade über eine verschwundene Welt, in der zum Schluß alles aufgehen muß wie in einer Gleichung, wo die Balance, die einmal gestört wurde, wiederhergestellt werden soll, damit die Götter Grund zum Lächeln haben. Ein Trost vielleicht oder ein Protest gegen eine Welt, die aus dem Ruder gelaufen ist, aber so ist es nicht mehr, meine Welt ist nicht so, und ich hatte noch nie etwas übrig für Leute, die der

Meinung sind, das Schicksal bestimme unser Leben. Sie klagen, sie waschen ihre Hände in Unschuld und wollen Mitleid. Ich bin der Meinung, daß wir uns unser Leben selbst erschaffen, ich jedenfalls habe meins selbst erschaffen, was immer es wert ist, und übernehme die volle Verantwortung dafür. Aber mußte ich von allen Orten, an die es mich hätte verschlagen können, ausgerechnet hier landen?

Nicht, daß es etwas ändert. Es ändert nichts an meinen Plänen mit diesem Ort, ändert nichts an dem Gefühl, hier zu wohnen, das alles ist wie zuvor, und ich bin sicher, daß er *mich* nicht erkannt hat, und so soll es auch bleiben, denke ich. Aber es stimmt schon. Irgend etwas hat es zu sagen.

Meine Pläne mit diesem Ort sind ganz einfach. Es soll der letzte Ort sein, an dem ich wohne. Für wie lange, darüber will ich nicht weiter nachdenken. Hier zählt ein Tag nach dem anderen. Und was ich zuerst herausfinden muß, ist, was ich im Winter mache, wenn es viel Schnee gibt. Der Weg zu Lars' Hütte hinunter ist zweihundert Meter lang, und von da sind es noch fünfzig Meter bis zur Straße. Mit meinem Rücken kann ich diese Strecke nicht von Hand räumen. Das würde wohl auch mit gesundem Rücken nicht gehen. Ich könnte nichts anderes mehr tun.

Schneeräumen ist wichtig und eine gute Batterie im Auto, wenn es wirklich kalt wird. Es sind sechs Kilometer bis zum Dorfzentrum, in dem sich der Konsum befindet. Und genug Feuerholz ist wichtig. Im Haus gibt es zwei elektrische Wandheizkörper, aber sie sind alt und verbrauchen vermutlich mehr Strom, als sie Wärme spenden. Ich könnte ein paar moderne Ölradiatoren mit Rädern kaufen, die man direkt an die Steckdose im Zimmer anschließen und je nach Bedarf hin und her bewegen kann, aber ich habe überlegt, daß ich auf die Wärme, die ich nicht selbst erzeugen kann, verzichten muß. Zum Glück lag bei meiner Ankunft ein großer Stapel alter Birkenholzscheite im Schuppen, aber der reicht bei weitem nicht aus, und das Holz ist so trocken, daß es sofort verbrennt. Vor ein paar Tagen habe ich deshalb mit der Motorsäge, die ich mir gekauft habe, eine verdorrte Fichte gefällt, und mein Plan ist es jetzt, die Fichte zu zersägen, sie in passende Stücke zu spalten und alles drinnen auf das andere Holz zu stapeln, bevor es zu spät ist. Ich habe mich schon reichlich an der Birke bedient.

Die Motorsäge ist eine Jonsered. Nicht daß ich Jonsered für die beste Marke halte, aber hier benutzen sie nichts anderes, und der Mann, in dessen Werkstatt hier im Dorf ich sie gekauft habe, sagte, er würde nichts anderes anrühren, wenn ich mit einer kaputten Kette käme und sie repariert haben wollte. Die Säge ist nicht neu, wurde aber frisch überholt und hat eine neue Kette, und der Mann wirkte sehr entschieden. Hier herrscht also Jonsered vor. Und Volvo. Ich habe noch nie so viele Volvos an einem Ort gesehen: von den neuesten Luxusmodellen bis hin zu alten Amazons, mehr von letzteren als von ersteren, und auch einen PV habe ich gesehen, vor dem Postamt, und das im Jahr 1999. Das sagt etwas aus über diesen Ort, ich weiß nur nicht genau, was, außer, daß es nicht weit ist bis nach Schweden und zu billigen Ersatzteilen. Vielleicht ist es tatsächlich so einfach.

Ich setze mich ins Auto und fahre los. Den Weg hinunter, über den Fluß, vorbei an Lars' Hütte und auf die Straße durch den Wald, und die ganze Zeit über sehe ich auf der rechten Seite den See zwischen den Bäumen hindurch blitzen, bis er plötzlich hinter mir liegt, und dann geht es über eine offene Ebene mit gelben, längst gedroschenen Feldern auf beiden Seiten. Über den Äckern kreisen Krähen in schwarzen Schwärmen. Sie bewegen sich lautlos im Sonnenlicht. Auf der anderen Seite der Ebene liegt das Sägewerk an einem Fluß, der größer ist als der, den ich von meinem Haus aus sehe, aber er fließt in denselben See. Er wurde früher zum Flößen verwendet, deshalb steht das Sägewerk dort, wo es steht, aber das ist lange her, und das Sägewerk könnte nun überall stehen, denn jeglicher Holztransport erfolgt heute auf Straßen, und es ist kein Vergnügen, einem dieser schwerbeladenen Lastwagen mit Anhänger in einer Kurve auf einer schmalen Landstraße zu begegnen. Sie fahren wie die Griechen und benutzen die Hupe anstelle der Bremse. Vor wenigen Wochen erst mußte ich in den Graben ausweichen, der riesige Lastzug donnerte an mir vorbei, deutlich auf meiner Fahrbahnseite, und ich riß nur noch das Lenkrad herum, und vielleicht schloß ich für einen Augenblick die Augen, denn ich dachte, ich würde sterben, und dann war nur das rechte Blinkerglas an einem Baumstumpf zerbrochen. Aber ich blieb lange mit der Stirn auf dem Lenkrad sitzen. Es war gerade dunkel geworden, der Motor war ausgegangen, aber die Scheinwerfer brannten, und als ich den Kopf vom Lenkrad hob, sah ich einen Luchs hell angestrahlt über die Straße laufen, kaum fünfzehn Meter vor dem Auto. Ich hatte noch nie einen Luchs gesehen, aber ich wußte, daß es einer war. Der Abend um uns war ganz still, und der Luchs sah weder nach rechts noch nach links. Er lief einfach weiter. Geschmeidig, ökonomisch, sich selbst genug. Ich konnte mich nicht erinnern, wann ich mich zuletzt so lebendig gefühlt hatte wie in diesem Moment, als ich das Auto wieder auf die Straße lenkte und weiterfuhr. Alles, was ich war, lag stramm und zitternd direkt unter meiner Haut.

Am Tag darauf erzählte ich im Laden von dem Luchs. Es war bestimmt ein Hund, sagten sie. Keiner glaubte mir. Keiner, mit dem ich an diesem Tag sprach, hatte den Luchs je gesehen, weshalb sollte ich dann, der ich erst seit knapp einem Monat hier wohnte, damit gesegnet worden sein? Wäre ich einer von ihnen, würde ich vielleicht genauso denken, aber was ich gesehen habe, habe ich gesehen, ich habe das Bild von der großen Katze irgendwo in mir drin und kann es jederzeit abrufen, und ich hoffe, daß ich sie eines Tages oder gern auch in der Nacht wiedersehen werde. Das wäre schön.

Ich halte vor der Statoil-Tankstelle. Wegen des Blinkers. Ich habe noch kein neues Glas besorgt, nicht einmal die Birne ausgetauscht, sondern bin ohne Blinklicht gefahren. Dafür wird es abends aber jetzt zu dunkel, außerdem ist es nicht erlaubt. Ich gehe in die Werkstatt und rede mit dem Mann dort. Er sieht aus dem Fenster des Rolltors zu mir herüber und sagt, er könne die Birne sofort austauschen und auf dem Schrottplatz ein neues Glas bestellen.

»Macht keinen Sinn, an einem alten Auto Geld für was Neues auszugeben«, sagt er. Und das stimmt wohl auch. Das Auto ist ein zehn Jahre alter Nissan Kombi, und ich könnte zwar auch ein neueres Auto kaufen, ich habe Geld genug, aber zusammen mit dem Haus würde das die Ressourcen so weit strapazieren, daß ich mich dagegen entschieden habe. Eigentlich hatte ich mit einem Vierradantrieb geliebäugelt, das würde hier draußen gut passen, aber dann kam ich zu dem Schluß, daß ein Vierradantrieb ein bißchen überzogen ist und etwas neureich wirkt, und ich habe mich für diesen Wagen entschieden, der Hinterradantrieb hat wie alle anderen, die ich bisher gefahren habe. Ich war schon wegen einiger Probleme beim Mechaniker, einer kaputten Lichtmaschine unter anderem, und er sagt jedesmal das gleiche und bestellt immer bei demselben Schrottplatz. Es kostet nur einen Bruchteil dessen, was ein neues Teil kosten würde, und ich finde außerdem, daß er für seine Arbeit wenig Geld nimmt. Aber er pfeift bei der Arbeit und hat sein Radio in der Werkstatt auf »Nachrichten rund um die Uhr« eingestellt, und die Preispolitik ist offensichtlich bewußt gewählt. Er ist so freundlich und entgegenkommend, daß es mich verwirrt. Ich hatte eigentlich mit etwas Widerstand gerechnet, vor allem, da ich keinen Volvo fahre. Vielleicht ist er ein Zuzügler.

Ich lasse das Auto an der Tankstelle stehen, gehe an der Kirche vorbei und schräg über die Straßenkreuzung zum Laden. Das ist ungewöhnlich. Mir ist aufgefallen, daß sich hier alle ins Auto setzen, um dorthinzufahren, wohin sie wollen, egal wie weit es ist. Es sind hundert Meter bis zum Konsum, aber ich bin der einzige, der außerhalb des Parkplatzes zu Fuß geht. Ich fühle mich exponiert und bin froh, als ich durch die Tür trete.

Ich grüße nach rechts und links, sie haben sich mittlerweile an mich gewöhnt und begriffen, daß ich gekommen bin, um zu bleiben, und nicht zu den Hüttenbewohnern gehöre, die jeden Sommer und an Ostern in großen Autos hier angerollt kommen, um tagsüber zu angeln und abends Poker zu spielen und Whisky-Soda zu trinken. Es hat ein wenig gedauert, dann haben sie begonnen, mich in der Schlange an der Kasse vorsichtig auszufragen, und jetzt wissen alle, wer ich bin und wo ich wohne. Sie wissen, welche Berufe ich schon ausgeübt habe, wie alt ich bin, daß meine Frau vor drei Jahren bei einem Unfall ums Leben gekommen ist, den ich selbst nur knapp überlebt habe, daß sie nicht meine erste Frau war, daß ich zwei erwachsene Kinder aus einer früheren Ehe habe und daß diese eigene Kinder haben. Solche Dinge habe ich sie wissen lassen; wie auch, daß ich, als meine Frau gestorben war, nicht mehr wollte, mich pensionieren ließ und nach einem neuen Ort Ausschau hielt, an dem ich mich niederlassen könnte, und als ich das Haus fand, in dem ich jetzt wohne, hatte ich mich sehr gefreut. Das hören sie gern, auch wenn alle sagen, daß ich jeden hier hätte fragen können, und er hätte mir gesagt, in welchem Zustand das Haus war, und daß viele Lust auf das Grundstück hatten, weil es so schön gelegen war, aber keiner die Arbeit auf sich nehmen wollte, es wohnlich zu gestalten. Gut, daß ich das nicht wußte, sage ich dann, sonst hätte ich das Haus nicht gekauft und nicht gemerkt, wie schön man dort wohnen kann, wenn man nicht sofort große Ansprüche stellt, sondern sich eins nach dem anderen vornimmt. Das kommt mir sehr zupaß, sage ich, ich habe viel Zeit, ich will nirgendwo hin.

Die Leute mögen es, wenn man ihnen Dinge erzählt, in passenden Häppchen, in bescheidenem, vertraulichem Ton, und sie glauben, dich zu kennen, doch das tun sie nicht, sie wissen etwas über dich, doch was sie zu hören bekommen, sind Fakten, keine Gefühle, nicht, was du für eine Meinung zu etwas hast, nicht, wie dich deine Erlebnisse und Entscheidungen zu dem gemacht haben, der du heute bist. Vielmehr füllen sie alles mit eigenen Gefühlen, Meinungen und Annahmen, und sie malen sich ein ganzes Leben aus, das äußerst wenig mit deinem zu tun hat, und somit bist du sicher. Niemand kann dich berühren, wenn du es nicht selbst willst. Man muß nur höflich lächeln und paranoide Gedanken beiseite schieben, denn sie reden über dich, was auch immer du dir einfallen läßt, das ist nicht zu vermeiden, und du würdest es ganz genau so machen.

Ich brauche nicht viel, nur ein Brot und etwas darauf, und das ist schnell besorgt. Mir fällt auf, wie leer meine Einkaufskörbe geworden sind, wie wenig ich allein zum Leben brauche. Ich bezahle in einem plötzlichen Anfall sinnloser Wehmut und spüre, während ich nach dem Geld suche, die Augen der Kassiererin auf meiner Stirn, sie sieht nur den Witwer, sie begreifen gar nichts, und das ist auch gut so.

»Bitte schön«, sagt sie samtweich und leise und gibt mir Geld zurück, und ich sage:

»Vielen Dank«, und mir kommen, verflucht noch mal, fast die Tränen, und ich gehe schnell mit den Waren in der Tüte nach draußen und zurück zur Tankstelle. Glück gehabt, denke ich. Sie begreifen nichts.

Er hat die Birne im Blinker gewechselt. Ich stelle die Tüte auf den Beifahrersitz und gehe zwischen den Zapfsäulen hindurch in den Laden. Seine Frau steht hinter der Theke und lächelt.

»Hallo«, sagt sie.

»Hallo«, sage ich, »einmal die Birne. Was macht das?«

»Nicht viel. Das kann warten. Möchten Sie eine Tasse Kaffee? Olav macht gerade fünf Minuten Pause«, sagt sie und zeigt mit dem Daumen auf die offene Tür zu dem Zimmer hinter dem Laden. Es ist schwer, nein zu sagen. Ich gehe etwas unsicher zu der Tür und schaue hinein. Dort sitzt der Mechaniker mit Namen Olav auf einem Stuhl vor einem Computerbildschirm mit reihenweise leuchtenden Zahlen. Soweit ich sehen kann, ist keine davon rot. Er hat eine Tasse mit dampfendem Kaffee in der einen Hand und einen Schokoriegel in der anderen. Er ist bestimmt zwanzig Jahre jünger als ich, aber ich bin nicht mehr überrascht, wenn ich feststelle, daß längst erwachsene Männer weit jünger sind als ich.

»Setzen Sie sich, machen Sie 'nen Moment Pause«, sagt er, gießt Kaffee in einen Plastikbecher, den er vor einem freien Stuhl auf den Tisch stellt, macht eine einladende Handbewegung und läßt sich schwer auf seinen Stuhl zurücksinken. Wenn er so früh aufsteht wie ich, was ich glaube, ist er schon lange auf den Beinen und sicher müde. Ich setze mich auf den Stuhl.

»Na, wie geht es auf dem Gipfel«, fragt er, »kommen Sie gut voran?« Mein Haus heißt »der Gipfel«, weil man von dort eine schöne Aussicht auf den See hat.

»Ich war selbst zweimal zur Besichtigung da«, sagt er, »und habe überlegt, ob ich ein Angebot abgeben soll. Dort ist genügend Platz, um Autos zu reparieren, aber im Haus war soviel zu tun, daß ich es gelassen habe. Mir macht es Spaß zu schrauben, nicht zu schreinern. Ihnen geht es aber vielleicht umgekehrt?« Wir blicken beide auf meine Hände. Sie sehen nicht aus, als gehörten sie einem Handwerker.

»Nicht so richtig«, sage ich. »Ich bin in beidem wohl nicht besonders gut, aber wenn ich die Zeit zu Hilfe nehme, kann ich das Haus bestimmt wieder herrichten. Mag sein, daß ich gelegentlich Unterstützung brauche.«

Was ich tue und was ich noch keinem Menschen erzählt habe, ist, daß ich jedesmal, wenn ich etwas Handwerkliches machen muß, das über das täglich Notwendige hinausgeht, die Augen schließe und mir vorstelle, wie mein Vater es gemacht hätte oder wie er es tatsächlich gemacht hat, wenn ich zugesehen habe, und dann ahme ich es nach, bis ich den richtigen Rhythmus finde, und die Aufgabe öffnet sich und wird sichtbar. Soweit ich mich zurückerinnern kann, habe ich das getan, als läge das Geheimnis in der Haltung des Körpers zu dem, was gemacht werden soll, im Balancieren des Ausgangspunkts, als wolle man beim Weitsprung exakt vom Brett abspringen, in der ruhigen Berechnung, die dem Start vorausgeht, wie viel noch fehlt oder wie wenig, und in der inneren Mechanik, die jeder Aufgabe innewohnt: zuerst das eine, dann das andere, innerhalb eines Zusammenhangs, der in jedem Stück Arbeit liegt, ja, als gäbe es die Arbeit bereits als fertige Form, und als müßte der sich bewegende Körper nur den Schleier lüften, damit alles vom Betrachter gelesen werden kann. Und der Betrachter bin ich, und der, den ich vor mir sehe, und dessen Bewegungen ich lese, ist ein Mann von knapp vierzig Jahren, der mein Vater war, als ich ihn zum letzten Mal sah, als ich fünfzehn war und er für immer aus meinem Leben verschwand. Für mich ist er nie älter geworden.

Doch das dem freundlichen Mechaniker zu erklären, ist nicht leicht, deshalb sage ich nur:

»Ich hatte einen handwerklich geschickten Vater. Ich habe viel von ihm gelernt.«

»Väter sind was Gutes«, sagt er. »Mein Vater war Lehrer. In Oslo. Von ihm habe ich Bücherlesen gelernt, sonst wohl nicht so richtig viel. Praktisch veranlagt war er nicht, das kann man nicht sagen. Aber er war ein feiner Mann. Wir konnten immer miteinander reden. Er ist vor vierzehn Tagen gestorben.«

»Das wußte ich nicht«, sage ich. »Das tut mir leid.«

»Das konnten Sie auch nicht wissen. Er war seit langem krank, es war schon gut, daß er erlöst wurde. Aber ich vermisse ihn, das tue ich.«

Er schweigt, und ich kann sehen, daß er seinen Vater vermißt, ganz einfach und nicht aufgesetzt, und ich wünschte, es wäre so einfach: daß man seinen Vater einfach vermißte, und Schluß aus.

Ich stehe auf. »Ich muß los«, sage ich. »Das Haus. Ich muß noch was dran tun. Bald kommt der Winter.«

»Das stimmt«, sagt er und lächelt. »Sagen Sie einfach Bescheid, wenn etwas ist. Wir sind ja hier.«

»Da wäre tatsächlich was. Die Zufahrt zu meinem Haus. Die ist ja ziemlich lang. Wenn der Schnee kommt, wird es für mich nicht leicht sein, sie von Hand freizuhalten. Und einen Traktor habe ich nicht.«

»Das ist klar. Rufen Sie ihn hier an«, sagt Olav der Mechaniker und schreibt einen Namen und eine Nummer auf einen gelben Haftzettel, »das ist Ihr nächster Nachbar mit Traktor. Er räumt seine eigene Zufahrt, dann kann er Ihre bestimmt auch räumen. Er hat einen Bauernhof und muß morgens nur den Weg hinunter und wieder hinauf. Ich nehme an, daß es klargeht, aber er will für seine Mühe bestimmt was haben. Vermutlich einen Fünfziger für jeden Einsatz.«

»Das ist nicht mehr als recht und billig. Das bezahle ich gern. Vielen Dank für die Hilfe und den Kaffee«, sage ich.

Ich gehe in den Laden zurück, bezahle die Blinkerbirne, und die Frau des Mechanikers lächelt und sagt tschüß, und ich gehe nach draußen, setze mich ins Auto und fahre nach Hause. Der kleine gelbe Zettel, den ich in meine Brieftasche geklebt habe, hat die nahe Zukunft viel unkomplizierter gemacht. Ich fühle mich erleichtert und gut und denke, mehr war nicht nötig? Dann kann der Winter jetzt kommen.

Zurück auf dem Gipfel parke ich das Auto vor dem Baum im Hof, einer uralten, fast hohlen Birke, die umfallen wird, wenn ich nicht bald etwas mit ihr mache, gehe mit den Waren in der Tüte in die Küche, fülle Wasser in die Kaffeemaschine und schalte sie ein. Dann hole ich die Motorsäge aus dem Schuppen sowie eine kleine runde Feile und einen Gehörschutz, den ich beim Kauf der Säge bekommen habe. Aus der Garage hole ich Benzin und Öl und lege alles auf die Steinplatte vor der Tür in die Sonne, die jetzt, wo der Tag seinen Höhepunkt erreicht hat, ein bißchen Wärme von sich gibt, gehe hinein, hole meine Thermoskanne, stelle mich vor die Spüle und warte, bis der Kaffee durchgelaufen ist. Dann fülle ich die Thermoskanne mit dampfendem Kaffee, ziehe mir warme Arbeitsklamotten über, gehe hinaus, setze mich auf die Stufe und fange an, die Säge langsam und systematisch mit der Feile zu bearbeiten, bis jeder Sägezahn in der Kette glänzt. Ich weiß nicht, wo ich das gelernt habe. Vielleicht habe ich es in einem Film gesehen: einem Dokumentarfilm aus den großen Wäldern oder einem Spielfilm im Waldarbeitermilieu. Man kann viel von Filmen lernen, wenn man ein gutes Gedächtnis hat und sieht, wie Leute Dinge tun und sie immer getan haben, aber in modernen Filmen wird nicht mehr viel gearbeitet, da gibt es nur noch Ideen. Schwache Ideen und etwas, das sie Humor nennen, heute muß alles witzig sein. Aber ich hasse es, unterhalten zu werden, dazu habe ich keine Zeit.

Ich habe zumindest nicht von meinem Vater gelernt, wie man eine Motorsäge feilt, habe nicht gesehen, wie er es gemacht hat, und kann ihn nicht nachahmen, wie lange ich auch in meinem Gedächtnis krame. Die Einmannsäge war 1948 noch nicht in die norwegischen Wälder vorgedrungen. Es gab nur

schwere Maschinen, die von fünf Männern getragen oder von einem Pferd gezogen werden mußten, und das konnte sich niemand leisten. Als mein Vater also in jenem Sommer vor vielen Jahren den Wald an unserer Hütte abholzen wollte, wurde es gemacht, wie man es in dieser Gegend seit jeher tat: mehrere Männer mit Fuchsschwanz und Axt im Einsatz, reinste Luft zum Atmen, ein Pferd mit Erfahrung und Schleppketten für den Transport zum Fluß, wo das Holz zum Trocknen am Ufer zu einem Polter aufgestapelt und das Kennzeichen des Besitzers in jedes Langholz geschlagen wurde, und wenn das, was gefällt werden sollte, am Boden lag und so gut es ging entrindet war, wurden die Stämme zum Wasser gerollt, an jedem Ende von einem Mann mit Flößerhaken gezogen und mit gellendem Abschiedsruf in den Fluß geschickt, mit Worten so alt, daß niemand mehr wußte, was sie bedeuteten, ein flaches Aufklatschen und dann ab in die Strömung, bevor die Stämme Fahrt aufnahmen und gute Reise!

Ich erhebe mich mit der frisch geschärften Säge in der Hand, lege sie auf die Seite, schraube die beiden Verschlüsse auf, fülle Benzin ein, gieße Öl nach und schraube die Verschlüsse wieder fest zu. Ich pfeife nach Lyra, die sofort von einer wichtigen Grabtätigkeit hinter dem Haus angerannt kommt, und gehe mit der Thermoskanne unterm Arm zum Waldrand, wo die verdorrte Fichte lang und schwer und fast weiß in der Heide liegt, ohne die Spur einer Rinde, die den Stamm früher bedeckt hat. Nach zwei kurzen Versuchen bringe ich die Säge zum Laufen, justiere den Choke und lasse die Kette in der Luft rotieren. Das Heulen des Motors dringt durch den Wald, ich setze den Gehörschutz auf und senke das Schwert der Säge in den Baum. Späne spritzen gegen meine Hose, mein ganzer Körper bebt.

6

Ich roch den Duft von frisch gefällten Bäumen. Er breitete sich von der Straße zum Fluß her aus, erfüllte die Luft, trieb übers Wasser, drang überallhin, und ich wurde davon ganz benommen und wirr im Kopf. Ich war mitten drin. Ich roch nach Harz, meine Kleider, meine Haare und meine Haut rochen noch nach Harz, wenn ich nachts im Bett lag und schlief. Ich schlief damit ein und wachte damit auf und roch es den ganzen Tag. Ich war Wald. Ich lief bis zu den Knien durch Tannenreisig und schlug mit der Axt die Äste ab, wie mein Vater es mir gezeigt hatte: dicht am Stamm, damit nichts mehr herausstach und das Schäleisen behindern, sich verhaken oder denjenigen an den Füßen verletzen konnte, der vielleicht über die Stämme laufen mußte, wenn sich das Floß verfing und im Fluß aufstaute. In einem unwiderstehlichen Rhythmus schwang ich die Axt nach rechts und nach links. Es war schwere Arbeit, es war, als würde von allen Seiten zurückgeschlagen, und nichts wich von selbst, aber das kümmerte mich nicht, ich war erschöpft, ohne es zu merken, und machte einfach immer weiter. Die anderen mußten mich zurückhalten, sie faßten mich bei der Schulter, schoben mich auf einen Baumstumpf und sagten, ich müsse unbedingt eine Weile darauf sitzen bleiben und ausruhen, aber ich bekam Harz an den Po, es kribbelte in den Beinen, und ich machte mich mit einem ratschenden Laut von dem Baumstamm los und griff nach der Axt. Die Sonne brannte, und mein Vater lachte. Ich war wie berauscht.

Jons Vater war da und Jons Mutter Teile des Tages mit ihren

hellblonden Haaren vor den dunkelgrünen Zweigen, sie kam mit Essen in einem Korb vom Boot zu uns herauf, und ein Mann, der Franz hieß, mit z, war da. Er hatte gewaltige Unterarme, und unten auf dem linken Arm hatte er einen Stern auftätowiert, und er wohnte in einem kleinen Haus direkt neben der Brücke und sah jeden Tag das ganze Jahr hindurch den Fluß vorbeifließen und wußte alles, was es zu wissen gab über das, was auf dem Wasser geschah. Und mein Vater und ich und Brona waren da. Jon war nicht dabei, sie sagten, er sei wenige Tage nach der Beerdigung mit dem Bus in die Distriktstadt gefahren, aber was er dort machte, sagten sie nicht, und ich fragte nicht. Ich überlegte damals nur, ob ich ihn je wiedersehen würde.

Wir fingen morgens kurz nach sieben an und arbeiteten bis zum Abend, bis wir ins Bett fielen und wie Tote schliefen, mit dem ersten Licht erwachten und wieder anfingen. Einige Zeit sah es so aus, als würden die Bäume nie aufhören, denn man kann einen Pfad entlanglaufen und denken, um einen herum sei ein hübscher kleiner Wald, aber wenn jede Fichte mit Fuchsschwänzen gefällt werden soll und du anfängst zu zählen, kannst du leicht den Mut verlieren und glauben, daß du nie zu einem Ende kommst. Aber wenn du mitten drin steckst und sich alle im richtigen Rhythmus befinden, haben Anfang und Ende keine Bedeutung, nicht dort, nicht da, und wichtig ist nur, daß du dranbleibst, bis sich alles zu einem eigenen Puls verbindet, der pocht und von selbst schlägt, und du machst zur richtigen Zeit Pause und arbeitest weiter und ißt genug, aber nicht zuviel, und trinkst genug, aber nicht zuviel, und schläfst gut, wenn es Zeit dafür ist: acht Stunden nachts und mindestens eine am Tag.

Ich schlief am Tag, und mein Vater schlief, und Jons Vater und Franz schliefen, nur Jons Mutter nicht. Wenn unsere Pause kam und wir uns in die Heide legten, jeder unter einen

Baum, und die Augen schlossen, ging sie zum Boot und ruderte nach Hause zu Lars, um sich um ihn zu kümmern, und wenn wir wach wurden, war sie in der Regel zurück, oder wir hörten die Ruderschläge vom Fluß und wußten, daß sie auf dem Weg war. Dann hatte sie oft Dinge mit, die wir brauchten, Werkzeug, das zu holen ihr aufgetragen worden war, oder etwas zu essen im Korb, was sie gebacken hatte und worüber wir uns alle freuten, und ich verstand nicht, wie sie das durchhielt, denn sie arbeitete unermüdlich und so hart wie ein Mann. Und jedesmal sah ich meinen Vater mit halboffenen Augen daliegen und sie beobachten, wenn sie zurückkam, und das tat ich auch, ich konnte nicht anders, und weil *wir* es taten, tat es auch Jons Vater, auf eine andere Art, als ich es früher an ihm gesehen hatte, und das war wohl nicht sehr erstaunlich. Aber ich glaube nicht, daß wir das gleiche sahen, denn, was *er* sah, machte ihn sichtlich betreten und verwunderte ihn. Was *ich* sah, machte mir Lust darauf, den höchsten Baum zu fällen, ihn kippen und mit einem Rauschen und lautem Krachen fallen zu sehen, das im Tal widerhallte, und ihn selbst in Rekordzeit zu entästen und ohne Pause zu entrinden, auch wenn das die härteste Arbeit war, und ihn mit bloßen Händen auf meinem eigenen Rücken zum Fluß zu schleifen, ohne daß mir ein Pferd oder ein Mann halfen, und ihn mit den Kräften, die ich plötzlich in mir spürte, hineinzuwerfen, und das Wasser sollte so hoch spritzen wie ein Haus in Oslo.

Was mein Vater dachte, wußte ich nicht, aber auch er legte sich besonders ins Zeug, wenn Jons Mutter anwesend war, und das war sie oft, so daß wir beide im Verlauf der Tage ziemlich müde wurden. Aber er scherzte und lachte, und so tat ich es auch. Wir waren guter Dinge und lachten, ohne recht zu wissen, warum, jedenfalls wußte ich es nicht, und auch Franz war in bester Stimmung, und mit geschwollenen Muskeln und dröhnender Stimme warf er mit allerlei Kraftworten um sich und schwang dabei die Axt, sogar als er einmal etwas unvorsichtig war und um ein Haar unter einen fallenden Baum geraten wäre und ein Ast ihm die Mütze vom Kopf schlug. Er ließ die Axt los, wirbelte wie ein Tänzer herum, die Arme zur Seite gestreckt, grinste breit und rief:

»Ich habe mein Blut mit dem Schicksal vermischt und nehme, was kommt, mit ausgestreckten Armen entgegen!« Und ich sah deutlich vor mir, wie er unter einem fallenden Baum stand, der schwer war und vor betäubendem Saft nur so strotzte, und wie er ihn mit bloßen Händen auffing, und das Blut, das glänzend aus dem roten Stern auf dem Unterarm lief. Mein Vater kratzte sich am Kinn und schüttelte den Kopf, aber er konnte ein Lächeln nicht unterdrücken.

»Dein Vater spielt mit dem Feuer«, sagte Franz in einer Pause. Ich saß auf einem Stein am Flußufer, massierte meine schmerzenden Schultern und sah über das Wasser, als er plötzlich neben mir stand und sagte: »Dein Vater spielt mit dem Feuer, wenn er mitten im Hochsommer Bäume fällen und sie sofort den Fluß hinunterschicken will. Sie stehen voller Saft, wie du vielleicht gemerkt hast.« Das hatte ich gemerkt, es war nicht zu übersehen, und das machte die Arbeit schwerer, denn jeder Stamm hatte ein Eigengewicht, das annähernd doppelt so groß war wie zu einer anderen Jahreszeit, und die alte Brona konnte nicht so viel auf einmal ziehen, wie sie sonst geschafft hätte.

»Das Holz könnte sinken. Auch ist der Wasserstand nicht gut, und er nimmt ab. Mehr sage ich nicht. Aber wenn er es jetzt machen will, machen wir es jetzt. Für mich ist das in Ordnung. Dein Vater ist hier der Chef.«

Und das war er. Ich hatte ihn eigentlich noch nie so gesehen, mit erwachsenen Männern in einer Situation, in der eine Arbeit getan werden mußte, und er hatte eine Autorität, die andere abwarten ließ, was er zu sagen hatte und wie er es haben wollte, und dann taten sie, was er sagte, als sei es das Natürlichste der Welt, auch wenn sie es selbst besser wußten und sicher mehr Erfahrung hatten. Bis dahin war es mir nicht in den Sinn gekommen, daß auch andere ihn so erlebten und akzeptierten, daß es etwas anderes und mehr war als nur das Verhältnis zwischen Vater und Sohn.

Der Polter am Fluß wuchs immer höher, bis wir keine Stämme mehr auf ihn schichten konnten und einen neuen Stapel begannen. Brona kam vom oberen Teil des Waldes herunter auf den Platz vor dem Fluß, wo wir arbeiteten, und das Pferd war dunkel und warm und schwitzte in großen Flecken und roch stark, wie nur ein Pferd riechen kann, und anders als alles, was ich jemals in der Stadt gerochen hatte. Es roch gut, fand ich, und wenn es nach einem Schleppvorgang mit hängendem Kopf reglos dastand, legte ich bisweilen meine Stirn auf seine Flanke und spürte, wie die steifen Haare an der Haut scheuerten, und atmete nur, dicht an ihm dran, und niemand mußte es führen und nicht einmal begleiten, denn nach ein paar Durchgängen wußte es genau, wie alles zu laufen hatte, aber Jons Vater ging dennoch mit und hielt es an losen Zügeln, und am Fluß stand mein Vater bereit, mit einem Flößerhaken in der Hand, lang wie eine Lanze auf einem Bild von einem englischen Ritterturnier. Zusammen bugsierten sie die Stämme so hoch sie konnten, und am Anfang war es einfach, doch dann wurde es schwerer und mehr als das, aber sie gaben nicht auf, und allmählich war zu erkennen, daß sie angefangen hatten, miteinander zu konkurrieren. War der eine kurz davor aufzugeben und meinte, sie kämen nicht höher, wollte der andere weitermachen.

»Komm schon!« rief Jons Vater, und sie rammten die Haken in je ein Ende des Stamms, und mein Vater rief:

»Hoch!« Und Jons Vater rief zurück:

»Hau ruck und hopp, verdammt noch mal!« Er hatte seine Stimme kaum unter Kontrolle, und ich begriff plötzlich, daß er die Autorität meines Vaters herausforderte, und sie legten sich ins Zeug und zogen und ruckten, daß ihnen der Schweiß lief und das Hemd am Rücken langsam dunkel wurde und die Adern auf der Stirn, am Hals und an den Armen hervortraten, so blau und dick wie Flüsse auf einer Weltkarte: Rio Grande, Brahmaputra, Yangtze Kiang. Zum Schluß war es völlig unmöglich, sie kamen nicht höher, und es war auch sinnlos, wir konnten ja mit einem neuen Stapel beginnen, und dieser wäre ohnehin der letzte, denn wir arbeiteten seit einer Woche, und jetzt sahen wir das Ende des Einschlags, und das, was wir geschafft und am Ufer an Baumstämmen gestapelt hatten, gelb und entrindet, war so beeindruckend für mich, daß ich fast nicht begreifen konnte, daß ich dabeigewesen war. Aber sie gaben nicht auf. Sie wollten noch einen Stamm nach oben hieven, und noch einen, zumindest einer von ihnen wollte das, und wer der eine war, schien zu wechseln. Sie rollten ihn auf zwei Querhölzern hoch, die schräg gegen den Stapel gestemmt waren, und es war so steil, daß sie eigentlich mit Stricken hätten arbeiten müssen, oben stehen und die Stricke irgendwo befestigen müssen und dann zwei Schlingen nach unten werfen, um den Stamm legen und wieder nach oben ziehen, wie eine Seilrolle, so daß das Gewicht halbiert würde, wenn sie den Stamm an seinen Platz zogen. Franz hatte mir gezeigt, wie man es machte. Aber das taten sie nicht, sie benutzten von beiden Seiten nur die Flößerhaken, und es ging jetzt so schwer, daß es anfing, gefährlich zu werden, denn die Füße hatten keinen festen Halt, und es war fast unmöglich, einen Takt zu finden.

Eigentlich sollte jetzt Pause sein. Ich hörte Franz von der Straße oben mit gespielt verzweifelter Stimme rufen:

»Kaffee! Ich sterbe!«, und ich stand mit schmerzenden Armen da und starrte auf die beiden erwachsenen Männer, die immer weitermachten, und sie stöhnten laut in der Hitze und wollten nicht aufgeben, und Jons Mutter kam auf dem Weg zum Boot, um nach Hause zu Lars zu rudern, ebenfalls nach unten, aber sie blieb neben mir stehen und sah zu.

Ich spürte, wie sie da stand, warme Haut und ausgewaschenes Kleiderblau, und weil sie nicht wie gewohnt direkt zum Boot ging, sich hineinsetzte und die Riemen in die Hand nahm, war ich sicher, daß etwas passieren würde, daß es ein Zeichen war, und ich dachte darüber nach, meinem Vater zuzurufen, er solle mit dem Quatsch, in den er sich hineinmanövriert hatte, aufhören. Aber ich war nicht sicher, ob er es so sehr mögen würde, auch wenn er oft auf meine Meinung hörte und auf sie Rücksicht nahm, wenn ich etwas Vernünftiges vorbringen konnte, was häufig geschah. Ich drehte mich um und betrachtete Jons Mutter, die jetzt *nichts* mit Jon zu tun hatte, oder vielleicht hatte sie es doch, war zwei verschiedene Personen, und wir waren gleich groß und hatten nach mehreren Wochen in der glühenden Sonne gleich helle Haare, aber das Gesicht, das gerade offen gewesen war, ja entblößt, war jetzt verschlossen, nur die Augen hatten einen verträumten Ausdruck, als wäre sie nicht da und würde nicht das gleiche sehen wie ich, sondern etwas, was dahinter lag, etwas Größeres, für das ich keine Worte hatte, aber mir wurde klar, daß auch sie nichts sagen wollte, um die beiden Männer zu stoppen, daß sie ihretwegen bis zum Äußersten gehen konnten, um ein für allemal etwas zu entscheiden, wovon ich keine Ahnung hatte, dass es vielleicht genau das war, was sie wollte. Und es erschreckte mich ein wenig. Doch anstatt mich davon abstoßen zu lassen, ließ ich mich einfangen, wo sonst sollte ich mit mir hin? Ich konnte nirgendwohin, nicht allein, und ich trat einen Schritt näher und stand ganz dicht neben ihr, so daß meine Hüfte ihre Hüfte leicht berührte. Ich glaube nicht einmal, daß sie es merkte, aber *ich* merkte es wie einen Stoß, der durch den Körper ging, und die beiden auf dem Holzstapel merkten es, und sie sahen zu uns herunter und stockten einen Augenblick, und dann tat ich etwas, was mich überraschte. Ich legte ihr den Arm um die Schulter und zog sie zu mir heran, und die einzige, bei der ich das bisher getan hatte, war meine Mutter, aber das hier war nicht meine Mutter. Es war Jons Mutter, die nach Sonne und Harz duftete, wie ich sicher auch, aber noch nach etwas anderem, was mich schwindeln ließ, wie mich der Wald schwindeln ließ und fast zu Tränen rührte, und ich wollte nicht, daß sie jemandes Mutter war, weder lebend noch tot. Und das Merkwürdige war, daß sie sich nicht entzog, sondern meinen Arm liegen ließ und sich leicht an meine Schulter lehnte, und ich verstand nicht, was sie wollte, was ich selbst wollte, aber ich hielt sie noch fester, sterbensbange und glücklich, und vielleicht geschah es nur, weil ich am nächsten stand und einen Arm hatte, den sie brauchte, oder weil ich jemandes Sohn war, und zum ersten Mal in meinem Leben wollte ich *nicht* jemandes Sohn sein. Nicht der Sohn meiner Mutter in Oslo, nicht der Sohn des Mannes, der dort auf dem Holzstapel stand und so überrascht aussah über das, was er zu sehen bekam, daß er sich aufrichtete und ihm der Flößerhaken ein winziges Stück aus den Händen glitt, obwohl sie mitten in einem Hauruck-Vorgang waren, aber es reichte schon, und Jons Vater, der ebenso überrascht aussah, versuchte, nicht locker zu lassen. Aber er schaffte es nicht, und der Stamm schwang wie ein Propeller herum und traf ihn an den Füßen, bevor er schräg über die Kante rollte, und ich *hörte*, daß sein Bein wie ein trockener Ast brach, bevor er vornüber kippte, mit den Schultern zuerst auf die Seite des Holzstapels fiel und mit einem dumpfen Aufprall auf dem Boden landete. Das alles ging so schnell, daß ich es erst begriff, als es vorbei war. Ich *sah* es nur. Mein Vater stand allein und um sein Gleichgewicht ringend auf dem Polter, wedelte mit dem Flößerhaken in der einen Hand, der Fluß strömte hinter ihm vorbei, und der wolkenlose Himmel war fast weiß vor Hitze. Jons Vater lag auf der Erde und stöhnte herzzerreißend, und seine Frau, die ich einen Augenblick zuvor noch so hart und weich um die Schulter gefaßt hatte, war aus ihrem Traum erwacht, hatte sich losgerissen und lief zu dem Stapel hinüber. Sie sank auf die Knie, beugte sich über ihren Mann und legte seinen Kopf in ihren Schoß, aber sie sagte nichts, schüttelte nur den Kopf, als wäre er zum siebenhundertfünfzigsten Mal ein ungehorsamer Junge gewesen, und sie würde nun resignieren, zumindest sah es so aus, von dort, wo ich stand. Und zum ersten Mal spürte ich meinem Vater gegenüber einen Hauch von Bitterkeit, weil er den vollkommensten Augenblick in meinem bisherigen Leben zerstört hatte, und plötzlich war ich ganz davon erfüllt, bis zur Grenze der Raserei, meine Hände zitterten, und ich begann mitten an dem heißen Sommertag zu frieren, und ich weiß nicht einmal mehr, ob mir Jons Vater leid tat, der sichtbar Schmerzen hatte: in dem Bein, das er gebrochen hatte, und in der Schulter, auf der er gelandet war. Und dann begann er zu brüllen. Das trostlose Brüllen eines erwachsenen Mannes, der Schmerzen hatte und der gerade einen Sohn verloren hatte und dem ein zweiter von zu Hause fortgegangen war, vielleicht für immer, was wußte er schon, und für den im jetzigen Augenblick alles nur trostlos aussah. Das war nicht schwer zu verstehen. Aber ich glaube trotzdem nicht, daß er mir leid tat, denn ich war so erfüllt von meinen eigenen Dingen, daß ich kurz vorm Bersten war, und seine Frau schüttelte nur den ihm zugeneigten Kopf, und hinter mir hörte ich Franz, der mit ausholenden Schritten den Weg herunterkam. Sogar Brona schüttelte ihre Mähne und zerrte am Geschirr. Von jetzt an wird nichts mehr so sein wie früher, dachte ich.

Es war seit Tagen drückend heiß, und dieser Tag war besonders schlimm. Es lag etwas in der Luft, wie man sagt, sie war mit Feuchtigkeit getränkt, und der Schweiß rann unerbittlicher als sonst, und am Nachmittag zog es sich zu, ohne daß die Temperatur sank. Noch vor dem Abend war der Himmel pechschwarz. Doch bis dahin hatten wir Jons Vater in einem Boot über den Fluß und weiter zum Arzt in die Distriktstadt gebracht, mit einem der zwei Autos hier im Dorf, und es gehörte natürlich Barkald, und er saß für diese lange Fahrt selbst am Steuer. Jons Mutter mußte zu Hause bei Lars bleiben, sie konnte ihn nicht so lange allein lassen, und ich dachte, daß es einsam und öde und schwierig für sie sein mußte, mit dem Jungen allein zu sein und zu warten und keinen Erwachsenen zu haben, mit dem sie sich unterhalten konnte. Aber daß sich die zwei im Auto viel zu sagen hatten, kann ich mir auch kaum vorstellen.

Als der erste Blitz kam, saßen mein Vater und ich allein am Tisch in der Hütte und sahen aus dem Fenster. Wir hatten gerade gegessen, ohne auch nur ein einziges Wort zu wechseln, und eigentlich sollte es noch hell sein, es war immer noch Juli, aber es war dunkel wie an einem Abend im Oktober, und plötzlich blitzte es, und wir konnten ohne Probleme die Bäume, die nach dem Einschlag noch standen, die Holzstapel am Ufer und das Wasser im Fluß bis zur anderen Uferseite sehen. Direkt darauf folgte ein Schlag, der die Hütte erzittern ließ.

»Verflucht aber auch«, sagte ich.

Mein Vater wandte sich vom Fenster ab und sah mich skeptisch an.

»Was sagst du?« fragte er.

»Verflucht aber auch«, sagte ich.

Er schüttelte den Kopf und seufzte. »Tja, du solltest an deine Konfirmation denken«, sagte er, »unbedingt.« Und dann fing es an zu regnen, anfangs noch leicht, aber nach ein paar

Minuten trommelte es auf das Dach, so daß wir kaum noch unsere Gedanken hören konnten, wie wir dort am Tisch saßen. Mein Vater legte den Kopf in den Nacken, hielt das Gesicht nach oben, als könnte er durch die Zimmerdecke, das Gebälk und das Schieferdach das Wasser sehen und hoffte, etwas davon würde ihn vielleicht auf der Stirn treffen. Er schloß zumindest die Augen, und es würde uns sicher guttun, nach diesem Tag kaltes Wasser ins Gesicht zu bekommen. Er muß das gleiche gedacht haben, denn er stand vom Tisch auf und fragte:

»Hast du Lust auf eine Dusche?«

»Nichts dagegen«, sagte ich. Und plötzlich hatten wir es sehr eilig, sprangen auf, rissen uns in aller Eile die Kleider vom Leib, schleuderten sie nach rechts und nach links, und mein Vater lief nackt zum Waschschemel und tauchte die Seife in die Waschschüssel. Er sah genauso merkwürdig aus wie ich: sehnig, vom Kopf bis zum Nabel braungebrannt und kreideweiß vom Nabel abwärts, und er rieb sich überall, wohin er kam, am Körper ein, der schließlich ganz mit schäumenden Wirbeln bedeckt war, und dann warf er mir die Seife zu, und ich tat das gleiche so schnell ich konnte.

»Wer ist erster?« rief er und stürmte zur Tür. Ich lief los wie ein amerikanischer Rugbyspieler, um ihm den Weg abzuschneiden und ihn beiseite zu schubsen, und da packte er mich an der Schulter, um mich festzuhalten, aber ich war so glatt wegen der Seife, daß er mich nicht festhalten konnte. Er fing an zu lachen und rief:

»Du verfluchter Schleimaal!«, und *er* konnte das sagen, denn er war vor vielen Jahren konfirmiert worden, und wir waren gleichzeitig draußen und drängten uns eng aneinander, Körper an Körper, durch die schmale Türöffnung, um möglichst vor dem anderen draußen zu sein, und wir blieben unter dem Dachvorsprung vor der Tür stehen und sahen das Wasser überall um uns herum auf den Boden prasseln. Es war beeindruckend und fast abschreckend, und einen Augenblick lang standen wir dort und glotzten. Dann holte mein Vater tief und demonstrativ laut Luft und rief:

»Jetzt oder nie!«, bevor er mitten auf den Hof rannte und triefnaß, die Arme in der Luft, zu tanzen begann, während ihm das Wasser auf die Schultern klatschte. Ich lief hinterher in den herabstürzenden Regen und stellte mich dorthin, wo er stand, hüpfte und tanzte und sang *Norwegen so rot, weiß und blau,* und dann fing auch er an zu singen und in Nullkommanichts war die Seife von unseren Körpern gespült und die Wärme ebenso, und unsere Haut war blank und glänzend, als wären wir zwei Seehunde, und sie war vermutlich ebenso kalt, wenn man sie berührte.

»Ich friere«, rief ich.

»Ich auch«, rief er zurück, »aber wir halten noch ein bißchen durch!«

»Okay«, rief ich und schlug mir mit der flachen Hand auf den Bauch und trommelte auf meine Oberschenkel, um die Temperatur in der betäubten Haut nach oben zu treiben, bis ich auf die Idee kam, mich auf die Hände zu stellen, darin war ich ziemlich gut, und ich rief meinem Vater zu:

»Komm schon«, bückte mich und schwang mich in den Handstand, und so mußte er das gleiche tun. Und dann liefen wir auf den Händen durch das nasse Gras, während uns der Regen auf den Po trommelte, auf eine Art, die so seltsam eisig war, daß ich nach kurzer Zeit wieder auf die Füße mußte, aber noch nie zuvor war ein Mensch wohl von hinten so sauber gewesen wie wir, als wir wieder in die Hütte rannten und uns mit den großen Handtüchern abtrockneten und mit dem groben Stoff die Haut massierten, um das Gefühl und die Wärme zurückzubekommen, und mein Vater legte den Kopf schief, sah mich an und sagte:

»Du bist ja erwachsen geworden.«

»Nicht ganz«, sagte ich, denn ich wußte, daß um mich herum Dinge vorgingen, die ich nicht verstand, die aber die Erwachsenen verstanden, doch daß es jetzt nicht mehr sehr weit war, daß ich kurz davor war.

»Nein, vielleicht nicht ganz«, sagte er.

Er fuhr sich mit der Hand durch die nassen Haare, ging, das Handtuch um die Hüften gebunden, zu dem gußeisernen Ofen, zerriß eine alte Zeitung, knüllte sie zusammen und steckte sie hinein, schichtete drei Holzscheite um das Papier und zündete es an. Dann schloß er die Ofentür, ließ aber die Aschentür offen, damit der Ofen besser zog, und das alte zundertrockene Holz begann sofort zu knistern. Er blieb dicht am Ofen stehen, die Arme erhoben, halb über die schwarzen Eisenplatten gebeugt und ließ die beginnende Wärme an Bauch und Brust emporziehen. Ich stand, wo ich stand. Ich betrachtete seinen Rücken. Ich wußte, daß er etwas sagen wollte. Er war mein Vater, ich kannte ihn gut.

»Was heute passiert ist«, sagte er, immer noch mit dem Rücken zu mir, »war völlig unnötig. So, wie wir uns aufgeführt haben, mußte es am Ende schiefgehen. Ich hätte längst damit aufhören sollen. Es stand in meiner Macht, nicht in seiner. Verstehst du? Wir sind erwachsene Männer. Was passiert ist, war meine Schuld.«

Ich sagte nichts. Ich wußte nicht, ob er der Meinung war, er und ich seien erwachsene Männer, oder ob er sich und Jons Vater meinte. Ich tippte auf letzteres.

»Es war unverzeihlich.«

Und es stimmte, was er sagte, das war mir klar, aber es gefiel mir nicht, daß er die Schuld so ohne weiteres auf sich nahm, ich fand es diskussionswürdig, und wenn *er* schuld hatte, hatte ich sie auch, und auch wenn es schlimm war, dafür verantwortlich zu sein, daß solche Dinge passierten, machte er mich kleiner, indem er mich aussparte. Ich spürte die Bitterkeit wiederkehren, nur schwächer diesmal. Er drehte sich vom Ofen weg, und in seinem Gesicht konnte ich lesen, daß er wußte, was ich dachte, daß es aber keine Möglichkeit gab, es zu kommentieren, um es uns leichter zu machen. Es wurde zu kompliziert, ich konnte nicht länger darüber nachdenken, nicht an diesem Abend. Ich spürte, wie meine Schultern zusammensackten und mir die Lider zufielen, ich hob die Hände und rieb mir damit die Augen.

»Bist du müde?« fragte er.

»Ja«, sagte ich. Und ich *war* müde. Mein Körper war müde, und mein Kopf war müde, und meine Haut war matt, und ich wollte nur noch ins Bett, mich unter die Decke legen und schlafen und schlafen, solange es ging.

Er streckte den Arm aus und zerzauste mir die Haare, dann nahm er eine Streichholzschachtel vom Brett über dem Ofen, ging zum Tisch, zündete die Petroleumlampe an, blies das Streichholz aus, öffnete die Ofentür und warf es in die Flammen. Im gelben Licht der Lampe sahen wir mit unseren braunweißen Körpern womöglich noch merkwürdiger aus. Er lächelte und sagte:

»Leg du dich schon mal schlafen. Ich komme nach.«

*

Doch das tat er nicht. Als ich in der Nacht aufwachte und merkte, daß ich zur Toilette mußte, war er nirgendwo zu sehen. Ich lief schlaftrunken durch die Stube, doch auch da war er nicht, und ich machte die Tür nach draußen auf und sah hinaus, und es hatte aufgehört zu regnen, aber er war auch nicht im Hof, und als ich zurückkam, war sein Bett gemacht und militärisch glattgezogen und sah seit gestern morgen unverändert aus.

7

Die verdorrte Fichte ist entästet und mit der Motorsäge in passende Klötze geschnitten: jeder ungefähr halb so groß wie ein Hauklotz, und ich habe die Klötze jeweils zu dreien in der Schubkarre transportiert, sie auf dem Platz vor dem Holzschuppen auf einen Haufen gekippt, und jetzt stehen sie in zweidimensionaler Pyramidenform fast zwei Meter hoch gestapelt an der Wand unter dem Dachvorsprung. Morgen fange ich an, sie zu spalten. Bisher ist alles gutgegangen, ich bin zufrieden mit mir, aber mein Rücken verträgt heute nicht mehr. Außerdem ist es mittlerweile schon nach fünf, die Sonne ist untergegangen, dort, wo Westen oder Südwesten sein müßte, die Dämmerung kommt schleichend vom Waldrand herüber, wo ich gerade gearbeitet habe, und es ist Zeit, aufzuhören. Ich wische mit einem Tuch verschmiertes Sägemehl, Benzin- und Ölspuren von der Säge, bis sie nahezu sauber ist, stelle sie zum Lüften im Holzschuppen auf einen Hocker, schließe die Tür und gehe mit der leeren Thermoskanne unterm Arm über den Hof. Dann setze ich mich auf die Stufe vor der Tür und ziehe die feuchten Stiefel aus, klopfe Sägespäne aus beiden Schäften und bürste die Hosenbeine unten ab. Ich bürste die Socken, schlage mit den Arbeitshandschuhen fest auf sie ein und zupfe den Rest mit den Fingern ab. Zum Schluß liegt ein hübscher kleiner Haufen auf dem Kies. Lyra sieht mir mit einem Tannenzapfen in der Schnauze zu, er schaut zur einen Seite wie eine dieser extrem dicken, unangezündeten Zigarren heraus, und sie will, daß ich ihn wegwerfe, damit sie hinterherjagen und ihn zurückbringen kann, aber wenn wir mit diesem Spiel erst einmal anfangen, will sie immer weitermachen, und dazu habe ich keine Kraft mehr.

»Sorry«, sage ich, »ein andermal.« Ich tätschele ihr den gelben Kopf, streiche ihr über den Hals und ziehe sie leicht am Ohr, was sie gern mag. Sie läßt den Zapfen fallen, geht die Stufe hinauf und setzt sich auf die Fußmatte.

Ich stelle die Stiefel direkt vor die Tür, mit den Absätzen zur Wand, und gehe auf Socken durch den Gang in die Küche. Dort spüle ich die Thermoskanne mit glühendheißem Wasser aus dem Hahn und stelle sie zum Trocknen auf die Spüle für später. Es ist erst zwei Wochen her, daß der Heißwassertank installiert wurde. So etwas hat es hier früher nicht gegeben. Nur einen Ausguß an der Wand mit einem Kaltwasserhahn darüber. Ich habe einen Klempner angerufen, der das Haus, in dem ich wohne, gut kennt, und er sagte, ich müßte dafür auf der Außenseite der Wand bis zum Wasserrohr einen zwei Meter langen Graben ausheben, damit er den Winkel des Rohrs und die Ausrichtung zur Küche hin unter der Grundmauer hindurch verändern könnte. Und ich müßte mich verdammt beeilen, bevor der Frost einsetzte. Der Klempner wollte nicht selbst graben, er wollte keine körperliche Arbeit verrichten, sagte er. Für mich war das in Ordnung, aber es war schwere Arbeit, nur Kies und Steine bis ganz nach unten. Manche Steine waren sehr groß. Ich wohne auf einem Moränerücken, wie sich herausgestellt hat.

Jetzt habe ich eine Spüle wie alle anderen. Ich sehe mich im Spiegel über dem Waschbecken. Das Gesicht darin sieht nicht anders als, als ich es bei einem Siebenundsechzigjährigen erwarte. Insofern bin ich mit mir im Takt. Ob mir gefällt, was ich sehe, ist eine andere Frage. Aber das spielt keine Rolle. Ich werde mich nicht mehr vor vielen Menschen zeigen, und ich habe nur diesen einen Spiegel. Um ehrlich zu sein, habe ich nichts gegen das Gesicht im Spiegel. Ich akzeptiere es, ich erkenne mich wieder. Mehr kann ich nicht verlangen.

Das Radio läuft. Sie reden von dem bevorstehenden Jahrtausendjubiläum. Sie reden von den Schwierigkeiten, die in allen Computersystemen ganz sicher beim Übergang von den verläßlichen Jahren 97, 98, 99 zu den Jahren mit 00 entstehen werden, daß man nicht weiß, was passieren wird, daß man sich aber vor der eventuellen Katastrophe schützen muß und daß die norwegische Industrie erstaunlich träge ist, ihre Vorkehrungen zu treffen. Ich kenne mich damit nicht aus, und es interessiert mich auch nicht. Das einzige, was ich sicher weiß, ist, daß eine Handvoll Beratungsfirmen, die auch nicht wissen, was passieren wird, darauf aus sind, Geld zu verdienen. Was ihnen bestimmt auch gelingen wird, wenn es ihnen nicht schon gelungen ist.

Ich hole den kleinsten Topf heraus, wasche ein paar Kartoffeln, lege sie hinein, fülle Wasser ein und stelle den Topf auf den Herd. Ich merke, daß ich hungrig bin, die Arbeit an der Fichte hat meinen Appetit angeregt. Ich hatte in den letzten Tagen wenig Lust zu essen. Die Kartoffeln habe ich im Laden gekauft, nächstes Jahr will ich in dem alten Küchengarten hinterm Geräteschuppen meine eigenen anbauen. Er ist völlig zugewachsen und muß komplett umgegraben werden, aber das sollte ich schaffen. Ich muß mir nur ausreichend Zeit dafür nehmen.

Es ist wichtig, das Abendessen nicht ausfallen zu lassen, wenn man allein lebt. Das passiert schnell, langweilig wie es ist, für einen allein zu kochen. Heute kommen Kartoffeln, Soße und Gemüse, eine Serviette, ein frisches Glas und eine Kerze auf den Tisch, und es ist ausgeschlossen, daß ich mich in Arbeitsklamotten auf den Stuhl setze. Als die Kartoffeln kochen, gehe ich deshalb in die Kammer und ziehe mir eine andere Hose und ein sauberes weißes Hemd an, gehe zurück in die Küche und lege ein Tischtuch auf den Tisch, bevor ich Butter in die Pfanne gebe und den Fisch brate, den ich selbst aus dem See gezogen habe.

Draußen hat die Dämmerstunde begonnen. Alles rückt näher: der Geräteschuppen, der Waldrand, der See über den Bäumen, als ob die gefärbte Luft die Welt zusammenbindet und es draußen nichts mehr gibt, das allein für sich steht. Das ist ein schöner Gedanke, ich weiß aber nicht, ob er der Wahrheit entspricht. Es ist besser, frei zu stehen, doch für den Augenblick gibt mir diese blaue Dämmerwelt einen Trost, von dem ich nicht weiß, ob ich ihn will und gar nicht brauche und dennoch annehme. Ich setze mich mit einem guten Gefühl an den Tisch und fange an zu essen.

Und dann klopft es an der Tür. Daß es klopft, ist nicht verwunderlich, denn ich habe keine Klingel, aber seit ich hier wohne, war noch nie jemand mit seiner Hand an dieser Tür, und die wenigen Male, die jemand kam, habe ich das Auto vorher gehört und bin auf die Treppe gegangen, um ihn zu empfangen. Ich habe aber kein Auto gehört und auch kein Scheinwerferlicht gesehen. Ich stehe eine Spur verärgert von meiner Mahlzeit auf, gehe in den Gang und mache die Tür auf. Auf der Treppe steht Lars, und hinter ihm im Hof sitzt Poker, folgsam und still. Das Licht draußen wirkt nahezu künstlich, wie in Filmen, die ich gesehen habe: blau, inszeniert, die Lichtquelle nicht sichtbar, aber jedes einzelne Ding ist ganz deutlich und zugleich durch denselben Lichtfilter zu sehen oder aus demselben Stoff gemacht. Sogar der Hund ist blau, er bewegt sich nicht, ein Modellhund aus Ton.

»Guten Abend«, sage ich, obwohl es eigentlich immer noch Nachmittag ist, aber bei diesem Licht kann man unmöglich etwas anderes sagen. Lars wirkt verlegen, wie er da steht, oder es ist etwas anderes, etwas in seinem Gesicht, und dasselbe gilt für den Hund: eine Steifheit im Körper, die ihnen gemeinsam ist, und keiner von ihnen sieht mich direkt an, sie warten ab und halten sich zurück, doch schließlich sagt er:

»Guten Abend«, und dann ist er einfach still und sagt nichts mehr, kein Wort darüber, was er eigentlich will, und ich weiß nicht, was ich sagen soll, um ihm auf die Sprünge zu helfen.

»Ich wollte gerade essen«, sage ich, »aber das macht nichts, kommen Sie rein.« Ich öffne die Tür jetzt ganz, mache eine einladende Handbewegung und bin sicher, daß er ablehnen wird, daß, was er zu sagen hat, dort auf der Treppe gesagt werden wird, wenn er nur die Worte findet, die er sucht. Doch dann entscheidet er sich, geht die letzten Schritte auf die Tür zu, dreht sich zu Poker um und sagt:

»Sitz hier.« Dabei zeigt er auf die Treppe, und Poker kommt die Treppe herauf, setzt sich dort hin, und ich mache einen Schritt zur Seite und lasse Lars in den Gang. Ich gehe zuerst in die Küche und stelle mich an den Tisch, auf dem die Kerzen im Luftzug flackern, bis er nachkommt und die Tür schließt.

»Sind Sie hungrig«, frage ich, »hier ist genug für zwei«, und das stimmt im Grunde auch, ich koche immer zuviel, überschätze meinen Appetit, und die andere Portion geht stets an Lyra, und das weiß sie und ist ganz vergnügt, wenn ich mich zum Essen hinsetze. Sie liegt dann neben dem Herd, folgt mir aufmerksam mit den Augen und wartet. Jetzt ist sie von ihrem Platz aufgestanden, wedelt mit dem Schwanz und schnüffelt an Lars' Hose. Der würde eine Wäsche nicht schaden, darin könnten wir uns schnell einig werden.

»Setzen Sie sich«, sage ich und warte seine Antwort nicht ab, sondern hole einen Teller aus dem Eckschrank und decke Besteck, eine Serviette und ein Glas auf. Ich schenke Bier in sein Glas und Bier in meins. Etwas Schnee am Fenster jetzt, und es sähe aus wie Heiligabend. Er setzt sich tatsächlich, und ich kann sehen, wie er beklommen auf mein sauberes weißes Hemd schielt. Mir ist egal, was er trägt, die Regeln, die ich befolge, gelten nur für mich, aber mir ist klar, daß ich es ihm, was immer er sagen wollte, jetzt nicht leichter gemacht habe. Ich setze mich und fordere ihn auf, zuzugreifen, und er nimmt ein Stück Fisch und zwei Kartoffeln und etwas Soße, und ich traue mich nicht, zu Lyra hinüberzusehen, denn das wäre in etwa ihr Anteil gewesen. Wir fangen an zu essen.

»Es schmeckt gut«, sagt Lars, »haben Sie ihn selbst gefangen?«

»Na klar«, sage ich, »unten an der Flußmündung.«

»Dort gibt es viel Fisch. Vor allem Flußbarsch«, sagt er, »aber auch Hecht, direkt am Schilf, und manchmal Forellen, wenn man Glück hat«, und ich nicke und esse ganz ruhig und warte darauf, daß er zur Sache kommt. Das heißt, er kann gern hierherkommen und essen, ohne daß er ein Anliegen hat. Aber zum Schluß nimmt er einen großen Schluck aus dem Glas mit dem Bier, wischt sich mit der Serviette den Mund ab, bevor er die Hände in den Schoß legt, sich räuspert und sagt:

»Ich weiß, wer Sie sind.«

Ich höre auf zu kauen. Ich sehe mein Gesicht vor mir, wie es vorhin im Spiegel war. Weiß er, wem es gehört? Nur ich weiß es. Oder vielleicht erinnert er sich an die Zeitungen vor drei Jahren mit dem großen Bild von mir mitten auf der Straße, im eiskalten Regen, Blut und Wasser rinnen aus den Haaren, von der Stirn über mein Hemd und die Krawatte, der spiegelglatte verwirrte Ausdruck in meinen Augen, die zur Kamera schauen, und direkt hinter mir, kaum sichtbar, der blaue Audi mit dem Heck in der Luft, dem Kühler weiter unten im Geröll. Die dunkle, nasse Bergwand, der Krankenwagen mit geöffneten Hecktüren und eine Trage mit meiner Frau darauf, die hineingeschoben wird, das Polizeiauto mit Blaulicht, die blaue Decke über meinen Schultern, und ein Lastwagen, groß wie ein Panzer, quer über dem gelben Mittelstreifen, und Regen, Regen auf dem kalten, glänzenden Asphalt, in dem sich alles doppelt spiegelt, so wie ich in den Wochen danach alles doppelt sah. Alle Zeitungen zeigten dieses Bild. Von einem freiberuflich arbeitenden Photographen, der in einem der Autos in der Schlange saß, die sich in der halben Stunde nach dem Unfall gebildet hatte, perfekt komponiert. Er war auf dem Weg zu einem langweiligen Auftrag gewesen und erhielt statt dessen einen Preis für dieses Bild, das er im Regen aufgenommen hat. Der tiefe, graue Himmel, die zerborstene Leitplanke, die weißen Schafe auf dem Bergrücken dahinter. Alles auf einen Blick. Bitte einmal hierherschauen! rief er.

Aber das ist es nicht, was Lars meint. Er hat vielleicht eins der Bilder gesehen, das ist gut möglich, aber das meint er nicht. Er hat mich erkannt, so wie ich ihn erkannt habe. Es ist mehr als fünfzig Jahre her, wir waren damals noch Kinder, er zehn Jahre und ich fünfzehn, und ich hatte immer noch Angst vor dem, was um mich herum geschah, was ich nicht verstand, auch wenn ich wußte, daß ich ganz dicht dran war, daß ich nur die Hand so weit wie möglich hätte ausstrecken müssen, schon hätte ich vielleicht ganz herangereicht und gespürt, wie die Dinge waren. So fühlte es sich jedenfalls an, und ich weiß noch, wie ich in dieser Sommernacht 1948 mit den Kleidern in der Hand aus dem Schlafzimmer rannte, in Panik plötzlich, weil ich begriff, daß das, was mein Vater sagte, und wie die Dinge wahrhaftig zusammenhingen, nicht zwangsläufig das gleiche war, und das machte die Welt vage und schwer festzuhalten. Es öffnete sich eine Dunkelheit, und ich vermochte nicht durch sie hindurch zu sehen, und draußen in der Nacht, einen Kilometer den Fluß hinunter, lag Lars vielleicht wach und allein in seinem Bett und versuchte, *seine* Welt festzuhalten, während der Schuß, von dem er nicht begreifen konnte, woher er gekommen war, in dem kleinen Haus immer noch jeden Kubikmeter Luft füllte und zur Folge hatte, daß er, wenn die Leute mit ihm sprachen, nichts anderes hörte als diesen

Schuß, egal, was sie sagten, und es war das einzige, was er für lange, lange Zeit hören sollte.

Jetzt sitzt er mir mehr als fünfzig Jahre danach am Tisch gegenüber und weiß, wer ich bin, und ich habe nichts dazu zu sagen. Es ist ja keine Anklage, auch wenn es sich irgendwie ein wenig danach anfühlt, und es ist auch keine Frage, ich brauche also nicht zu antworten. Aber wenn ich nichts sage, wird es sehr still und schwierig.

»Ja«, sage ich und sehe ihn direkt an. »Ich weiß auch, wer Sie sind.«

Er nickt. »Das habe ich mir gedacht.« Er nickt noch einmal, nimmt Messer und Gabel wieder auf und ißt weiter, und ich kann sehen, daß er zufrieden ist. Das wollte er haben. Nicht mehr, nichts weiter. Das und eine Bestätigung, die er jetzt bekommen hat.

Den Rest der Mahlzeit über fühle ich mich beklommen, in einer Situation gefangen, die ich nicht selbst geschaffen habe. Wir essen, ohne viele Worte zu wechseln, beugen uns nur vor und sehen aus dem Fenster auf den Hof, auf den sich die Dunkelheit schnell und leise herabsenkt, und wir nicken uns gegenseitig zu und sind uns einig, daß die Jahreszeit, in der wir uns gerade befinden, genau so ist, wie sie sein soll; du meine Güte, was wird es früh dunkel, ja, und so weiter, als wäre dies eine Neuigkeit. Aber Lars wirkt zufrieden, ißt auf, was er noch auf dem Teller hat, und sagt beinahe fröhlich:

»Danke für die Einladung. So eine ordentliche Mahlzeit tut gut«, und er schickt sich an aufzubrechen, und als er dann geht, läuft er leichtfüßig den Weg hinunter, ohne Taschenlampe, während *ich* mich zunehmend schwerer fühle, und Poker trottet hinter ihm her über die Brücke und zu der kleinen Hütte und wird von der Abenddämmerung langsam verschluckt.

Ich bleibe eine Weile vor der Tür stehen, lausche den Schritten auf dem Schotter, bis sie sich verlieren, und noch etwas länger, und dann höre ich das leise Geräusch in der Dunkelheit, als Lars die Tür schließt, und sehe, wie das Licht im Fenster angeht, in der Hütte unten am Fluß. Ich drehe mich um und schaue in alle Richtungen, aber Lars' Licht ist das einzige, das ich sehe. Wind kommt auf, aber ich bleibe stehen, wo ich stehe, und starre in die Dunkelheit, und der Wind wird stärker, vom Waldrand her ist ein Rauschen zu hören, und im bloßen Hemd ist es kalt, ich friere plötzlich so, daß ich mit den Zähnen klappere, und schließlich muß ich mich geschlagen geben, gehe hinein und ziehe die Tür zu.

Ich räume den Tisch in der Küche ab, zum ersten Mal stehen in diesem Haus zwei Teller auf der Tischdecke. Ich fühle mich überfallen, das ist es, und nicht von irgend jemand.

Das ist es. Ich gehe mit Lyras Napf in die Speisekammer, fülle ihn mit Trockenfutter, trage ihn zurück und stelle ihn an seinen Platz vor dem Holzofen. Sie sieht mich an, das hatte sie nicht erwartet, sie schnüffelt an dem Essen und fängt nur zögerlich an zu fressen, schluckt jeden Bissen demonstrativ mühsam hinunter, dreht sich um und sieht mich wieder an, lange, mit großen Augen, seufzt und frißt weiter, als müßte sie den Giftbecher leeren. Verwöhnter Hund.

Während Lyra frißt, gehe ich in die Kammer, ziehe das weiße Hemd aus, hänge es auf einen Kleiderbügel, streife das karierte Hemd für werktags und einen Pullover über den Kopf, gehe in den Gang, nehme die warme Seemannsjacke vom Haken und ziehe auch sie über. Greife nach der Taschenlampe, pfeife nach Lyra, gehe in Pantoffeln vor die Haustür und tausche sie gegen die Stiefel. Es bläst jetzt ein kräftiger Wind. Wir gehen die Straße hinunter. Lyra voran und ich ein paar Meter dahinter. Ich kann das helle Fell gerade noch erkennen, doch so lange ich es sehe, dient es mir als Wegweiser, und ich mache die Taschenlampe nicht an, lasse die Augen die Dunkelheit aufnehmen, bis ich sie nicht mehr zusammenkneife, um ein Licht einzufangen, das längst verschwunden ist.

Als wir zur Brücke kommen, bleibe ich einen Augenblick an der Stelle stehen, an der das Geländer anfängt, und sehe zu Lars' Hütte. Die Fenster sind erleuchtet, und ich erkenne seine Schultern in dem gelben Rahmen und seinen Hinterkopf ohne ein graues Haar und den Fernseher, der an der gegenüberliegenden Wand im Zimmer steht und läuft. Er sieht sich die Abendnachrichten an. Ich weiß nicht, wann ich zuletzt die Abendnachrichten gesehen habe. Ich habe keinen Fernseher mit hierher genommen, was ich manchmal bereue, wenn die Abende lang werden, aber ich habe überlegt, daß du, wenn du allein bist, leicht an den flimmernden Bildern hängenbleiben und bis weit in die Nacht im Sessel festsitzen kannst, und dann vergeht einfach nur die Zeit, während andere sich bewegen. Das will ich nicht. Ich habe an mir selbst Gesellschaft genug.

Wir verlassen die Straße und nehmen den Pfad am Flußufer entlang, den ich meistens nehme, aber ich höre das Wasser nicht rauschen, denn der Wind rauscht und raschelt in den Bäumen und Büschen um mich herum, und ich mache die Taschenlampe an, um nicht vom Pfad abzukommen und in den Fluß zu fallen, weil ich nicht hören kann, wo er ist.

Unten am See folge ich der Schilfkante, bis ich zu dem Platz mit der Bank komme, die ich gezimmert und hierher geschleppt habe, um einen Ort zu haben, an dem ich sitzen und mir das Leben an der Mündung anschauen kann, sehen kann, ob der Fisch aus dem Wasser springt, sehen kann, wie die Enten und Schwäne hier in der Bucht brüten. Das tun sie um diese Jahreszeit zwar nicht, aber sie sind morgens immer noch mit ihrem Nachwuchs hier, den sie im Frühling bekommen haben, die jungen Schwäne sind jetzt ebenso groß wie ihre Eltern, aber immer noch grau, und es sieht seltsam aus, als wären es zwei verschiedene Arten, die hintereinander herschwimmen, die gleichen Bewegungen machen, und die bestimmt auch glauben, sie seien gleich, während alle sehen können, daß sie es nicht sind. Oder ich kann hier sitzen und die Gedanken schweifen lassen, während Lyra die Dinge erledigt, die sie nach festem Muster verrichtet.

Ich finde die Bank und setze mich hin, aber es gibt nichts, woran man sich festhalten oder das man betrachten könnte, also lösche ich das Licht, bleibe im Dunkeln sitzen und höre den Wind laut und klirrend durch das Schilf sausen. Ich merke, wie erschöpft ich nach diesem Tag bin, ich habe länger gearbeitet, als ich es normalerweise tue, und ich schließe die Augen und denke, daß ich nicht einschlafen darf, nur ein wenig hier sitzen. Und dann schlafe ich dennoch ein und wache, kalt am ganzen Körper, bei ohrenbetäubendem Wind um mich herum auf, und das erste, was ich denke, ist, daß ich mir wünschen würde, Lars hätte nicht gesagt, was er gesagt hat, das bindet mich an eine Vergangenheit, die ich hinter mir geglaubt hatte, und schiebt die fünfzig Jahre mit einer Leichtigkeit zur Seite, die nahezu unanständig wirkt.

Ich erhebe mich steif von der Bank, pfeife nach Lyra, was mit gefühllosen Lippen nicht so gut geht, aber sie sitzt auch schon dicht neben der Bank und winselt schwach, wobei sie die Schnauze an mein Knie preßt. Ich mache die Lampe an. Es weht infernalisch, ein Wirrwarr wirbelt vor dem Lichtstrahl, wenn ich ihn um mich herum bewege, das Schilf biegt sich zum See hin, weiße Spitzen auf dem Wasser und ein heulender Laut in den nackten Baumwipfeln, die sich neigen und nach Süden gepeitscht werden. Ich bücke mich zu Lyra hinunter und streichele ihr den Kopf.

»Good dog«, sage ich auf englisch, und es hört sich völlig albern an, wie aus einem Film, den ich einmal gesehen habe, Lassie vielleicht, aus dem Kino vergangener Tage, das würde mich nicht wundern, oder ich habe etwas geträumt, als ich schlief, was ich jetzt vergessen habe, und dann war das die Antwort, die hängenblieb. Dickens war es jedenfalls nicht, ich kann mich nicht an ein »good dog« in seinen Büchern erinnern, aber albern wäre es auch dann. Ich richte mich wieder auf und ziehe den Reißverschluß der Jacke bis zum Kinn.

»Komm«, sage ich zu Lyra, »gehen wir nach Hause«, und sie springt vor Erleichterung auf, stürmt mit erhobenem Schwanz den Pfad hinauf, und ich folge ihr, nicht ganz so behende, den Kopf im Jackenkragen versenkt, die Lampe fest in der Hand.

8

Ich erinnere mich noch deutlich an diese Nacht in der Hütte, als mein Vater nicht da lag, wo er gesagt hatte, daß er liegen würde. Ich kam aus dem Schlafzimmer in die Stube und zog mich vor dem Ofen eilig an. Er war noch wohlig warm vom Abend zuvor, als ich mich über ihn gebeugt hatte, und ich horchte in die Nacht um mich herum, konnte aber nichts anderes hören als meinen eigenen Atem, der viel zu schnell und merkwürdig heiser und keuchend ging, in einem Zimmer, das unübersichtlich und groß wirkte, obwohl ich genau wußte, wie viele Schritte es bis zu jeder Wand waren. Ich zwang mich, ruhiger zu atmen, sog die Luft tief ein und ließ sie nur langsam wieder heraus, und dabei dachte ich, bis heute nacht ist es mir im Leben gutgegangen, ich bin nie allein gewesen, nicht wirklich, und auch wenn mein Vater bisweilen lange Zeit am Stück wegblieb, akzeptierte ich es mit einem Vertrauen, das jetzt im Laufe eines einzigen Julitages wie weggeblasen war.

Er war weit weg, dieser sengendheiße Tag, an dem ich die Tür aufmachte und in meinen hohen Stiefeln auf den Hof trat. Dieser war leer, und es war fast kühl, aber nicht mehr dunkel, es war eine Sommernacht, und die Wolken über mir zeigten Risse, während sie in hohem Tempo über den Himmel jagten, und das fahle Licht fiel flackernd herab, so daß ich den Pfad zum Fluß gut fand. Nach dem heftigen Regen floß das Wasser jetzt schneller und stand höher an den Steinen am Ufer, und es hob sich und wogte und glänzte wie mattes Silber, ich konnte es von weitem sehen, und das Rauschen der Strömung war das einzige Geräusch, das ich hörte.

Das Boot war nicht an seinem Platz. Ich ging ein paar Schritte ins Wasser und blieb stehen, um auf Ruderschläge zu lauschen, aber nur der Fluß war zu hören, der um meine Beine floß, zu sehen war nichts, weder in der einen noch in der anderen Richtung. Die Holzstapel waren natürlich da, und sie dufteten stark in der feuchten Luft, und die knorrige Kiefer mit dem aufgenagelten Kreuz am Stamm war da, und die Wiesen waren da, am anderen Flußufer bis zur Straße, doch nur die Wolken am Himmel bewegten sich und das flackernde Licht. Es war ein seltsames Gefühl, in der Nacht allein draußen zu sein, als würde Licht oder ein Laut durch den Körper gehen, wie ein sanfter Mond oder der Klang von Kuhglocken, wie Wasser, das um die Stiefel strömte, und alles andere drumherum war so groß und still, aber ich fühlte mich nicht verloren, ich fühlte mich auserwählt. Ich war jetzt ganz ruhig, ich war das Zentrum, dort, wo ich stand. Das machte der Fluß, kein Zweifel, ich konnte mich bis zum Kinn ins Wasser versenken, still sitzen bleiben, spüren, wie die Strömung am Körper stieß und zerrte, und immer noch der sein, der ich war, immer noch das Zentrum sein. Ich drehte mich um und sah hinauf zur Hütte. Die Fenster waren dunkel. Dorthinein wollte ich nicht mehr, dort war keine Glut, die beiden Zimmer verlassen und leer mit klammen Federbetten und einem erloschenen Ofen und ganz sicher kühler jetzt, als es hier draußen war, und ich hatte in der Hütte nichts zu tun. Also watete ich an Land und begann zu laufen.

Zuerst lief ich zwischen den frischen Baumstümpfen hindurch zu der schmalen Schotterstraße hinter unserem Grundstück, folgte ihr durch den Wald nach Süden anstatt nach Norden, wohin wir normalerweise gingen, wo die Brücke und der Laden waren, und es war nicht schwer, den Weg zu finden, denn die Wolken waren verschwunden, und die Nacht war wieder hell, als wäre überall weißes Mehl, ein Filter, den ich deutlich sehen und vielleicht sogar anfassen konnte, wenn ich wollte, und dann konnte ich es doch nicht. Aber ich versuchte es. Ich spreizte die Finger, während ich zwischen den dunklen Stämmen, gleich einem Säulengang auf jeder Seite, hindurch lief, und ich ließ die Hände durch die Luft gleiten, langsam nach oben und dann wieder nach unten in dem gepuderten Licht, aber ich spürte nichts, und alles war wie immer, wie in jeder x-beliebigen Nacht. Aber das Leben hatte sein Gewicht von einem Punkt auf einen anderen verlagert, von einem Bein auf ein anderes, wie ein schweigsamer Riese in den großen Schatten in den Bergen, und ich fühlte mich nicht mehr als der Mensch, der ich war, als dieser Tag begann, und ich wußte nicht einmal, ob ich darüber unglücklich war.

Ich wußte es nicht, und ich war zu jung, um mich umzusehen, also folgte ich weiterhin der Straße. Ich hörte den Fluß unten hinter dem Wald, und bald hörte ich Geräusche von der Sennhütte, die im Süden am nächsten zu unserer Hütte lag. Es waren Kühe, die hinter den Holzwänden standen und wiederkäuten oder im Stroh lagen und sich im Schatten von einer Seite zur anderen bewegten, und sie waren plötzlich ganz still, und dann ging es wieder los, und der gedämpfte Klang der Glocken drang zu mir auf die Straße, und ich fragte mich, wie weit die Zeit in der Nacht gekommen war, ob es vielleicht bald schon Morgen wäre oder ob ich den Pfad zum Stall hinuntergehen, mich hineinschleichen und eine Weile dort sitzen bleiben konnte, um zu sehen, wie warm es war, bevor ich weiterging. Und das tat ich dann auch. Ich brauchte bloß den Pfad hinunterzugehen, den die Kühe normalerweise hinaufstiegen, vorbei an der kleinen Hütte, in der alles ruhig war und niemand am Fenster stand und hinaussah, soweit ich es erkennen konnte, und dann die Tür aufmachen und in den halbdunklen

Stall treten. Drinnen roch es stark und gut zugleich, und es war genauso warm, wie ich es erwartet hatte. Ich holte mir im Gang zwischen den Mistrinnen einen Melkschemel, setzte mich neben der Tür, die ich hinter mir zugemacht hatte, dicht an die Wand, schloß die Augen und hörte, wie ruhig der Atem der Kühe in ihren Verschlägen ging und wie ruhig ihre Kiefer arbeiteten, und ich hörte den dunklen Klang der Kuhglocken und das knarrende Holz und das Rauschen der Nacht über dem Dach. Und es war nicht der Wind, sondern die Summe all dessen, womit die Nacht mich erfüllen wollte. Und dann schlief ich ein.

Ich erwachte davon, daß mir jemand über die Wange strich. Ich glaubte, es sei meine Mutter. Ich glaubte, ich sei ein kleiner Junge. Ich habe eine Mutter, dachte ich, das hatte ich vergessen. Und dann fiel mir wieder ein, wie sie aussah, ich setzte sie Stück für Stück zusammen, bis sie diejenige war, die ich immer gesehen hatte, doch das Gesicht, in das ich sah, gehörte nicht ihr, und einen Augenblick lang schwebte ich zwischen zwei Welten, mit einem halbwachen Auge in jeder, denn es war die Sennerin dieser Hütte, die dort stand, und dann war es jetzt fünf Uhr morgens. Ich hatte sie schon oft gesehen und mit ihr gesprochen. Ich mochte sie. Ihre Stimme klänge wie eine Silberflöte, wenn sie zur Straße hinaufging und die Kühe lockte, hatte mein Vater gesagt, und er hatte die Hände in Mundhöhe gehalten, ein wenig zur Seite gestreckt und es mit flatternden Fingern und spitzem Mund demonstriert. Ich wußte nicht, was für Töne eine Silberflöte von sich gab, hatte den Klang, soweit ich wußte, noch nie gehört, aber sie sah lächelnd zu mir herunter und sagte:

»Guten Morgen, mein Junge«, und das hörte sich eigentlich sehr nett an.

»Ich bin eingeschlafen«, sagte ich, »es war so schön warm

hier.« Ich setzte mich ganz auf, machte den Rücken gerade und rieb mir mit den Händen das Gesicht.

»Du brauchst den Schemel«, sagte ich.

Sie schüttelte den Kopf. »Nein, nein, bleib nur sitzen. Ich habe noch einen, das kriegen wir schon hin.« Und dann ging sie mit einem glänzenden Eimer in jeder Hand durch den Mittelgang, holte einen weiteren Schemel, setzte sich zu der ersten Kuh und fing an, das rosa Euter mit weichen, geübten Bewegungen zu waschen. Sie hatte bereits ausgemistet und den ganzen Weg mit Spänen ausgelegt, so daß der Boden sauber und schön aussah, und sie standen jetzt alle zusammen in einer Reihe: vier gefleckte Kühe auf jeder Seite, voller Erwartung und voller Milch. Sie zog den anderen Eimer zu sich, umfaßte ebenso geschmeidig die Zitzen, und es spritzte weiß und klirrend gegen das Metall, und es sah so leicht aus, aber ich hatte es schon mehrmals probiert und nie einen Tropfen herausbekommen.

Ich saß mit dem Rücken an der Wand und sah sie im Licht der Lampe, die sie an einem Haken neben dem Verschlag aufgehängt hatte: das Tuch um die Haare gebunden, den gelben Lichtschein auf dem Gesicht, den nach innen gekehrten Blick und das leichte Lächeln, die nackten Arme und die nackten Knie, die matt schimmernd auf jeder Seite des Eimers unter dem Rock hervorschauten, und ich konnte nichts dafür, aber plötzlich spannte es so kräftig in meiner Hose, daß ich nach Luft schnappte, und ich hatte, soweit ich mich erinnern konnte, bisher noch nie auf diese Weise an sie gedacht. Ich hielt mich mit beiden Händen am Schemel fest, fühlte mich treulos gegenüber derjenigen, die mich wirklich interessierte, und wußte, würde ich mich auch nur einen Zentimeter bewegen, so hätte diese leichte Reibung zur Folge, daß alles aus dem Ruder liefe, und sie würde es sehen und vielleicht das hoffnungslose Wimmern in meiner Brust hören, das heraus wollte, und dann würde sie verstehen, wie schutzlos ich war, und das konnte ich nicht ertragen. Ich mußte also an andere Dinge denken, um den Druck auf die stramme Haut zu lockern, und ich dachte zuerst an Pferde, die ich gesehen hatte, wenn sie auf der Straße durch das Dorf liefen, mehrere Pferde in verschiedenen Farben mit hämmernden Hufen auf dem ausgetrockneten Schotterweg, und den Staub, der aufgewirbelt wurde und in der heißen Luft hängenblieb wie gelbe Gardinen zwischen den Häusern und der Kirche, aber es half mir nicht sehr, denn etwas war mit der Heißblütigkeit dieser Pferde, mit der Krümmung am Hals und dem rhythmischen Atem, wenn sie davonstürmten, mit all dem an Pferden, was schwer zu erklären war, aber um das man *wußte*, und dann dachte ich lieber an den Bunnefjord. Den Bunnefjord zu Hause in Oslo und das erste Bad in dem graugrünen Meer ohne Rücksicht auf Wind und Wetter am ersten Mai. Wie kalt es im Wasser war, und wie die Luft mit einem Stöhnen aus dem Körper getrieben wurde, wenn du von den Klippen bei Katten ins Wasser sprangst und die glänzende Oberfläche trafst, und es konnte immer nur einer springen, denn der andere mußte mit einem Seil an Land stehen und Lebensretter sein, falls derjenige im Meer einen Krampf bekam. Ich war erst sieben, als wir beschlossen, das jedes Jahr zu machen, meine Schwester und ich, und nicht weil es so herrlich war, sondern weil wir eine Entscheidung treffen mußten, die uns mehr als das Übliche abverlangte, etwas, was richtig wehtat, und in dem Moment fühlte sich genau das schmerzhaft genug an. Drei Wochen zuvor waren die deutschen Soldaten nach Oslo gekommen, und sie marschierten in einer endlosen Kolonne die Karl Johan Gate entlang, und an dem Tag war es kalt und still auf der Straße, und nur das gleichzeitige Knallen der Militärstiefel schlug gleich dem Geräusch einer Peitsche zwischen den Säulen der Universitätsaula ein, traf die Wände dort und fuhr als Echo wieder hinaus auf den mit Pflastersteinen bedeckten Universitätsplatz. Und dann das plötzliche Dröhnen der Messerschmidt-Jagdflugzeuge tief über der Stadt auf dem Weg vom Fjord herein, vom offenen Meer und von Deutschland, und alle standen schweigend da und sahen zu, und mein Vater sagte nichts, und ich sagte nichts, und niemand in der ganzen Reihe sagte etwas. Ich sah zu meinem Vater auf, und er sah zu mir herunter und schüttelte langsam den Kopf, und so schüttelte auch ich den Kopf. Er nahm mich bei der Hand und führte mich weg von den Menschen auf dem Gehweg und die Straße hinunter, am Parlamentsgebäude vorbei zum Ostbahnhof, um zu sehen, ob der Bus über den Mossevei noch fuhr oder ob der Zug nach Süden pünktlich ging oder ob an diesem Tag nicht vielleicht alles stillstand außer den deutschen Truppen, die plötzlich überall waren. Ich kann mich nicht erinnern, wie wir in die Stadt hineingekommen waren, ob mit dem Zug oder dem Bus oder ob wir in einem Auto mitgefahren waren, aber irgendwie schafften wir es nach Hause, und es kann gut sein, daß wir zu Fuß gingen.

Nicht lange danach verschwand mein Vater zum ersten Mal, und meine Schwester und ich begannen in dem kalten Fjord zu baden mit dem Herz im Hals, die Schnur parat.

Es war tatsächlich so, daß er mich ein wenig abkühlte, der Gedanke an dieses Frühjahr 1940, an meinen Vater, der er an jenen kalten Tagen war, an das kalte Wasser im Bunnefjord, den Stränden von Katten bis Ingierstrand, die wir aufsuchten, und bald konnte ich den Griff vom Schemel lösen und aufstehen, ohne daß etwas aus dem Ruder lief. Die Sennerin war zur nächsten Kuh gewechselt, saß vor sich hinsummend auf dem anderen Schemel, die Stirn am Bauch der Kuh, und dachte, soweit ich sehen konnte, an nichts anderes als an diese Kuh, und ich stellte meinen Hocker ordentlich an die Wand und wollte mich aus der Tür schleichen und den Pfad hinauf zur Schotterstraße nehmen. Doch da hörte ich ihre Stimme hinter mir:

»Willst du einen Schluck haben?«, und ich errötete und wußte nicht, warum, und drehte mich um und sagte:

»Gern, das wäre schön«, obwohl ich seit langem versuchte, frische Milch zu umgehen. Sie widerte mich an, wenn ich sie nur im Glas oder in der Tasse sah und daran dachte, wie warm und dickflüssig sie war, aber ich hatte in ihrem Stall geschlafen und auf eine Art an sie gedacht, von der sie nichts wußte und die ihr sicher nicht gefallen würde, und fand, ich könnte ihr Angebot nicht ablehnen. Ich ging zu ihr, nahm die randvolle Kelle, die sie mir hinhielt, und schluckte alles auf einmal hinunter. Ich wischte mir mit einer harten Bewegung den Mund ab, wartete, bis alles garantiert unten war, und sagte dann:

»Danke. Aber jetzt muß ich wirklich los. Mein Vater wartet zu Hause mit dem Frühstück.«

»Jesses, so früh?« Sie sah mich ganz ruhig an, als begreife sie, wer ich war und was ich gerade tat, worin ich mir selbst nicht so sicher war, und ich nickte zu allem Überfluß energisch, machte auf dem Absatz kehrt, ging zwischen den Verschlägen hindurch zur Stalltür hinaus und war schon fast oben am Schotterweg, als ich mich erbrechen mußte, direkt auf den Weg vor mir. Ich riß ein paar Handvoll Heidekraut heraus und deckte die weiße Masse zu, damit diejenige im Stall es nicht sofort sah, wenn sie mit dem Melken fertig war und mit den Kühen den Pfad hinaufging und darüber vielleicht traurig wurde.

Ich folgte dem Weg so lange, bis er zu einem schmalen Pfad wurde, der durch das taubedeckte, hohe Gras zu einer Lichtung am Fluß hinunterführte und an einem Anleger endete, der hier auf der Ostseite, am Rand der Strömung, fast ganz im Schilf verborgen war. Ich ging auf den Anleger, setzte mich ans äußerste Ende und ließ die Beine von der Kante baumeln, so daß die Stiefel knapp das Wasser berührten, und es war jetzt ganz hell, die Sonne war auf dem Weg über den Bergrücken, und durch das Schilf sah ich auf die andere Flußseite, wo der kleine Bauernhof lag, in dem Jon wohnte oder vielleicht gewohnt hatte, ich wußte es nicht mehr. Sie hatten auch einen Anleger, und an dem Anleger lagen drei Ruderboote: das Boot, das Jon normalerweise benutzte, und das Boot, in dem ich seine Mutter zum Holzfällen kommen sah. Das erste war blau gestrichen, das zweite war rot, und das dritte war grün und lag normalerweise bei unserer Hütte, wenn es nicht irgendein Idiot am falschen Ufer vertäut hatte, und dieser Idiot war ich. Jetzt lag es hier. Auf den Anleger hatte jemand eine Bank gebaut, und auf dieser Bank saß Jons Mutter, und neben ihr saß mein Vater. Sie saßen dicht nebeneinander. Er war frisch rasiert, und sie trug das blaue Kleid mit den gelben Blumen, das sie immer anzog, wenn sie in die Distriktstadt fuhr. Über der Schulter hatte sie seine Jacke, und auch seinen Arm hatte sie um die Schulter, wie meinen vor weniger als 24 Stunden, aber *er* tat etwas, was ich nicht getan hatte. Er küßte sie, und ich konnte sehen, daß sie weinte, sie weinte aber nicht, weil er sie küßte, und er küßte sie einfach weiter, und sie weinte weiter.

Es ist möglich, daß es mir damals ein wenig an Phantasie fehlte, und es ist möglich, daß sie mir immer noch fehlt, aber das, was ich auf der Bank auf der anderen Uferseite sah, kam so plötzlich für mich, daß ich sitzenblieb und mit offenem Mund zusah, mir war nicht kalt, nicht heiß, nicht einmal lauwarm, ich hatte einen Kopf, der vor so viel Leere zu bersten drohte, und hätte mich jemand in der Situation gesehen, hätte er bestimmt gedacht, ich sei aus einem Heim für geistig behinderte Kinder entlaufen.

Ich hätte vielleicht denken können, daß ich mich irrte, daß ich das, was vorging, nicht gut genug sehen konnte, weil die

Entfernung zum anderen Ufer zu groß war und weil das, was ich undeutlich erkennen konnte, ein Mann war, der eine Frau tröstete, die soeben ein Kind verloren hatte und deren Mann in einem Krankenhaus zig Kilometer entfernt lag und die sich allein und hilflos fühlte. Aber es wäre in dem Fall eine merkwürdige Tageszeit gewesen, und ich sah auch nicht über den Mississippi oder die Donau oder den Rhein oder auch nur unsere hiesige Glomma, sondern über den nicht allzu breiten Fluß, der in einem Bogen über die Grenze von Schweden kam und durch das Tal und das Dorf hier wieder zurück nach Schweden floß, ein paar Kilometer weiter südlich, weshalb man sich also darüber streiten konnte, ob das Wasser nicht eigentlich mehr schwedisch als norwegisch war und ob es vielleicht schwedisch schmeckte, wenn man etwas davon in den Mund nahm. Und der Fluß war hier an dieser Stelle, wo ich auf meinem Anleger saß, nicht besonders breit, und sie saßen auf der gegenüberliegenden Seite.

Vermutlich irrte ich mich also nicht. Sie küßten sich, als wäre es das letzte, was sie im Leben täten, und ich konnte nicht zusehen, sah aber dennoch hin, und ich versuchte, an meine Mutter zu denken, wie ein Sohn es sicher tun sollte, wenn er so etwas wie das hier plötzlich erlebt, aber ich konnte nicht an meine Mutter denken. Sie entzog sich mir einfach und löste sich auf und hatte damit nichts zu tun, und dann war ich wieder leer und blieb sitzen und starrte, bis ich merkte, daß ich nicht länger hier sitzen bleiben konnte. Ich stand im Schutz des Schilfs langsam auf, schlich ganz leise über den Holzsteg auf den Pfad und diesen ein Stück hinauf, und als ich mich umdrehte und zurücksah, waren auch die beiden von der Bank aufgestanden und gingen zum Haus, Hand in Hand.

Ich sah mich nicht noch einmal um, lief nur durch das hohe Gras der Lichtung und um die Kurve dorthin, wo der Pfad zu einem Weg wurde, vorbei an der Sennhütte mit dem Stall, in dem ich gewesen war. Es kam mir vor, als wäre es ganz lange her. Das Licht war jetzt anders, und die Luft war anders, und die Sonne kam über den Bergrücken herunter. Es war schön und warm. Ich hatte etwas im Hals, das kratzte und brannte und auf merkwürdige Weise wehtat, und es wollte bestimmt nach oben, aber wenn ich fest schluckte, würde ich es unten halten können. Ich hörte die Kühe zum Furufjell hinaufgehen, der kein Berg war, sondern nur ein Höhenzug mit Wald auf dem Gipfel, und rechts und links erklangen Kuhglocken, und ganz sicher waren verschiedene Herden von anderen Sennhütten auf dem Weg zu dem saftigsten Gras. Als ich an den Platz kam, wo der Einschlag stattgefunden hatte und der Pfad hinunter zu unserer Hütte führte, blieb ich stehen und lauschte. Weil die Bäume weg waren, hatte ich freie Sicht auf den Fluß, und ich wußte, daß ich ein Boot hören würde, wenn es auf dem Weg stromaufwärts war. Aber von dort war nichts zu hören. Die Hütte sah in diesem Licht freundlicher aus, und ich hätte nun gut hinuntergehen können, hinein in die Stube, das Brot aus dem Brotkasten nehmen und mir eine Scheibe schmieren, denn ich war jetzt hungrig, doch statt dessen folgte ich dem Weg, der zur Brücke und zum Laden führte. Es dauerte zwanzig Minuten. Direkt vor der Brücke auf einem Felsvorsprung wenige Meter vom Fluß entfernt stand Franz' Haus. Von der Straße aus konnte ich sehen, daß seine Tür offenstand und die Sonne in den Gang schien. Aus einem Radio kam Musik. Ohne darüber nachzudenken, ging ich den Schotterweg hinunter zur Treppe, die drei Stufen hinauf und rief durch die Tür:

»Hallo! Gibt es hier Frühstück?«

»Hallo! Und ob, verdammt noch mal«, kam die Antwort von drinnen.

9

Die ganze Nacht über bläst es gewaltig. Ich werde mehrmals wach und höre den Wind an den Außenwänden pfeifen und mehr als das: Er zerrt an dem Haus, daß das alte Holz wimmert, von überallher sind Geräusche zu hören, lautes Rauschen, fast bedrohliche Laute aus dem Wald, metallisches Klappern und plötzlich ein kräftiger Schlag, ich glaube beim Geräteschuppen, und es beunruhigt mich ein wenig, wie ich im Dunkeln mit geöffneten Augen daliege und an die Zimmerdecke starre, aber unter der Bettdecke ist es warm, und ich habe nicht vor, jetzt aufzustehen. Und dann überlege ich, ob die Dachziegel bleiben, wo sie hingehören, oder ob sie bald vom Dach fliegen, über den Hof wirbeln und vielleicht mein Auto treffen und Dellen hinterlassen. Ich beschließe, daß sie dies ganz sicher nicht tun werden, und schlafe wieder ein.

Als ich das nächste Mal wach werde, bläst es noch stärker, wie mir scheint, aber jetzt ist es wie ein Sog, als würde der Wind vom Dachfirst zerpflügt und geteilt, kein Klappern, kein Klopfen, eher ein Dröhnen tief unten in einem Schiff in der Nähe der Maschinen, denn im Dunkeln wogt alles und bewegt sich vorwärts, und das Haus hat Masten und Leuchten und brausendes Kielwasser und alles, was dazu gehört, und das gefällt mir, ich bin gern mit dem Schiff unterwegs, und vielleicht bin ich auch gar nicht richtig wach.

*

Die Uhr zeigt halb acht, als ich die Augen das nächste Mal aufschlage. Das ist spät für mich, viel zu spät. Vor dem Fenster kann ich ein schwaches, graues Licht erkennen, und hinter der Scheibe ist es merkwürdig still. Ich bleibe liegen, ohne mich zu rühren, und lausche. Nicht einmal ein Knirschen von der Außenwelt, nur Lyras tapsende Pfoten und Krallen auf dem Küchenboden in Richtung Wassernapf. Das Universum war mit Geräuschen zum Bersten voll gewesen, jetzt sind sie ihm ausgegangen. Nur ein geduldiger Hund ist noch da. Lyra trinkt und schluckt, so daß ich es höre, und dann gibt sie ein leises, diskretes Winseln von sich, das besagt, daß sie gern nach draußen möchte, um das zu tun, was sie drinnen nicht kann. Wenn es mir nicht allzuviel ausmacht.

Ich spüre, daß es meinem Rücken nicht gutgeht, rolle mich auf den Bauch, schiebe mich über die Bettkante, die Knie vorweg, auf den Boden und von dort langsam in eine aufrechte Stellung. Es geht gut, aber ich habe heftigen Muskelkater nach dem gestrigen Tag. Ich gehe barfuß in die Küche, vorbei an dem Hund und hinaus in den Gang.

»Komm, Lyra«, sage ich, und sie trottet hinter mir her. Ich öffne die Haustür und lasse sie in das Dämmerlicht hinaus. Dann gehe ich zurück, ziehe mich an, öffne den Holzkasten, in dem sich zum Glück genug Holzscheite befinden, und mache so systematisch wie möglich Feuer. Ich schaffe es nie im ersten Anlauf, was meinem Vater immer gelang, aber wenn man es nicht eilig hat, brennt es am Ende irgendwann doch. Meine Schwester konnte es nie. Sie hatte trockenes Feuerholz zur Verfügung, Zeitungspapier und einen Ofen, der gut zog, und nie begann etwas anderes als das Papier zu brennen. Wie macht man Feuer? Kannst du mir das sagen? fragte sie. Ich vermisse meine Schwester. Auch sie ist vor drei Jahren gestorben. An Krebs. Es war nichts mehr zu machen, sie kam viel zu spät zum Arzt. Sie und meine Frau waren mit der Zeit dicke Freundinnen geworden. Abends telefonierten sie oft miteinander und kommentierten den Lauf der Welt. Manchmal kommentierten sie mich und amüsierten sich köstlich über den Jungen mit den Goldhosen, wie sie mich nannten. Du warst schon immer der Junge mit den Goldhosen, das kannst du nicht leugnen, sagten sie und lachten. Meine Schwester war es, glaube ich, die den Ausdruck als erste benutzte. Für mich war das in Ordnung, das Lachen der beiden war immer ohne Spitze, sie hatten lediglich Sinn für Humor und wollten mich necken. Ich selbst war von jeher etwas ernster veranlagt, aber das kann auch schnell zu viel werden. Und sie hatten schließlich recht, ich hatte Glück gehabt. Das habe ich schon gesagt.

Innerhalb von nur einem Monat waren beide tot, und nachdem sie nicht mehr da waren, hatte ich eigentlich kein großes Interesse mehr, mich mit sehr vielen Menschen zu unterhalten. Ich weiß nicht recht, worüber ich mich mit jemandem unterhalten sollte. Das ist auch einer der Gründe, weshalb ich hier wohne. Ein anderer Grund ist der Wald. Er war vor vielen Jahren Teil meines Lebens, auf eine Weise, wie nichts mehr später es je war, und dann verschwand er für lange, lange Zeit, und als es plötzlich ganz still um mich wurde, begriff ich, wie sehr ich ihn vermißt hatte. Bald dachte ich an nichts anderes mehr, und wenn nicht auch *ich* sterben wollte, da und dort, mußte ich in den Wald. So fühlte es sich an, so einfach war es. Und das ist es immer noch.

Ich schalte das Radio ein und bin mitten in den Morgennachrichten. Russische Granaten gehen auf Grosny nieder. Sie sind wieder zugange. Aber sie werden nie gewinnen, nicht auf lange Sicht, das versteht sich von selbst. Schon Tolstoi hat das bei *Hadschi-Murat* verstanden, und dieses Buch wurde vor hundert Jahren geschrieben. Eigentlich ist es völlig unfaßbar, daß die großen Staaten diese Lektion nicht lernen wollen, daß sie es sind, die sich zum Schluß auflösen werden. Aber na klar, man kann ganz Tschetschenien zerstören. Heute ist das eher möglich als vor hundert Jahren.

Im Ofen knackt es herrlich. Ich öffne den Brotkasten, schneide ein paar Scheiben Brot ab und setze Kaffee auf, dann höre ich Lyra auf dem Türabsatz kurz und spitz bellen. Es ist ihre Art, an die Tür zu klopfen, und leicht von anderen Lauten zu unterscheiden, die sie von sich gibt. Ich lasse sie herein. Sie legt sich neben den Ofen, wo die Wärme langsam um sich greift. Ich decke den Frühstückstisch für mich und bereite Lyras Napf vor, aber sie muß warten, bis sie an der Reihe ist. Ich bin der Chef. Ich esse zuerst.

Vom Wald herüber kommt der Tag. Ich beuge mich vor, sehe aus dem Fenster und bin nicht wenig erstaunt über den Anblick, der sich mir im Morgenlicht bietet. Mein Hofbaum, die große alte Birke, ist in dem starken Wind umgestürzt und liegt unwirklich groß zwischen dem Geräteschuppen und dem Auto: die obersten Äste fast ganz am Küchenfenster, andere auf dem Dachgepäckträger des Wagens, andere wiederum haben die Dachrinne des Schuppens mitgerissen und zu einem riesigen V verbogen. Wie gut, daß ich den Holzkasten hier drinnen gut gefüllt habe.

Das erklärt den Schlag von heute nacht. Automatisch erhebe ich mich, um hinauszugehen, aber das wäre jetzt sinnlos. Die Birke läuft mir nicht weg. Also setze ich mich wieder hin, esse weiter und sehe aus dem Fenster, während ich darüber nachdenke, wie ich diesen Riesen, der sich auf meinem Hof zur Ruhe gebettet hat, entfernen soll. Zuerst muß ich den Wagen befreien, das ist klar, und ihn dann woanders hinstellen. Die Äste vor dem Holzschuppen zuerst, um zu sehen, ob ich dort hineinkomme. Holz muß ich haben, und Auto muß ich fahren. Das ist am wichtigsten. Ich muß noch einmal die Kette der Motorsäge feilen, das ist unbedingt notwendig, so lange, wie ich gestern damit gearbeitet habe, und vielleicht brauche ich mehr Benzin und Öl, das muß ich überprüfen, ich weiß es plötzlich nicht mehr, und ich müßte es mit dem Auto besorgen, aber der Wagen sitzt vermutlich fest. Ich merke, wie ich ein wenig panisch werde, und verstehe nicht, warum. Das hier ist keine Krise. Ich bin freiwillig hier. Ich habe genug zu essen im Kühlschrank und Wasser aus dem Hahn, ich kann so weit laufen, wie ich will, ich bin fit, und ich habe alle Zeit der Welt. Stimmt das auch? Es fühlt sich nicht so an. Es fühlt sich überhaupt nicht so an. Es fühlt sich plötzlich drängend an. Ich kann jederzeit sterben, das ist der Punkt, aber das weiß ich seit mindestens drei Jahren, und es hat mich bisher strenggenommen einen feuchten Kehricht interessiert und interessiert mich noch immer nicht. Ich betrachte die Birke. Sie füllt fast den ganzen Hof aus und ist so groß, daß sie alles verdeckt. Ich stehe schnell vom Tisch auf, gehe in die Kammer und lege mich angezogen aufs Bett, was den Regeln, die ich mir auferlegt habe, arg widerspricht, und ich starre zur Decke, und in meinem Kopf drehen sich die Gedanken im Kreis wie das Rad beim Roulette, und die Kugel springt von rot auf schwarz und wieder auf rot und legt sich zum Schluß in eine Kuhle, und natürlich ist es die Kuhle des Sommers 1948, genauer gesagt der Tag, an dem der Sommer vorbei war. Ich stand vor dem Laden unter der Eiche und sah nach oben, wo das Licht in wechselnden Strahlen durch das rauschende Blattwerk funkelte, je nachdem, wie der Wind kam und sich wieder legte, und ich wurde immer wieder geblendet und mußte blinzeln, und die Tränen rannen, und ich schloß die Augen und spürte die rote Wärme auf den Lidern und hörte den Fluß hinter mir, wie ich ihn seit fast zwei Monaten jeden einzelnen Tag gehört hatte, und ich dachte darüber nach, wie es jetzt werden würde, wenn ich ihn nicht mehr hören sollte.

Es war warm unter der Eiche. Ich fühlte mich müde. Wir waren an dem Tag früh aufgestanden, fast ohne ein Wort zu wechseln, hatten gefrühstückt und waren dann von der Hütte den Schotterweg hinauf zur Brücke gegangen, vorbei an Franz' Haus, wo die Sonne durch die offene Tür fiel, einen hellen Streifen auf dem Flickenteppich bildete, der sich schräg die eine Wand hinaufzog, aber Franz selbst war nirgendwo zu sehen, und das stimmte mich traurig.

Der Bus stand in der Sonne und vibrierte mit laufendem Dieselmotor. Ich sollte nach Hause, weg aus dem Dorf, auf den langen Weg nach Oslo, und in Elverum mußte ich den Zug nehmen. Mein Vater stand dicht hinter mir auf dem Platz vor dem Laden, die Hand auf meinem Kopf, er zerzauste mir leicht die Haare, beugte sich vor und sagte:

»Das klappt schon alles. Du weißt, wo du am Bahnhof in Elverum aussteigen mußt und auf welcher Seite der Zug fährt und *wann* er fährt«, und er redete über weitere Details und sagte alles, als wäre es von großer Bedeutung, als könnte ich diese Reise mit meinen fünfzehn Jahren nicht allein und ohne Anweisungen machen. Ich fühlte mich in Wirklichkeit viel älter, aber ich wußte nicht, wie ich es zeigen sollte, und hätte ich es gewußt, wäre er wohl nicht in der Lage gewesen, es zu akzeptieren.

»Das war vielleicht ein Sommer«, sagte er, »das mußt du doch zugeben.« Er stand immer noch hinter mir, die Hand in meinen Haaren, aber er zerzauste sie nicht mehr, hielt sie nur so fest, daß es beinahe wehtat, und ich glaube nicht, daß er es merkte, aber ich sagte nichts, damit er sie losließ. Er beugte sich wieder vor und sagte:

»Aber so ist das Leben. Man lernt daraus, wenn Dinge passieren. Vor allem in deinem Alter. Du mußt es nur an dich heranlassen und anschließend das Denken nicht vergessen und nie bitter werden. Denken ist erlaubt. Verstehst du?«

»Ja«, sagte ich laut.

»Verstehst du?« fragte er, und ich sagte noch einmal ja und

nickte, und in dem Moment ging ihm auf, wie fest er mich an den Haaren hielt, und er ließ sie mit einem leisen Lachen los, das ich nicht deuten konnte, denn ich konnte sein Gesicht nicht sehen. Und ich hörte, was er sagte, aber ich wußte nicht, ob ich es verstand. Wie sollte ich auch? Und ich verstand nicht, warum er genau *diese* Worte wählte, aber ich habe seitdem tausendmal darüber nachgedacht, denn kurz darauf wirbelte er mich an der Schulter herum und fuhr mir noch einmal durch die Haare, wobei er mich mit beinahe zusammengekniffenen Augen ansah und mit dem leisen Lächeln um den Mund, das ich so gern mochte. Er sagte:

»Jetzt fährst du mit dem Bus in die Stadt, steigst in Elverum in den Zug und fährst weiter nach Oslo, nach Hause, und ich mache meine Sachen hier fertig, und wenn es soweit ist, komme ich nach. In Ordnung?«

»Ja«, sagte ich. »In Ordnung.« Und ich spürte ein eisiges Gefühl tief unten im Bauch, denn es war nicht in Ordnung. Ich hatte diese Worte schon einmal gehört, und die große Frage, die ich mir in der Zeit danach immer wieder stellte, war, ob Dinge vorfielen, über die er nicht Herr war, oder ob er schon damals wußte, daß er niemals nachkommen würde. Daß wir uns das letzte Mal sahen.

Natürlich stieg ich in den Bus, setzte mich auf den Sitz, die Tasche auf dem Schoß, drehte mich um und starrte durch das Busfenster auf den Laden und die Brücke über den Fluß und auf meinen Vater, der dort groß, schwarzhaarig und hager im flackernden Schatten unter der Eiche stand, und auf den Himmel, der noch nie weiter oder tiefer blau gewesen war als in jenem Sommer 1948 über ebendiesem Dorf, und dann fuhr der Bus langsam einen großen Halbkreis und bog auf die Straße. Ich drückte die Nase an die Scheibe und starrte in die Staubwolke, die draußen langsam hochstieg und meinen Vater in einem graubraunen Wirbel verbarg, und ich tat alles, was man in einer solchen Situation, in einer solchen Szene macht: Ich stand eilig auf, lief zwischen den Sitzreihen durch den Mittelgang zur Sitzbank ganz hinten, hüpfte mit den Knien darauf, legte die Hände an die Scheibe und starrte auf die Straße zum Laden und auf die Eiche, und mein Vater verschwand hinter einer Kurve, und das alles tat ich, als wäre ich genauestens instruiert worden, in dem Film, den wir alle kennen, in dem der schicksalschwangere Abschied im Mittelpunkt steht und sich das Leben der Hauptpersonen für immer verändert und in neue und unerwartete Richtungen läuft, die nicht immer angenehm sind, und alle im Kinosaal sind sich vollkommen darüber im klaren, wie es weitergehen wird. Und manche halten sich die Hand vor den Mund, und andere kauen auf ihren Taschentüchern, während die Tränen kullern, und manche versuchen vergeblich, einen Kloß im Hals hinunterzuschlukken, während sie mit zusammengekniffenen Augen auf die Leinwand schauen, die sich in einem Knäuel aus Farben auflöst, und wieder andere sind so stinkwütend, daß sie kurz davor sind, den Saal zu verlassen, weil sie in ihrem Leben etwas ähnliches erlebt haben, das sie nie verziehen haben, und einer von ihnen spritzt im Dunkeln von seinem Sitz auf und ruft dem Mann unter der Eiche, der jetzt auf seinem Hinterkopf gezeigt wird, »Du verfluchtes Arschloch!« zu, und er tut es für sich, und er tut es für mich, und ich bin dankbar für die Unterstützung. Aber der Punkt ist ja, daß *ich* damals nicht wußte, wie es weitergehen würde. Kein Mensch hatte es mir erzählt! Und mir fehlten die Voraussetzungen, um zu wissen, was die Szene beinhaltete, die ich gerade durchlebt hatte. Ich wechselte einfach nur zwischen meinem Sitz und der Heckscheibe im Bus hin und her, mit einer plötzlichen, ziellosen Unruhe im Körper, und ich setzte mich und stand wieder auf und lief im Mittelgang auf und ab und setzte mich auf einen anderen

Platz und stand auch von ihm wieder auf, und das tat ich, solange ich der einzige im Bus war. Ich sah, wie mich die Augen des Fahrers im Spiegel verfolgten, während er den Bus über die kurvige Schotterstraße manövrierte, und er war sichtlich irritiert, konnte aber den Blick nicht von mir wenden, und er sagte nichts. Und dann stiegen an einer Haltestelle auf halbem Weg zur Distriktstadt, wo der Fluß eine Biegung machte und im Wald in Richtung Schweden verschwand, zwei Familien zu, und sie hatten Kinder und Hunde und Taschen dabei, und eine Frau hatte ein Huhn in einem Vogelkäfig, und es gackerte unablässig, und daraufhin zwang ich mich, auf meinem Platz sitzen zu bleiben, und schließlich schlief ich mit dem Kopf an der vibrierenden Fensterscheibe und dem Dröhnen des Dieselmotors im Ohr ein.

Ich schlage die Augen auf. Mein Kopf auf dem Kissen fühlt sich schwer an. Ich bin eingeschlafen. Ich hebe die Hand hoch und sehe auf die Uhr. Eine halbe Stunde nur, aber es ist ungewöhnlich. Ich war ja gerade erst aufgestanden, und obendrein zu spät. War ich *so* erschöpft?

Vor dem Fenster ist es ganz hell. Ich setze mich schnell auf, schwinge dabei die Beine über die Bettkante, und mir wird so plötzlich schwindlig, daß ich weitersegele und mich nicht mehr festhalten kann, mir wird fast schwarz vor Augen, und ich falle auf den Boden, mit der Schulter zuerst. Ich höre mich beim Auftreffen auf dem Boden laut und seltsam fremd stöhnen. Verflucht aber auch. Ich atme vorsichtig, ohne mich zu verkrampfen. Es ist nicht einfach. Es ist zu früh für mich zum Sterben. Ich bin erst siebenundsechzig, ich bin noch fit. Dreimal täglich gehe ich mit Lyra eine Runde, ich ernähre mich gesund, und ich rauche seit zwanzig Jahren nicht mehr. Das sollte genügen. Ich will zumindest nicht *so* sterben, am Boden liegend. Ich sollte mich jetzt wohl bewegen, aber ich traue mich nicht, denn vielleicht schaffe ich es nicht, und was mache ich dann? Ich habe nicht einmal Telefon. Ich habe die Entscheidung hinausgezögert, will nicht erreichbar sein. Aber eins ist klar: Dann sind auch die anderen für mich nicht erreichbar, das versteht sich von selbst. Vor allem jetzt.

Ich schließe die Augen und bleibe ganz still liegen. Der Fußboden an meiner Wange ist kalt. Es riecht nach Staub. Ich höre Lyra beim Ofen in der Küche atmen. Wir sollten längst draußen sein, aber sie ist geduldig und drängt mich nicht. Ich merke, daß mir ein wenig übel ist. Ein Symptom, das mir vielleicht etwas sagen soll. Es sagt mir nichts. Mir ist nur übel. Dann werde ich ärgerlich, ich kneife die Augen fest zu, sammle mich innerlich, rolle herum, bis ich auf den Knien liege, stütze mich mit der Hand am Türrahmen ab und stehe vorsichtig auf. Meine Knie zittern, aber es geht. Ich kneife die Augen noch so lange zu, bis jegliches Schwindelgefühl vorbei ist, dann mache ich sie auf und sehe genau auf Lyra, die vor mir in der Küche steht und mit ihren klugen Augen und ihrem aufmerksamen Blick schräg zu mir hochsieht.

»Good dog«, sage ich, ohne mich zu schämen. »Jetzt wollen wir los.«

Und das tun wir auch. Ich gehe mit leicht zitternden Beinen in den Gang, ziehe mir die Jacke über, knöpfe sie ohne größere Schwierigkeiten zu, trete mit Lyra auf die Stufe vorm Haus und ziehe die Stiefel an. Ich horche intensiv in meinen Körper hinein, um zu spüren, ob in der fein abgestimmten Maschinerie, die selbst ein alter Körper noch ist, etwas verrückt spielt, aber es ist nicht ganz einfach, sicher zu sein. Abgesehen von der Übelkeit und einer schmerzenden Schulter wirkt alles normal. Vielleicht eine Leichtigkeit im Kopf, etwas größer als gewöhnlich, aber das ist wohl nicht so verwunderlich, da ich wieder aufrecht stehe, nachdem ich schon angezählt worden war.

Ich versuche, nicht zu der Birke hinüberzuschauen, was

schwierig ist, denn es gibt nicht viele andere Stellen, auf denen mein Blick ruhen kann, wohin auch immer ich mich drehe, aber ich kneife die Augen zu und gehe dicht an der Hauswand entlang um die längsten Äste herum, muß einen wegdrücken, und dann noch einen, und komme zur Zufahrtsstraße, und mit dem Rücken zum Hof mache ich mich auf zum Fluß und zu Lars' Hütte hinunter, während vor mir auf dem Weg eine gelbe Lyra tänzelt. Ich nehme den Pfad an der Brücke und folge der Strömung, bis ich, fast an der Mündung, stehen bleibe. November, und ich sehe die Bank, auf der ich gestern abend in der stürmischen Dunkelheit gesessen habe, und zwei blasse Schwäne auf dem grauen Wasser in der Bucht und die nackten Bäume vor der fahlen Morgensonne und den mattgrünen Nadelwald auf der anderen Seite des Sees in einem milchartigen Schleier gen Süden. Eine ganz ungewohnte Stille, wie sonntags morgens in meiner Kindheit oder an Karfreitag. Ein Schnipsen mit den Fingern gleicht einem Gewehrschuß. Aber ich höre Lyra hinter mir schnaufen, und die helle Sonne sticht in den Augen, und ich kann die Übelkeit plötzlich nicht mehr unterdrücken, beuge mich auf dem Pfad nach vorn und erbreche mich in das welke Gras. Ich schließe die Augen, mir ist schwindlig, ich bin absolut nicht fit. Ich öffne die Augen wieder. Lyra steht da und sieht mich an, dann kommt sie herüber und schnüffelt an dem, was ich von mir gegeben habe.

»Nein«, sage ich, ziemlich scharf für meine Verhältnisse, »weg da«, und sie wendet sich abrupt ab, läuft den Pfad entlang, bleibt wieder stehen und dreht sich zu mir um, die Zunge hängt eifrig aus der Schnauze.

»Ja doch«, murmele ich, »ja doch. Wir gehen noch weiter.«

Ich laufe wieder los. Die Übelkeit hat etwas nachgelassen, und wenn ich es ruhig angehen lasse, sollte ich eine Runde um den See schaffen. Stimmt das auch? Ich werde unsicher. Ich wische mir mit einem Taschentuch den Mund ab, trockne mir den Schweiß von der Stirn, gehe ganz an die Schilfkante heran und lasse mich auf die Bank plumpsen. Schon sitze ich wieder hier. Ein Schwan kommt heran, um an Land zu gehen. Bald gibt es richtig Eis auf dem See.

Ich schließe die Augen. Plötzlich fällt mir ein Traum ein, den ich heute nacht geträumt habe. Seltsam, er war nicht da, als ich wach wurde, aber jetzt sehe ich ihn ganz klar. Ich befand mich mit meiner ersten Frau in einem Schlafzimmer, es war nicht unser Schlafzimmer, wir waren weit unter vierzig, dessen bin ich mir sicher, mein Körper fühlte sich so an. Wir hatten gerade miteinander geschlafen, ich hatte mein Bestes gegeben, und das war in der Regel mehr als gut genug, zumindest glaubte ich das. Sie lag im Bett, und ich stand neben der Kommode, wo ich mich ganz im Spiegel sehen konnte, bis auf den Kopf, und im Traum sah ich gut aus, besser als in Wirklichkeit. Sie schlug die Decke zur Seite und war nackt darunter, und auch sie sah gut aus, wirklich toll, fast fremd eigentlich, und nicht ganz so wie diejenige, mit der ich gerade zusammengewesen war. Sie sah mich an, mit einem Blick, vor dem ich mich immer gefürchtet hatte:

»Du bist ja nur einer von vielen.« Sie setzte sich auf und war nackt und schwer, so wie ich sie kannte, und sie füllte mich mit Ekel bis zum Hals und gleichzeitig mit Angst, und ich rief:

»Nicht in *meinem* Leben«, und dann fing ich an zu weinen, denn ich hatte gewußt, daß dieser Tag einmal kommen würde, und mir war klar, daß ich mich in der Welt am meisten davor fürchtete, jener Mann auf einem Bild von Magritte zu sein, der sich selbst im Spiegel sieht und direkt auf seinen Nacken starrt, immerzu.

II

10

Franz und ich saßen in der Küche in seinem kleinen Haus auf dem Felsvorsprung am Fluß. Die Sonne schien ganz weiß durch das Fenster auf den Tisch mit unseren beiden Tellern und den weißen Tassen mit braunem und goldenem Kaffee aus dem blitzblanken Kessel, der auf dem Ofen stand, in dem er sommers wie winters Feuer machte, wie er sagte, doch im Sommer bei geöffneten Fenstern. Die Küche war in dem Blauton gestrichen, der hier draußen üblich war, denn er hielt die Fliegen ab, wie viele glaubten, und vielleicht stimmte das auch, und alle Möbel hatte er selbst getischlert. Ich war gern in dem Raum. Ich nahm den Milchkrug und goß etwas Milch in die Tasse. Das machte den Kaffee matter, dem Licht ähnlicher und nicht so stark, und ich kniff die Augen zusammen und sah über das Wasser, das direkt vor dem Haus langsam vorbeifloß. Es glänzte und blinkte wie tausend Sterne, wie die Milchstraße irgendwann im Spätherbst vielleicht, wenn sie schäumend vorbeirauscht und sich wie ein endloser Strom durch die Nacht schlängelt, und du liegst bisweilen in der großen Dunkelheit am Fjord, den Felsen hart im Rücken, und starrst nach oben, bis die Augen schmerzen, und spürst das Gewicht des Weltalls in all seiner Breite auf deiner Brust, bis du kaum noch atmen kannst oder aber hochgehoben wirst und wie ein Staubkorn aus Menschenfleisch in einem endlosen Vakuum verschwindest und nie mehr zurückkehrst. Allein daran zu *denken* war ein wenig wie zu verschwinden.

Ich drehte mich um und betrachtete den roten Stern, den

Franz auf dem Unterarm hatte. Er glühte in der Sonne und wölbte sich wie auf einer Fahne, wann immer er die Finger bewegte oder eine Faust machte. Das tat er häufig. Vermutlich war er Kommunist. Viele Waldarbeiter waren das, und mit gutem Grund, hatte mein Vater gesagt.

Was Franz mir erzählte, war folgendes:

Es war das Jahr 1942. Mein Vater kam von Norden her durch den Wald und suchte nach einem Ort, wo er in Deckung gehen konnte, mit kurzem Weg zur Grenze, wenn er mit Papieren und Briefen und manchmal Filmen für die Widerstandsbewegung nach Schweden mußte, und wohin er später zurückkommen konnte, wenn der Auftrag ausgeführt und die Spuren verwischt waren, einen Ort, den er mehrmals nutzen konnte. Er hatte keine Eile. Er war damals nicht auf der Flucht, zumindest benahm er sich nicht so. Er versuchte überhaupt nicht, sich zu verstecken, und war zu allen, denen er begegnete, offen und freundlich. Was er brauchte, war ein Ort, an dem er denken konnte, sagte er, und aus irgendeinem Grund zweifelte niemand an dieser Erklärung. Er kam von *drinnen*, aus der Stadt. Warst du drinnen? fragten sie, wenn jemand nach Hause kam und ein seltenes Mal in der Hauptstadt gewesen war. Dort waren die Menschen anders. Das wußten alle. Das war also in Ordnung. Er suchte einen Ort, an dem er denken konnte. Andere dachten, wo sie gingen und standen. Darüber brauchte man nicht zu diskutieren.

Nur Franz war eingeweiht, wofür er den Ort eigentlich brauchte. Die beiden hatten schon voneinander gehört, waren sich aber, bis zu dem Tag, an dem mein Vater bei ihm vor der Haustür stand, an die Tür klopfte und die Worte sagte, die im voraus abgesprochen worden waren, noch nie begegnet:

»Kommst du mit? Wir wollen los und Pferde stehlen.«

Ich wandte mich vom Fenster ab, starrte Franz an und sagte: »Was hat er gesagt, sagst du?«

»Er hat gesagt: Wir wollen los und Pferde stehlen. Ich weiß nicht, wer sich das ausgedacht hat. Vielleicht dein Vater selbst. Ich war es jedenfalls nicht. Aber ich wußte, was er sagen sollte. Ich hatte die Information mit dem Bus aus der Distriktstadt erhalten.«

»Aha«, sagte ich.

»Ich mochte ihn auf Anhieb, mochte ihn wirklich«, sagte Franz.

Und wer tat das nicht? Männer mochten meinen Vater, und Frauen mochten meinen Vater, ich kannte niemanden, der ihn nicht mochte, außer vielleicht Jons Vater, aber da ging es um etwas anderes, und ich dachte mir, daß sie eigentlich nicht das geringste gegeneinander hätten und unter anderen Umständen leicht hätten Freunde sein können. Und das Merkwürdige ist, daß es nicht so war, wie ich es später im Leben häufiger erlebt habe, daß derjenige, der bei vielen beliebt ist, oft ein wenig konturlos und weich ist und Dingen aus dem Weg geht, um nicht zu provozieren. Mein Vater war überhaupt nicht so, zwar lächelte und lachte er viel, aber das tat er, weil ihm danach war und nicht um jemandes Bedürfnis nach Harmonie zu befriedigen. Jedenfalls nicht meins, und *ich* mochte ihn wirklich gern, auch wenn er mich manchmal verlegen machte, aber das lag wohl hauptsächlich daran, daß ich ihn nicht so kannte, wie ein Junge seinen Vater kennen sollte. In den Jahren, die hinter uns lagen, war er viel weggewesen, und als die Deutschen im Land standen, vergingen oft Monate, in denen ich ihn nicht sah, und wenn er dann endlich nach Hause kam und eine Weile durch die Straßen lief, wie ein gewöhnlicher Mann, war er auf eine Weise anders, die ich schwer zu fassen bekam. Und er veränderte sich jedesmal ein wenig, ich mußte mich also sehr konzentrieren, um ihn festzuhalten.

Dennoch war ich nie im Zweifel darüber, daß ich zusammen mit meiner Schwester einen ganz besonderen Platz in seinem Herzen einnahm, vielleicht sogar einen größeren als sie, weil ich ein Junge war und er ein Mann, und ich konnte mir nichts anderes vorstellen, als daß er oft und lange an mich dachte, wenn er nicht dort war, wo ich war. Wie damals, als er 1942 in dieses Dorf kam und ich zu Hause in Oslo war, wo wir in einem Haus am Fjord wohnten und jeden Tag zur Schule gingen und von Reisen träumten, die wir gemeinsam unternehmen wollten, wenn nur die Deutschen besiegt und für immer verschwunden wären, während er also auf der Suche nach einem Ort war, an dem er denken konnte, wie er sagte, und den er als Versteck und Ausgangsbasis für seine Fahrten nach Schweden nutzen konnte, mit Papieren und manchmal auch Filmen für die Widerstandsbewegung.

Franz selbst hatte meinem Vater die Sennhütte gezeigt, die nach einer Zwangsversteigerung vor dem Krieg übrig geblieben war und jetzt im vierten Jahr leerstand. Barkald hatte damals zugeschlagen und den Hof gekauft, für einen Spottpreis natürlich, deshalb war er der eigentliche Besitzer. Doch er nutzte die Hütte nicht. Er ließ sie verfallen, der Stall war bereits eingestürzt, aber es gab ohnehin keine Herde, mit der er ihn füllen konnte, und mein Vater mochte die Hütte von Anfang an. Vor allem, da sie am Ostufer des Flusses lag, zwanzig Minuten Fußweg von der nächsten Brücke entfernt, und es hinter der Hütte keinerlei Besiedlung mehr gab, nicht einmal eine Schutzhütte, erst weit hinter der Grenze auf der schwedischen Seite. Doch nicht nur das. Franz meinte, meinem Vater gefiel es dort. Er tat die Dinge gern, die notwendig waren, damit alles vertrauenswürdig wirkte, und die sowieso gemacht werden mußten: Gras mähen, die Überreste des Stalls beseitigen und verbrennen, Dachziegel stapeln, das Uferdickicht auslichten, das Dach und die Windbretter reparieren und anstelle des zerbrochenen alten Fensters eine neue Scheibe einsetzen. Er kittete den Ofen. Er fegte den Schornstein. Er baute zwei neue Stühle. Alles Dinge, die ihm leichtfielen, für die er aber in Oslo, wo wir im zweiten Stock einer großen dreistöckigen Schweizer Villa in Nielsenbakken an der Station Ljan eine Dreizimmerwohnung mit Küche und Blick auf den inneren Oslofjord und den Bunnefjord gemietet hatten, nicht die Zeit oder die Freiheit hatte.

Es war nicht geplant, daß er dort so lange am Stück bleiben sollte, nur lange genug, damit sich die Leute daran gewöhnten, ihn auf der anderen Flußseite zu sehen, wo er auf dem Dach herumkletterte oder im Hof arbeitete oder auf einem der Ufersteine saß und dachte, wie er sagte, denn dafür brauchte er Wasser in der Nähe. Es war ja schon ein wenig merkwürdig, aber nichts, worüber man diskutieren mußte, und sie konnten ihn sehen, wenn er auf dem Weg zum Laden mit der schlaffen Tasche über der Schulter Barkalds Wiese überquerte, stets um die Zeit, wenn der Bus von der Distriktstadt oder Elverum kam, oder sie sahen ihn auf dem Rückweg mit Waren und anderen Dingen. Doch immer, wenn er in Schweden gewesen, im Schutz der Nacht über die Grenze zurückgekehrt war und abgeliefert hatte, was er dem Adressaten übergeben sollte, fiel ihm auf, daß es noch einige Dinge gab, die er in Ordnung bringen oder ausbessern mußte, bevor er wieder nach Oslo fuhr. So kam es, daß er etwas länger blieb und vor der Abreise noch einmal das Gras mähte oder den Schornstein auf dem Dach ausbesserte, denn dieser war von oben bis unten gesprungen und würde vielleicht einstürzen, und die Ziegelsteine würden herabfallen und jemanden am Kopf treffen, und auf diese Weise baute er sich im Lauf der Jahre ein alternatives Leben auf, von dem wir, seine Familie in Oslo, nichts wußten. Nicht, daß ich in diesen Kategorien dachte, als Franz und ich in der Küche saßen und er mir von meinem Vater erzählte, der sich vor gut fünf Jahren in Barkalds verfallener Sennhütte niedergelassen hatte, um für das letzte Glied einer Kurierkette nach Schweden im zweiten Kriegsjahr in Norwegen einen Unterschlupf zu haben, und mit dem begann, was sie »Verkehr« nannten. Erst viele Jahre später begriff ich, daß es für ihn so gewesen sein mußte. Er war ebenso oft in diesem Dorf am Fluß, wie er zu Hause bei uns am Bunnefjord war. Aber das wußten wir nicht und sollten es auch nicht wissen: daß es sich nur um einen einzigen Ort handelte, und *wo* dieser Ort lag. Wir wußten nie, wo er war. Er verschwand und kam dann wieder nach Hause. Nach einer Woche oder einem Monat, und wir gewöhnten uns von Tag zu Tag, von Woche zu Woche mehr daran, ohne ihn zu leben. Doch ich dachte die ganze Zeit an ihn.

Alles, was Franz erzählte, war damals neu für mich, aber ich hatte keinen Grund, an seinen Worten zu zweifeln. Wieso *er* mir davon erzählte, wo mein Vater es nicht getan hatte, war eine Frage, über die ich nachgrübelte, während er sprach, aber ich war nicht sicher, ob ich sie ihm stellen konnte und eine Antwort erhielte, mit der ich leben könnte, denn er glaubte bestimmt, ich wüßte das alles bereits und würde es nur genießen, eine andere Version zu hören. Ich fragte mich auch, warum mein Kamerad Jon oder seine Mutter oder sein Vater oder der Mann im Laden, mit dem ich mich so oft unterhielt, oder Barkald oder wer auch immer mir gegenüber nicht erwähnt hatte, daß mein Vater vor gerade einmal vier Jahren so oft in diesem Dorf gewesen war, wenn auch auf der anderen Flußseite, wo die Sennhütten lagen, und er schon fast als Ortsansässiger gelten konnte. Doch laut sagte ich das nicht.

*

Auf einem der Höfe dicht an der Kirche und dem Laden war eine deutsche Patrouille stationiert. Sie hatte einfach das Wohnhaus bezogen und die ganze Familie ins Altenteil gejagt, obwohl es schon vorher eng gewesen war, und häufig, aber nicht immer, stand ein Wachposten auf dem Schotterweg vor der Brücke über den Fluß. Er trug eine Maschinenpistole in einem Gurt über der Schulter und hatte eine Zigarette im Mund, wenn keiner seiner Leute es sah. Manchmal saß er sogar auf einem Stein, legte die Maschinenpistole vor sich auf die Erde, setzte den Helm ab und kratzte sich lange und ausgiebig am Kopf mit den flachgepreßten Haaren, wobei er rauchte und zwischen den Knien auf die blankgeputzten Stiefel starrte, während die Zigarette ganz bis zu den Fingern abgebrannt war und er mühsam wieder aufstand. Hinter ihm brauste der Fluß die kleine Stromschnelle hinunter und veränderte nie den Ton, zumindest nicht so, daß er es hören konnte, und sie langweilten sich hier, denn nichts geschah, der Krieg war anderswo. Aber es war besser als die Ostfront.

Wenn mein Vater beschloß, diese Route zu nehmen: über die Brücke, vorbei an Franz' Haus, die schmale Schotterstraße auf der Ostseite des Flusses hinunter, blieb er immer stehen und unterhielt sich mit dem deutschen Wachposten, denn er konnte ganz gut deutsch, viele konnten das damals, es war eine Sprache, die man bis weit in die siebziger Jahre hinein in der Schule lernen mußte, ob man wollte oder nicht. Der Wachposten war nicht jeden Tag derselbe, aber sie ähnelten einander so sehr, daß nur wenige den Unterschied sahen, und viele waren auch nicht sehr interessiert und versuchten vielmehr so zu tun, als existierten die Soldaten nicht, und das Deutsch, was die Leute gelernt hatten, war plötzlich vergessen. Aber mein Vater wußte bald, woher sie alle kamen, ob sie in Deutschland eine Frau hatten, ob sie am liebsten Fußball mochten oder Leichtathletik oder vielleicht Schwimmen und ob sie sich nach ihrer Mutter sehnten. Sie waren zehn, fünfzehn Jahre jünger als er und manchmal sogar mehr, und er sprach in fürsorglichem Ton mit ihnen, das taten sonst nicht viele. Franz konnte vom Fenster aus sehen, wie mein Vater vor dem Mann oder dem Jungen in der graugrünen Uniform stand und sie sich gegenseitig Zigaretten anboten und einer dem anderen Feuer gab, je nachdem, wer die Runde spendierte, und das Streichholz in der hohlen Hand hielt, auch wenn es nicht windig war, wie sie sich über die kleine Flamme beugten und ihre Körper dabei einen vertraulichen Bogen bildeten, und war es Abend, schimmerten ihre Gesichter golden, und sie standen auf dem Schotter in der stillen Luft und redeten und rauchten, bis ihre Zigaretten fast verglüht waren, dann traten sie sie mit ihren Stiefeln aus, und mein Vater hob die Hand und sagte »gute Nacht«, was mit einem dankbaren »gute Nacht« erwidert wurde. Er überquerte die Brücke, lächelte in sich hinein und ging mit der grauen, abgewetzten Tasche auf dem Rücken und dem, was darin war, den Weg zur Sennhütte hinunter. Und er wußte, würde er plötzlich etwas Unerwartetes tun, sich abrupt umdrehen oder losrennen, so würde der nette deutsche Junge ganz sicher blitzschnell die Maschinenpistole von der Schulter nehmen und »Halt!« rufen, und wenn er dann nicht stehenbliebe, würde er eine Gewehrkugelsalve überbekommen und vielleicht getötet werden.

Andere Male nahm er mit etwas vollerer Tasche die Hauptstraße, lief an Barkalds Zaun entlang über die Wiesen und ruderte über den Fluß. Er winkte denen, die er sah, ob sie Deutsche oder Norweger waren, und niemand hielt ihn auf. Sie wußten, wer er war: Er war der Mann, der für Barkald die Sennhütte instandsetzte, und sie hatten Barkald gefragt und den Auftrag bestätigt bekommen, und sie waren dreimal bei der Hütte gewesen und hatten viel Werkzeug gefunden und zwei Bücher von Hamsun: *Pan* und *Hunger*, gegen die sie nichts einzuwenden hatten, aber sie fanden nie etwas Verdächtiges. Er war der Mann, der in regelmäßigen Abständen mit dem Bus das Dorf verließ und einige Zeit wegblieb, denn er hatte mehrere Projekte von der gleichen Art, und an seinem Grenzbewohnerausweis und den anderen Papieren gab es nichts zu beanstanden.

Zwei Jahre lang hielt mein Vater die Verbindung aufrecht, sommers wie winters, und wenn er nicht in der Sennhütte war, übernahm notfalls einer vom Dorf die letzte Strecke über die Grenze: manchmal Franz und manchmal Jons Mutter, wenn sie abkömmlich war, aber es war alles andere als ungefährlich, schließlich kannten sich alle im Dorf und wußten um die jeweiligen Routinen, und was aus der Reihe fiel, wurde bemerkt und zum späteren Gebrauch im Logbuch, das wir über das Leben der anderen führen, notiert. Doch dann kam er zurück, und diejenigen, die nichts von dem Grenzverkehr wissen sollten, waren immer noch unwissend. Unter anderem ich, auch meine Mutter und meine Schwester. Manchmal holte er selbst die »Post«, am Bus oder im Laden, vor Ladenschluß und danach, andere Male war es Jons Mutter, die sie holte und mitnahm, wenn sie mit etwas zu essen über den Fluß ruderte, was sie im Auftrag von Barkald häufig tat, denn der Handwerker mußte ja verpflegt werden, zumindest sollte es so aussehen, als könne er keinen Herd von eigener Hand bedienen und brauche die Hilfe einer Frau. Das war schon etwas merkwürdig, fand ich, daß er ausgerechnet dafür Hilfe brauchen sollte, wo er ansonsten fast alles konnte. In Wirklichkeit konnte er, wenn es darauf ankam, genauso gut kochen wie meine Mutter, das wußte ich, denn ich hatte es zu verschiedenen Anlässen gesehen und gekostet, er war in solchen Dingen vielleicht nur etwas bequemer, und wenn er und ich allein waren, aßen wir das, was wir »einfache Hausmannskost« nannten. In der Regel

Spiegeleier. Das störte mich nicht. Wenn meine Mutter in der Küche stand, gab es das, was sie »vollwertige Mahlzeiten« nannte, jedenfalls dann, wenn wir Geld hatten. Das hatten wir nicht immer.

Aber Jons Mutter ruderte ein- oder zweimal in der Woche mit Essen oder ohne Essen, mit »Post« oder ohne »Post« den Fluß hoch, um für meinen Vater als Köchin dazusein, damit er ein paar vollwertige Mahlzeiten zu sich nehmen konnte und von der einseitigen Kost, auf die alleinlebende Männer zumeist schwören, nicht krank und schlapp wurde und dann die Arbeit nicht schaffte, für die er eingestellt worden war. Das erzählte zumindest Barkald, wenn er im Laden war.

Jons Vater beteiligte sich nicht. Er hatte nichts dagegen, wenigstens hatte ihn das nie jemand sagen hören, Franz zumindest nicht, aber er wollte mit dem »Verkehr« nichts zu tun haben. Wann immer etwas passierte, sah er in eine andere Richtung, und er sah auch weg, wenn seine Frau mit dem Korb in der Hand zum Fluß ging und sich in das rote Boot setzte, um zu meinem Vater zu rudern. Er sah sogar in eine andere Richtung, als ein fremder Mann, der mit den Armen einen fest verschnürten Koffer umklammert hielt, einen Stadthut auf dem Kopf, in der Dämmerung ganz still in seine eigene Scheune geführt wurde und dort allein auf einem Wagenrad sitzen mußte, verwirrt und stumm, in seiner unpassenden Kleidung, und darauf wartete, daß sich die Dunkelheit herabsenkte. Und als derselbe Mann in der Nacht mit dem Boot flußaufwärts gebracht wurde, alles lautlos, zuerst über den Hof und hinunter zum Anleger, ohne daß ein Wort fiel oder Licht angemacht wurde, kommentierte er auch das nicht, weder damals noch später, und das, obwohl der Mann der erste von einer ganzen Reihe von Männern war, denn mittlerweile nahm nicht mehr nur Post den Weg über das Dorf und die Grenze nach Schweden.

Und es war Spätherbst, und überall lag Schnee, aber das Wasser war eisfrei, und über den Fluß konnte man immer noch rudern. Und das war gut so, denn eines frühen Morgens, bevor der Hahn von der Stange purzelte, wie Franz sich ausdrückte, wurde auf der Hauptstraße im Dunkeln ein Mann im Anzug abgesetzt, und er lief mit seiner Tasche auf dem Rücken durch den Schnee hinauf zu dem Hof von Jon und seiner Familie. Der Mann trug Sommerschuhe mit dünnen Sohlen und fror in den weiten Hosen unverhohlen und hemmungslos, und seine Beine zitterten so sehr, daß die Hosenbeine von den Hüften abwärts bis zu den leichten Schuhen wie Wasser wogten, als Jons Mutter mit einem Schal um die Schultern und einer Decke unter dem Arm vor die Tür trat. Es war ein merkwürdiger Anblick, erzählte sie Franz, als sie im Mai fünfundvierzig von Schweden nach Hause kam, fast wie eine Zirkusnummer. Sie gab ihm die Decke und wies ihm die Scheune, wo er sich all die Stunden, in denen es taghell war, im Heu aufhalten mußte, bis der Abend kam, zwölf Stunden etwa, denn das Licht verschwand gegen fünf, und fünf war es gewesen, als er den Weg gekommen war. Doch der Mann schaffte es nicht. Er wurde dort drinnen verrückt, sagte Jons Mutter, gegen zwei Uhr brach er zusammen und drehte durch. Er fing an, die merkwürdigsten Dinge zu brüllen, nahm ein Eisenrohr, stieß und schlug um sich, so daß das tragende Gebälk splitterte und am Heuwagen, der dort stand, mehrere Stäbe brachen. Man konnte ihn draußen gut hören, und vielleicht hörte man ihn auch ein Stück flußaufwärts, denn die Luft war still und trug die Schreie weit über das Wasser, oder man hörte ihn ganz unten auf der Straße, wo die Deutschen mindestens zwei- oder dreimal am Tag vorbeifuhren und dabei so aufmerksam wie möglich zu sein versuchten. Und außerdem wurden die Tiere im Stall nebenan unruhig. Bramina wieherte in ihrer Box und schlug aus, und die Kühe brüllten in ihren Verschlägen, als käme bald der Frühling, und sie wollten auf die Weide, und es mußte schleunigst etwas passieren.

Er mußte weg aus dieser Scheune. Er mußte sofort den Fluß hinaufgeschafft werden. Aber draußen war es hell, und man konnte bei den nackten Bäumen und dem Schnee auf der Erde, der alle Silhouetten deutlich sichtbar werden ließ, weit sehen, und das erste Stück des Flusses war von der Straße aus einsehbar. Dennoch mußte er dort hinauf. Jon war noch nicht aus der Schule gekommen, und die Zwillinge spielten in der Küche. Sie hörte, wie sie lachten und sich auf dem Boden wälzten und sich zum Spaß balgten, so wie sie es immer taten. Schweigend zog sie warme Kleider, Mütze und Fausthandschuhe an, ging die Treppe hinunter und über den Hof zur Scheune, während ihr Mann auf dem Diwan erwachte und aufstand, und ganz sicher überspanne ich jetzt den Bogen, denn darüber kann ich nichts wissen, aber ich bin trotzdem davon überzeugt, daß ein fremdes Geschöpf gleich einem Gespenst in die Stube trat, das ihn hochzog und in den Gang schob, wo die nackte Glühbirne hing und niemals ausgeschaltet wurde, denn sie sollte in dem kleinen Fenster leuchten, damit die Leute in der Nacht den Weg durch die Dunkelheit fanden, und das Bild seines Vaters mit dem langen Bart hing in einem goldenen Rahmen über den Kleiderhaken, und er blieb verstört auf Socken stehen, als die Tür nach außen aufging, und sie *sollte* nach außen aufgehen, damit der Schnee nicht hereinfuhr, wenn der Wind ungünstig stand, und jetzt konnte er nicht mehr wegsehen, sondern starrte auf den Weg, den sie nahm. Sie spürte es deutlich im Rücken, daß er dort stand, und es überraschte sie und hatte etwas Unheilverkündendes, aber sie drehte sich nicht um, nahm nur den Stab aus dem Schloß, öffnete die große Scheunentür, ging hinein und blieb eine Ewigkeit fort. Er stand immer noch da und starrte ihr nach. Schließlich kam sie mit dem fremden Mann im Schlepptau nach draußen, sie in warmen Stiefeln und Jacke, er in Sommerschuhen und Anzug, die graue Tasche auf dem Rükken. Er hatte einen Pullover bekommen, den er unter dem Anzug trug, und die Jacke war eng geworden und beulte aus und war nicht sonderlich elegant. Eine Schlagwaffe hatte er nicht mehr, und sie nahm ihn fast an die Hand, er war jetzt demütig und nahezu willenlos und schlottrig und vielleicht ermattet nach einem Gefühlsausbruch, auf den er nicht vorbereitet gewesen war. Mitten auf dem Hof, auf dem Weg am Wohnhaus vorbei hinunter zum Anleger, drehte sie sich plötzlich um und schaute zurück. Ihre Fußspuren waren im Schnee deutlich zu sehen, zuerst die des fremden Mannes hinauf zum Haus und dann ihre eigenen vom Haus weg und schließlich beide von der Scheune bis zu der Stelle, an der sie jetzt standen. Die Abdrücke der sommerlichen Stadtschuhe fielen auf und waren anders als das, was man in dieser Gegend zu dieser Jahreszeit sonst sehen konnte, und sie dachte nach und sah zu Boden und biß sich auf die Lippen, aber der Mann wollte nicht länger dort stehen und fing an, sie am Jackenärmel zu ziehen.

»Kommen Sie«, sagte er mit leiser Piepsstimme, »wir müssen jetzt los«, und er hörte sich an wie ein verwöhntes Kind. Sie sah zu ihrem Mann, der immer noch in der Tür stand. Er war ein großer Mann, er füllte die Türöffnung ganz aus, es drang kein Licht nach draußen. Sie sagte:

»Du mußt in seiner Spur gehen. Du hast keine andere Wahl.«

Etwas in seinem Gesicht erstarrte, als sie diese Worte sagte, doch das sah sie nicht, denn der Mann im Anzug war ungeduldig, und er hatte ihren Arm losgelassen und war schon fast am Anleger, und sie eilte hinter ihm her, und dann verschwanden sie um das Haus und waren außer Sichtweite.

Er blieb auf Socken stehen und sah über den Hof. Durch die Stille hörte er, wie sie das Boot bestiegen und wie die Riemen in die Dollen gelegt wurden, er hörte ein gedämpftes Platschen, als die Riemen zum ersten Mal die Wasseroberfläche trafen, und das rhythmische Knirschen von Eisen auf Holz, als seine Frau mit den starken Armen, die er von unzähligen Umarmungen in den Nächten und Jahren, die hinter ihm lagen, so gut kannte, losruderte. Sie wollte den Fluß hinauf, um einmal mehr den Mann aus Oslo zu besuchen, der dort in der Sennhütte lebte. Wann immer etwas nicht in Ordnung war, mußte sie dorthin, wann immer etwas Wichtiges bevorstand, mußte sie dorthin, und jetzt hatte sie einen zitternden Trottel im Boot, der vermutlich aus derselben Stadt stammte, und es war mitten am Tag, ein unbarmherziges Licht auf dem Schnee, und er warf einen letzten Blick auf den Hof und traf eine Entscheidung, die er noch bereuen sollte, und dann schloß er die Tür, ging in die Stube und setzte sich hin. Die Zwillinge spielten weiter in der Küche, er hörte sie durch die Wand. Sie glaubten ja, es sei alles wie bisher.

11

Ich bleibe lange auf der Bank sitzen und blicke über den See. Lyra tollt herum. Ich weiß nicht, was passiert. Etwas fällt von mir ab. Die Übelkeit ist verschwunden, die Gedanken sind klar. Ich fühle mich schwerelos. Wie erlöst. Aus Seenot, von Zwangsvorstellungen, von bösen Geistern. Ein Exorzist ist dagewesen und wieder gegangen und hat allen Mist mitgenommen. Ich atme frei. Es gibt immer noch eine Zukunft. Ich denke an Musik. Vielleicht kaufe ich mir einen CD-Player.

Ich komme mit Lyra auf den Fersen von der Brücke herauf und sehe Lars bei mir im Hof stehen. Er hält eine Motorsäge in der einen Hand, mit der anderen hat er einen Ast der Birke gepackt. Er zerrt an dem Baum, aber dieser bewegt sich, soweit ich sehen kann, nicht. Nur der Ast biegt sich. Die Sonne ist jetzt gelber, leuchtet einem stärker ins Gesicht. Lars hat eine Schirmmütze auf dem Kopf, die er tief über die Augen gezogen hat, und als er mich kommen hört, dreht er sich um und muß den Kopf fast in den Nacken legen, um unter dem Schirm hervorschauen zu können und meinem Blick zu begegnen. Poker und Lyra laufen miteinander ums Haus, hintereinander her, so gut sich das mit der Birke quer über dem Hof machen läßt, und dann bellen sie miteinander um die Wette und knurren und heulen und wälzen sich zum Spaß hinter dem Geräteschuppen im Gras und fühlen sich wohl.

Lars lächelt und rüttelt noch einmal an dem Ast.

»Wollen wir ihn anpacken?« fragt er.

»Sehr gern«, sage ich und lächele so begeistert wie möglich. Und ich meine es ehrlich. Es ist befreiend. Es kann durchaus sein, daß ich Lars mag. Ich bin bisher nicht so sicher gewesen, aber es kann gut sein, daß es in diese Richtung geht. Das sollte mich nicht wundern.

»Aber dann müßten Sie eher den Ast da vorne absägen«, sage ich und zeige auf den Ast, der die Dachrinne heruntergerissen hat und jetzt vor der Tür zum Geräteschuppen liegt und sie zudrückt, »da drinnen ist nämlich meine Säge.«

»Das kriegen wir hin«, sagt er und zieht am Choke seiner Säge, die eine Husqvarna ist und keine Jonsered, und auch das ist auf eine lustige Weise befreiend, als täten wir etwas, wozu wir nicht ganz die Erlaubnis hätten, wüßten aber, daß es wirklich Spaß macht, und er läßt den Motor ein paarmal im Leerlauf aufheulen, drückt den Choke wieder hinein, zieht ziemlich kräftig an der Schnur, und während er daran zieht, senkt er die Säge, und sie startet mit einem freundlichen Brummen, und in nullkommanichts ist der Ast am Boden und viergeteilt. Die Tür ist frei. Ein aufmunternder Anblick. Ich schiebe die herunterbaumelnde Dachrinne zur Seite, gehe hinein, hole meine Säge, die auf dem Schemel liegt, wo ich sie zuletzt abgestellt habe, und nehme den gelben Kanister mit dem Zweitakterbenzin mit nach draußen. Es ist noch etwas da. Ich lege die Säge ins Gras, drehe sie auf die Seite, gehe in die Hocke, schraube den Deckel ab, fülle Benzin nach, und es reicht noch für eine ganze Füllung, aber dann ist der Kanister leer. Ich gieße nichts daneben, meine Hand zittert nicht, und das ist auch recht so, wenn jemand dabeisteht und zusieht.

»Ich habe ein paar Kanister Benzin bei mir im Holzschuppen«, sagt Lars, »wir können arbeiten, bis wir fertig sind. Wäre ziemlich sinnlos, mitten drin aufzuhören und ins Dorf zu fahren, wenn hier etwas zu erledigen ist.«

»Völlig sinnlos«, sage ich und habe auch keine Lust, jetzt ins

Dorf zu fahren. Ich brauche nichts im Laden, und heute ist nicht der Tag für soziale Exzesse. Ich starte die Jonsered, und es klappt zum Glück beim ersten Versuch, und wir gehen auf die Birke los, Lars und ich, jeder von seiner Seite: zwei etwas steife Männer zwischen sechzig und siebzig mit Gehörschutz auf dem Kopf gegen das intensive Geheul der beiden Sägen, wenn diese sich in den Baum versenken, und wir beugen uns darüber und halten dabei die Arme vom Körper weg, damit die lebensgefährliche Kette eine Verlängerung unseres Willens ist und nicht wir eine Verlängerung der Säge, und wir beginnen mit den Ästen, trennen sie dicht am Stamm ab, zerteilen sie in passende Stücke, entfernen alles, was ich zum Feuern nicht verwenden kann, und sammeln den Abfall in einem eigenen Haufen, der in der Novemberdunkelheit zu einem Lagerfeuer werden kann.

Es ist schön, Lars bei der Arbeit zuzusehen. Er ist nicht schnell, aber systematisch und bewegt sich an dem Birkenstamm mit der schweren Säge in den Händen eleganter als mit Poker zusammen auf der Straße. Sein Vorgehen überträgt sich auf mich, und es ist wie so häufig bei mir: zuerst die Bewegung, dann das Verständnis, denn allmählich wird klar, daß es zwischen der Art, wie Lars sich bückt und wie er sich bewegt und sich ab und zu dreht und sich vorbeugt, und der sanften Balance zwischen Körpergewicht und Zugkraft der Kettensäge, wenn diese den Stamm erfaßt, eine Logik gibt, die der Säge den leichtesten Weg zum Ziel ermöglicht, mit der geringsten Gefahr für den menschlichen Körper, offen für seine gesamte Beschaffenheit: Wie er einen Augenblick stark und unbesiegbar ist, und dann mit einem Knall plötzlich zerfetzt werden kann, wie eine Puppe zerfetzt wird, und alles ist vorbei und für immer zerstört, und ich weiß nicht, ob er genauso denkt, Lars, wie er dort so selbstverständlich mit der Motorsäge hantiert. Das tut er wohl nicht, aber ich tue es mehrmals, kann es nicht lassen, wenn es mich erst einmal überkommt, und das macht mich nicht gerade schnell. Das ist trotzdem nicht weiter schlimm, ich bin daran gewöhnt, aber ich bin sicher, daß seine Mutter Gedanken wie diese gehabt haben muß, damals im Spätherbst 1944, als sie den Fluß hinauf um ihr Leben ruderte, während sich Lars zum Spaß mit seinem Zwillingsbruder Odd auf dem Küchenboden balgte und nichts wußte von dem, was um ihn herum vorging und was es für Folgen haben könnte, nicht wußte, daß er drei Jahre später mit der Flinte seines großen Bruders Jon ausgerechnet Odd aus dem Leben schießen und seinen Körper zerfetzen sollte. Niemand konnte das wissen, und draußen war es immer noch Tag, stahlgraues Licht über den schneebedeckten Äckern, und auf dem Wasser versuchte seine Mutter, es aussehen zu lassen wie eine gewöhnliche Fahrt zur Sennhütte.

Ich sehe es vor mir.

Die blauen Fäustlinge fest um die Riemen, die Füße gegen die Spanten gestemmt, der Atem dampfendweiß in heißen Stößen, und der fremde Mann zwischen ihren Beinen auf dem Boden des Bootes mit Sommerschuhen an den Füßen, in den Armen die graue Tasche, die er nicht loslassen wollte, erbärmlich frierend in der dünnen Anzughose. Er zitterte ganz unglaublich, ein Klopfen auf dem Holz, wie ein Zweitakter von unbekanntem Typ, sie hatte noch nie etwas Vergleichbares erlebt und hatte Angst, ihr neuer Motor wäre an Land zu hören.

Ich sehe es vor mir.

Das deutsche Motorrad mit Beiwagen in gemächlichem Tempo die frisch geräumte Hauptstraße hinauf, und dann biegt es völlig unmotiviert an eben jenem Haus auf den Hof, kein Mensch hat je begriffen, was er eigentlich dort wollte, der Fahrer. Vielleicht war er nur einsam und sehnte sich nach einem Menschen zum Reden, oder er war gierig auf eine Zigarette gewesen, und als er die Zigarette hatte anzünden wollen, war das letzte Streichholz schwarz gewesen, und schon war er auf dem Weg in dieses Haus, um sich eine Schachtel zu borgen und mit jemandem zusammenzustehen, während er rauchte und über die Landschaft und den Fluß sah, und er wollte in dem Augenblick niemand anderes sein als einer von zwei Männern, jeder aus seinem Land, in Verbrüderung über einer unschuldigen Zigarette, fernab von aller Boshaftigkeit und vom Krieg, oder es gab einen anderen Grund, der niemandem mehr einfiel, weder damals noch später. Er hielt jedenfalls mit dem Motorrad auf dem Hof, stieg ab und ging in aller Ruhe auf die Tür des Wohnhauses zu. Aber er kam nicht bis dahin. Plötzlich blieb er stehen und starrte auf den Boden, und dann lief er plötzlich hin und her, lief im Kreis, ging in die Hocke, und schließlich ging er am Haus vorbei hinunter zum Fluß und weiter bis zum Anleger. Dort wurde in der großen Dunkelheit seines Gehirns ein Licht angezündet. Die Münze im Automaten fiel an den richtigen Platz, und es machte »klick«. Jetzt begriff er alles. Und er hatte es plötzlich eilig. Er lief wieder nach oben, sprang auf sein Motorrad und trat schnell und fest das Startpedal durch, doch der Motor wollte, verflucht noch mal, nicht anspringen, und er versuchte es wieder und wieder und noch einmal, und dann kam der Motor plötzlich wie eine Kugel, und er hing über dem Lenker und schoß die Zufahrtsstraße hinunter, rutschte auf die Hauptstraße, und der leere Beiwagen schlitterte in der Kurve, so daß der Schnee aufspritzte. In eben dieser Kurve kam Jon zu Fuß von der Schule, die Schultasche unter dem Arm, und er hörte das Motorrad, konnte sich jedoch nur noch in den Graben werfen, um nicht umgefahren und schwerverletzt zu werden. Beim Fallen sprang der Verschluß seiner Schultasche auf, und die Bücher, die er besaß, rutschten in alle Richtungen. Doch darum scherte der Soldat sich nicht, er gab nur noch mehr Gas und verschwand in Richtung Kreuzung, wo der Laden und die Kirche standen und die Brücke über den Fluß führte.

Ich sehe es vor mir.

Jon steht im Graben und sammelt im Schnee Bücher auf, während seine Mutter mit dem Mann im Anzug, der sich flach auf den Boden preßt, auf dem Fluß unterwegs ist. Es ist schwer, mit zwei Personen an Bord gegen die Strömung zu rudern, auch wenn sie um diese Jahreszeit schwach ist, und es geht nicht schnell. Noch immer ist es ein gutes Stück bis zur Hütte, in der sich mein Vater im Geräteschuppen über einen Tisch beugt, ihn bearbeitet und keine Ahnung hat, daß sie unterwegs ist. Der Mann im Boot zittert und schimpft vor sich hin, und dann weint er ein wenig und schimpft weiter, und diejenige, die rudert, bittet ihn zaghaft, still zu sein, aber er umklammert mit den Händen die Riemen der Tasche und ist in seiner eigenen Welt.

Franz stand in der Küche in seinem Haus am geöffneten Fenster, denn er hatte den Ofen zu sehr geschürt, als er von der Waldarbeit nach Hause gekommen war, und jetzt war es so heiß im Zimmer, daß er lüften mußte. Es war immer noch hell, und er stand da und rauchte und versuchte herauszufinden, warum er nicht geheiratet hatte. Das war etwas, worüber er jedes Jahr um diese Zeit, wenn die Kälte schleichend daherkam, nachdachte, bis Weihnachten und noch ein wenig darüber hinaus, aber an Neujahr schüttelte er den Gedanken von sich. Mangel an Angeboten war nicht die Ursache gewesen, aber als er dort an dem offenen Fenster stand und rauchte, konnte er sich just nicht mehr daran erinnern, was der eigentliche Grund gewesen war, und es wirkte ausgerechnet momentan ziemlich sinnlos, daß er allein lebte. Und dann hörte er auf der anderen Uferseite ein Motorrad in hohem Tempo über die Straße kommen. Fünfzig Meter von seinem Haus entfernt war die Brücke, und auf der anderen Seite, zwanzig Meter weiter, stand der Wachposten in seinem langen, graugrünen Mantel, die Maschinenpistole ragte hinter seiner Schulter auf, und er fror ein wenig und langweilte sich. Auch er hörte das Motorrad, drehte sich zu dem Geräusch um, das immer lauter wurde, und ging ein paar Schritte in seine Richtung. Jetzt sah Franz hinter einem Gebüsch auf der anderen Seite den Kopf des Motorradfahrers mit dem Helm auftauchen, und dann war das ganze Motorrad zu sehen, und der Fahrer lag über dem Lenker, um den Luftwiderstand zu verringern, und es waren nicht mehr viele hundert Meter bis zur Kreuzung. Es war den ganzen Tag über diesig und bewölkt gewesen, aber jetzt, kurz bevor die Sonne untergehen sollte, kam sie im Südwesten heraus, warf in einem flachen, schrägen Winkel ein gelbliches Licht über das Tal und beleuchtete den Fluß und alles, was sich darauf befand, und sie schickte einen blendenden Lichtstrahl in Franz' Augen und weckte ihn aus seinen Gedanken an eine mögliche Ehe und die Reihe von blonden und dunkelhaarigen Kandidatinnen, die, wie er meinte, Schlange gestanden hatten, und ihm ging plötzlich auf, was er dort auf der Straße eigentlich sah. Er warf die Zigarette aus dem Fenster, machte auf dem Absatz kehrt, lief in den Gang, während er das Messer vom Gürtel nahm, fiel auf die Knie und rollte den Flickenteppich zusammen. Im Fußboden befand sich eine Ritze, in die er nun das Messerblatt steckte und umlegte, und vier aneinander befestigte Dielen schoben sich nach oben, und er legte sie zur Seite und streckte die Hand in den Hohlraum darunter. Er hatte immer gewußt, daß dieser Tag kommen würde. Er war vorbereitet. Er durfte nicht zögern, und er zögerte nicht einen Augenblick. Aus dem kleinen Hohlraum holte er einen Detonator, fühlte kurz, ob die Kabel an ihrem Platz waren und sich nicht ineinander verheddert hatten, und stellte ihn entschlossen zwischen die Knie, holte einmal tief Luft, hielt dabei den Hebel fest in der Hand, und dann drückte er ihn nach unten. Das ganze Haus wackelte, die Scheiben klirrten, und er atmete wieder aus, stellte den Detonator in den kleinen Hohlraum zurück, legte die Dielen in die viereckige Öffnung, schlug sie mit der Faust an ihren Platz und rollte den Flickenteppich darüber, so daß alles wieder aussah wie kurz zuvor. Er stand auf, ging zum Fenster und sah hinaus. Die Brücke war zerfetzt, und in der plötzlichen Stille nach der Explosion wirbelten Holzteile auf ihrem Weg nach unten wie in Zeitlupe durch die Luft, und einige Planken trafen merkwürdig lautlos auf die Ufersteine, und andere fielen ins Wasser und trieben mit der Strömung davon, und es war, als sähe Franz alles durch Glas, obwohl das Fenster offenstand.

Auf der anderen Seite der zerstörten Brücke lag der Wachposten kopfüber im Schnee, die Nase auf dem Boden, ein gutes Stück von der Stelle entfernt, an der Franz ihn zuletzt gesehen hatte. Das Motorrad hatte ihn nicht mehr rechtzeitig erreicht, es verlangsamte jetzt das Tempo, rollte fast zögerlich auf den Körper im Schnee zu und hielt an. Der Motorradfahrer stieg ab, nahm den Helm vom Kopf, klemmte ihn unter den Arm, als wollte er zu einer Beerdigung, ging die letzten Meter zu dem Wachposten, stellte sich über ihn und beugte sich vor. Ein Windstoß fuhr ihm durch die Haare. Er war noch ein Junge. Er sank auf die Knie vor dem, was vielleicht sein bester Freund war, aber da rappelte sich der Wachposten wieder hoch, ging auf die Hände und Knie und war nicht tot. In dieser Stellung verharrte er, wobei er sich sichtbar erbrach, dann kam er wieder ganz auf die Beine, stützte sich dabei auf die Maschinenpistole, und auch der Motorradfahrer richtete sich auf, beugte sich vor und sagte etwas zu ihm, doch der Wachposten schüttelte den Kopf und zeigte auf seine Ohren. Er hörte nichts. Sie drehten sich beide um, starrten zur Brücke, die es nicht mehr gab, und dann liefen sie zu dem Motorrad, und der

Wachposten setzte sich in den Beiwagen und der Fahrer auf den Sitz, und er startete das Motorrad erneut und fuhr davon. Nicht zu dem Hof, in dem sie mit dem Rest der Patrouille im Quartier lagen, sondern zurück, die Straße hinunter, die er gerade gekommen war, und er gab so viel Gas, wie er es wagte, und das Motorrad lief mit Passagier im Beiwagen jetzt schwerer, aber dann kam es in Schwung, und das Tempo nahm zu, und als sie ein paar Minuten später Barkalds Hof passierten, fuhr es wirklich schnell. Kurz darauf bogen sie von der Straße ab und legten sich beide mächtig in die Kurve wie in einem Segelboot bei starkem Wind, um nicht aus der Bahn zu fliegen. Der Beiwagen hob einen Augenblick ab, und sie schossen über die schneebedeckte Wiese direkt auf den Zaun und das Gatter zu, nahmen sich aber nicht die Zeit, dieses zu öffnen, sondern fuhren krachend hindurch, so daß die Holzsplitter in alle Richtungen stoben und gegen ihre Helme prallten, aber sie hielten nicht an und schafften es mit knapper Not zwischen den Pfosten hindurch. Und dann schossen sie am Stacheldrahtzaun entlang über die Wiese, die Zaunpfähle huschten nur so vorbei, und das Motorrad humpelte über die Grashügel und schlingerte von einer Seite zur anderen auf seinem Weg zum Fluß über den Pfad, den mein Vater immer nahm, wenn er in den Laden mußte, um die »Post« zu holen, den auch ich immer nahm, vier Jahre später nur, zusammen mit meinem Kameraden Jon, der eines Tages einfach aus meinem Leben verschwand, und das, weil einer seiner Brüder den anderen aus *seinem* Leben geschossen hatte, mit einer Flinte, die er, Jon, vergessen hatte zu sichern. Damals war Hochsommer, er sollte auf seine Brüder aufpassen, aber innerhalb von nur einem Augenblick war alles anders und zerstört.

*

Auf der anderen Flußseite hatte Jons Mutter das Boot gerade ans Ufer gerudert, neben das Boot, das mein Vater immer benutzte, sprang nun an Land, um es ein Stück hinaufzuziehen, was notwendig war, damit es nicht von der Strömung mitgerissen und vielleicht auf die andere Seite getrieben wurde, wo es besser nicht wäre, und der Mann im Anzug stand ungeduldig auf und versuchte herauszuspringen, bevor sie fertig war. Es ging schief. Er fiel vornüber, als sie am Bug zog und schlug mit dem Kopf auf die eine Sitzbank, weil er sich nicht mit den Händen abfing, sondern statt dessen mit ihnen die Tasche umklammerte. Ihr kamen jetzt fast die Tränen.

»Zum Teufel mit Ihnen, können Sie denn gar nichts richtig machen, verdammt noch mal!« schrie sie, die in ihrem Leben kaum je geflucht hatte, und sie wußte schon, daß es falsch war zu schreien, konnte es aber nicht unterdrücken, und sie packte ihn fest an der Jacke und zerrte ihn wie einen leeren Sack aus dem Boot. Als sie sich aufrichtete, sah und hörte sie auf der anderen Seite das Motorrad über die Wiese kommen, und mein Vater kam aus dem Holzschuppen neben der Hütte angerannt, denn auch er hatte es gehört und sofort begriffen, daß etwas nicht stimmte. Er sah sie am Ende des Pfads beim Wasser, Jons Mutter mit Mütze und Handschuhen und den fremden Mann im Anzug auf allen vieren neben dem Boot und das Motorrad, das jetzt direkt vor dem letzten Stück der Uferböschung aus Schotter und Steinen angehalten hatte.

»Auf die Beine mit Ihnen!« schrie Jons Mutter dem Mann mit dem Anzug ins Ohr, und er versuchte es, so gut er konnte, während sie an seiner Jacke zog, und der Junge in der deutschen Uniform, der mit dem Wachposten auf den Fersen die Böschung hinunterrutschte, rief »Halt!«, und kann es tatsächlich sein, daß er auch ein flehendes »bitte« auf deutsch hinterherschickte? Franz meinte ja, er war sich ganz sicher: »Bitte, bitte«, soll er gerufen haben, der junge Soldat. Jedenfalls blieben sie am Ufer stehen und wollten nicht ins Wasser. Es war zu kalt, es war zu tief, und würden sie hinüberschwimmen, wären sie für eine Zeitlang hilflose Zielscheiben und würden aufgrund der Strömung, die um diese Jahreszeit zwar nicht sehr reißend, aber stark genug war, das andere Ufer ohnehin viel weiter unten erreichen. Hinter ihnen, ein Stück weiter oben, stand das Motorrad und keuchte wie ein atemloses Tier, und sie nahmen die Maschinenpistolen von der Schulter, und mein Vater rief:

»Lauft, was ihr könnt!« und fing selbst an zu rennen, hinunter zum Fluß, zwischen den Bäumen hindurch, die damals noch niemand dem Einschlag geopfert hatte, und er nutzte sie, um im Zickzack zu laufen, sich hinter den dicken Stämmen in Deckung zu bringen, und in dem Moment begannen die Soldaten auf der anderen Seite zu schießen. Warnschüsse zunächst, über die Köpfe der beiden, die sich viel zu langsam vom Boot wegbewegten, und sie hörten, wie die Kugeln in den Baumstämmen einschlugen, mit einer berstenden Kraft und einem ganz bestimmten Geräusch, an das sie sich immer erinnern würde, sagte Jons Mutter später. Nichts hatte ihr jemals soviel Angst eingejagt wie eben dieses Geräusch, als würden die Fichten stöhnen, und dann schossen sie ernsthaft, und sie trafen den Mann im Anzug sofort. Die dunkle Jacke vor dem weißen Ufer war eine gute Zielscheibe, und er ließ die Tasche fallen, fiel kopfüber in den Schnee und sagte, mehr zu sich selbst und so leise, daß Jons Mutter die Worte kaum hörte:

»Oh. Ich hab's gewußt.«

Und dann rutschte er die Böschung hinunter zum Boot, vorbei an der knorrigen Kiefer, die über dem Fluß hing, und er blieb erst liegen, als der eine Sommerschuh ins Wasser ragte. Sie trafen ihn noch einmal, und jetzt sagte er nichts mehr.

Mein Vater war oberhalb von ihm im Schutz einer Fichte stehengeblieben. Er rief:

»Nimm seine Tasche und komm hierher!«, und Jons Mutter riß mit dem blauen Fausthandschuh die Tasche an sich und lief gebückt und im Zickzack nach oben, und vielleicht lag es daran, daß sie noch nie einen Menschen getötet hatten, weshalb die beiden Soldaten plötzlich nicht mehr so intensiv schossen, oder weil diejenige, die dort lief, eine Frau war. Jedenfalls sollten die Schüsse, die sie abgaben, vor allem Angst einjagen, und Jons Mutter kam unversehrt oben an und rannte zusammen mit meinem Vater zur Hütte. Sie liefen hinein und packten das Allerwichtigste und die Dokumente, die mein Vater versteckt hatte, ein. Aus dem Fenster sahen sie zwei Autos in hohem Tempo über die Wiese kommen, und Soldaten, die heraussprangen und hinunter zum Fluß liefen. Mein Vater stopfte alles, was sie brauchten, in die Tasche des Mannes mit dem Anzug und knotete ein weißes Laken darum. Dann kletterten sie auf der Rückseite aus dem Fenster, und mit der langen, weißen Winterunterwäsche meines Vaters über den anderen Kleidern flohen sie fast Hand in Hand nach Schweden.

Die Sonne war weitergezogen, in der blauen Küche war es nicht mehr so hell, und der Kaffee in meiner Tasse war kalt.

»Warum erzählst du mir diese Sachen, wenn mein Vater nicht darüber reden will?« fragte ich.

»Weil er mich darum gebeten hat«, sagte Franz. »Wenn sich die Gelegenheit dazu bietet. Und das hat sie ja jetzt getan.«

12

Während Lars und ich mit der Birke zugange waren, ist es langsam kälter geworden, die Sonne ist verschwunden, der Wind nimmt zu. Eine graue Wolkenschicht, wie eine Bettdecke, zieht langsam über den Himmel, der blaue Streifen im Osten wird an den Bergrücken gepreßt und verschwindet schließlich ganz. Wir legen eine Verschnaufpause ein, strecken unsere steifen Rücken und versuchen so zu tun, als schmerzten sie nicht. Es gelingt nicht ganz, ich muß eine Hand ins Kreuz stützen, um mich einigermaßen aufrecht zu halten, und einen Augenblick lang sehen wir beide in den Wald, jeder in seine Richtung. Dann dreht sich Lars eine Zigarette und zündet sie an, er lehnt sich an die Tür zum Geräteschuppen und raucht in aller Ruhe. Ich weiß noch, wie gut es tat, nach einem körperlichen Arbeitseinsatz zusammen mit dem oder den anderen, die mit mir gearbeitet hatten, zu rauchen, und ich vermisse es zum ersten Mal seit vielen Jahren. Dann betrachte ich den Haufen aus Holzklötzen an der Stelle, an der soeben noch die Birke gelegen und sich breitgemacht hat. Lars sieht in die gleiche Richtung.

»Nicht schlecht«, sagt er ruhig und lächelt. »Wir haben die Hälfte geschafft.«

Lyra und Poker sind ebenfalls müde. Sie liegen hechelnd nebeneinander auf der Stufe vor der Tür. Die Motorsägen haben wir ausgeschaltet. Alles ist still. Und dann fängt es an zu schneien. Es ist ein Uhr mittag. Ich sehe zum Himmel.

»Verdammt«, sage ich laut.

Er folgt meinem Blick. »Das bleibt nicht liegen, es ist noch zu früh, der Boden ist nicht kalt genug«, sagt er.

»Das ist sicher richtig«, sage ich, »aber ich mache mir trotzdem Sorgen. Ich weiß nicht genau, warum.«

»Haben Sie Angst davor, einzuschneien?«

»Ja«, sage ich und spüre, wie ich rot werde. »Das auch.«

»Dann sollten Sie sich jemanden besorgen, der für Sie räumt. Das habe *ich* getan. Åslien, ein Bauer, ein Stück die Straße hinauf. Er kommt immer, egal wann, er räumt seit Jahren für mich. Es kostet ihn nicht viel Zeit, wenn er erst einmal unterwegs ist. Er muß bloß mit dem Schneepflug die Zufahrt hinauf und wieder hinunter. Höchstens eine Viertelstunde braucht er dafür.«

»Ja, genau«, sage ich, räuspere mich ein wenig und spreche weiter, »ihn habe ich gestern angerufen, vom Kiosk beim Konsum aus. Es geht in Ordnung, hat er gesagt, fünfundsiebzig Kronen pro Einsatz. Bezahlen Sie das auch?«

»Ja«, sagt Lars, »das bezahle ich auch. Dann sind Sie doch abgesichert. Dieser Winter geht schon klar. Aber das da oben jetzt«, sagt er fast drohend, legt den Kopf in den Nacken und sieht zum Himmel, »es soll nur herunterkommen.« Er lächelt und sieht dabei unbekümmert aus.

»Was meinen Sie, wollen wir noch mal?« fragt er.

Ich merke, wie sich seine Einstellung überträgt, ich habe Lust, noch einmal ranzugehen. Aber es überrascht mich auch und bereitet mir Sorgen, daß ich plötzlich von einem anderen Menschen abhängig sein soll, um so eine einfache und notwendige Arbeit anzupacken. Zeit habe ich ja genug. Etwas in mir verändert sich, ich verändere mich, von einem Menschen, den ich gut kannte und dem ich blind vertraut habe, genannt der Junge mit den Goldhosen, von denen, die ihn geliebt haben, der jedesmal, wenn er die Hand in die Tasche steckte, glänzende Münzen in großen Mengen zum Vorschein brachte, zu einem, den ich viel weniger gut kenne und von dem ich nicht weiß, welchen Plunder er in den Taschen hat, und ich frage mich, wie lange sich diese Veränderung schon abzeichnet. Drei Jahre vielleicht.

»Klar doch«, sage ich. »Auf geht's.«

Anschließend lade ich ihn ins Haus ein, nach diesem Einsatz muß ich das. Es schneit ziemlich dicht, aber es bleibt nicht so recht liegen. Noch nicht jedenfalls. Wir haben an der Wand zum Geräteschuppen, neben den Klötzen der verdorrten Fichte, ein paar riesige Stapel aufgeschichtet, und der Hof ist leergefegt, abgesehen von den Resten, die wir mit Schleppkette und Auto morgen abtransportieren wollen. Die Schleppkette befindet sich in Lars' Garage. Aber für heute ist es genug. Wir sind erschöpft und ziemlich hungrig und haben Kaffeedurst. Ich frage mich, ob es geschickt von mir war, nach einem solchen Start in den Tag mit soviel Einsatz an die Sache heranzugehen, aber es fühlt sich körperlich gut an, das tut es, ich bin auf eine Weise erschöpft, die ganz in Ordnung ist, abgesehen von meinem Rücken, aber das ist ja immer so, und ich konnte es schließlich kaum Lars überlassen, meinen Hof allein aufzuräumen.

Ich messe Kaffeepulver ab, gebe es in den Filter, gieße Wasser in den Behälter und stelle die Kaffeemaschine an, dann schneide ich Brot, lege die Scheiben in ein Körbchen, hole Butter und Aufschnitt aus dem Kühlschrank, verteile ihn auf kleine Teller, fülle einen kleinen gelben Krug mit Milch für den Kaffee und stelle alles mit Tassen, Gläsern und Messern für zwei auf den Tisch.

Lars sitzt auf dem Holzkasten am Ofen. Ohne Schuhe sieht er jung aus, wie eigentlich alle, wenn sie so dasitzen und ihre Füße nicht ganz auf den Boden reichen. Im Gegensatz zu mir sind seine Haare trocken, denn er hatte eine Schirmmütze auf dem Kopf, und seit er hier hereingekommen ist, hat er nichts mehr gesagt, nur auf den Boden geschaut und nachdenklich ausgesehen, und auch ich habe im Grunde nichts gesagt, war froh, daß ich nicht mußte, nicht mehr ans Plaudern gewöhnt, wie ich es heute bin, und dann sagt er:

»Soll ich Feuer machen?«

»Gern«, sage ich, »machen Sie nur«, denn es stimmt, es ist etwas kühl hier drinnen, und doch stutze ich ein wenig, daß er eigenmächtig bei mir im Haus agieren will und sich laut dazu äußert, wie er es bei mir findet, das würde ich niemals tun, aber er fragt ja vorher, dann ist es wohl in Ordnung. Lars hüpft von dem Holzkasten, macht die Ofentür auf, nimmt drei splittrige Holzscheite und ein paar Seiten von einem *Dagbladet* von letzter Woche, das ich zu diesem Zweck in der Kiste liegen habe, und innerhalb kürzester Zeit brennt der Ofen, viel schneller, als es mir gelingt, er hat das ein Leben lang gemacht, und dann gurgelt und zischt die Kaffeemaschine auf der Anrichte: das gute Stück, das ich schon so lange habe, und wenig später gehe ich hinüber und gieße den Kaffee in eine Thermoskanne. Mit ihr in der Hand bleibe ich einen Augenblick stehen und versuche, an *sie* zu denken, mit der ich viele, viele Jahre lang jeden Morgen Kaffee getrunken habe, aber sie entgleitet mir, und ich sehe sie nicht vor mir. Statt dessen sehe ich aus dem Fenster auf den gesäuberten Hof, auf dem nur noch die Sägespäne in kleinen, goldenen Häuflein um den großen Rest liegen, und auf die dicken Schneeflocken, die ganz leise herabrieseln und ein paar Sekunden lang liegenbleiben, bevor sie auf mystische Weise verschwinden. Wenn es die ganze Nacht über bis morgen so weiterschneit, bleibt es sicher liegen.

Habe ich heute morgen gefrühstückt? Ich weiß es nicht mehr, es scheint sehr lange her. Seitdem ist allerhand passiert. Ich bin jetzt jedenfalls sehr hungrig. Ich wende mich vom Fenster ab und Lars zu, mache eine einladende Handbewegung Richtung Tisch und sage:

»Bitte sehr, es ist angerichtet.«

»Das Angebot nehme ich gerne an«, sagt er, schließt den Deckel des Holzkastens, und wir setzen uns, ein wenig verlegen, und legen los.

In den ersten Minuten sagen wir nichts. Das Essen schmeckt überraschend gut, und ich muß zum Brotkasten gehen und nachschauen, ob ich diesmal ein anderes Brot gekauft habe als sonst, aber es ist das gleiche wie immer. Ich setze mich wieder hin, esse weiter und muß sagen, daß ich das Essen genieße. Ich versuche, mich zurückzuhalten, damit es nicht so schnell vorübergeht, und Lars ißt mit gesenktem Blick. Das ist in Ordnung für mich, ich habe nicht den Drang, Konversation zu machen, und dann hebt er doch den Kopf und sagt:

»Eigentlich sollte ich ja den Hof übernehmen.«

»Welchen Hof?« frage ich, obwohl es nur um einen einzigen Hof gehen kann. Aber ich war in Gedanken gerade woanders, und ich frage mich, ob man so wird, wenn man lange allein lebt, daß man mitten in einem Gedankengang anfängt, laut zu reden, daß der Unterschied zwischen reden und nicht reden langsam verwischt, daß die ewige Unterhaltung, die wir innerlich mit uns führen, übergeht in die, die wir mit den wenigen Menschen führen, mit denen wir Umgang haben, und wenn man allzu lange allein lebt, wird die Linie, die das eine vom anderen trennt, verwischt, und man merkt es nicht, wenn man die Linie überschreitet. Sieht so meine Zukunft aus?

»Den Hof zu Hause. Im Dorf.«

Es gibt sicher hunderttausend Dörfer in Norwegen, wir befinden uns gerade in einem davon, aber ich weiß natürlich, welches er meint.

»Sie haben sich bestimmt gefragt, warum ich hier lebe und nicht in dem Dorf, wo ich herkomme«, sagt er.

Das habe ich mich eigentlich nicht gefragt, nicht so, wie er es sich vorstellt, aber ich hätte es vielleicht tun sollen. Was ich mich gefragt habe, ist, wie ich nach all diesen Jahren am selben Ort landen konnte wie er. Wie so etwas möglich ist.

»Ja, im Grunde schon«, sage ich.

»Ich sollte ihn übernehmen, ich war ja der einzige zu Hause. Jon war auf See, Odd war tot, ich hatte ein Leben lang auf diesem Hof gearbeitet, jeden einzelnen Tag, ich hatte nicht einmal Ferien gemacht, wie die Leute sie heute machen. Und mein Vater kam nicht mehr zurück, er wurde krank. Niemand wußte, was ihm eigentlich fehlte. Er hatte sich das Bein gebrochen und etwas in der Schulter und war ins Krankenhaus in der Distriktstadt gebracht worden, das war 1948, Sie erinnern sich an dieses Jahr, ich war damals noch ein kleiner Junge. Aber er kam nie mehr zurück. Die Jahre vergingen, und dann kam Jon wieder, von See. Ich erkannte ihn nicht. Es war so, als gäbe es sie nicht mehr, keinen von ihnen. Ich dachte nicht an sie. Und dann kam Jon eines Tages vom Bus zu uns herauf, trat durch die Tür und war bereit, den Hof zu übernehmen. Er war vierundzwanzig. Es sei sein gutes Recht, sagte er. Meine Mutter sagte nichts dazu, sie ging nicht dazwischen und setzte sich nicht für mich ein, aber ich erinnere mich noch an ihren Blick, wie sie mich überhaupt nicht mehr anschaute. Der Hof war alles, was ich kannte und konnte. Jon hatte es satt, zur See zu fahren, er hatte alles gesehen, sagte er. Das ist gut möglich. Er hatte im Verlauf der Jahre ein paar wenige Karten geschickt, von Port Said und solchen Orten; Aden, Karatschi, Madras, Sie wissen schon, Orte, von denen man nicht ahnt, wo sie liegen, wenn man nicht den Schulatlas aufschlägt. *MS Tijuka* hieß eins der Schiffe, ich erinnere mich noch gut an die Briefumschläge, denn der Schiffsname war vorne aufgestempelt, und es war ein Name, wie ich ihn noch nie gesehen hatte. Jon wirkte nicht fit, wenn Sie mich fragen. Er war dünn und ausgemergelt, er kann keinen Hof führen, dachte ich. Er sah aus wie ein Drogenabhängiger, wie man sie heutzutage in Oslo sieht, er war nervös und aufbrausend. Aber ich konnte nichts machen. Es war sein Recht.«

Und dann ist Lars still. Es war eine lange Rede, für seine Verhältnisse. Er ißt weiter, er hat noch nicht so viel gegessen wie ich, aber auch er findet, daß es gut schmeckt. Ich gieße Kaffee in seine Tasse und biete ihm Milch an, und er nimmt den kleinen gelben Krug in die Hand und gießt ein wenig obendrauf und ist immer noch still, während er fertig ißt, und als der Teller leer ist, fragt er, ob er hier drinnen rauchen darf, und ich sage:

»Na klar«, und er dreht sich eine Zigarette aus der Tabakmischung in seinem roten Päckchen, zündet sie an, zieht daran, sitzt da und starrt auf die Glut der Zigarette, also kann ich auch gleich fragen:

»Was haben Sie dann gemacht?« Lars sieht von der Zigarette auf, steckt sie sogleich wieder in den Mund, nimmt bedächtig einen tiefen Zug und macht, während er den Rauch langsam ausstößt, eine groteske Grimasse, als wollte er sich hinter einer scherzhaften Maske verstecken. Das kommt so unerwartet, daß es mich völlig umhaut und ich einfach nur mit offenem Mund dasitze, so habe ich ihn noch nie gesehen. Es ist tatsächlich ein merkwürdig komischer Anblick: wie ein Clown im Zirkus, der alle zum Weinen bringen will, eine Sekunde, nachdem sich alle über ihn kaputt gelacht haben, oder wie Chaplin, wenn er sich total verliert, oder ein anderer dieser alten Stummfilmstars, vielleicht der, der ständig schielte, und Lars hat ein richtiges Gummigesicht, aber ich kann in dem Moment nicht darüber lachen. Er preßt den Mund zu einem Strich zusammen, kneift die Augen fest zu, und dann dreht er das Gesicht um fünfundvierzig Grad nach rechts, am Ohr vorbei, so sieht es zumindest aus, und die Gesichtszüge, die ich gerade erst kennengelernt habe, lösen sich in Runzeln auf, und er bleibt eine Weile so zusammengepreßt sitzen, bevor er die Augen öffnet und jede einzelne Partie des Gesichts zurück auf ihren Platz fallen läßt, und die Zigarette hängt immer noch zwischen seinen Lippen, und ich weiß überhaupt nicht, was für einer Vorstellung ich da gerade beigewohnt habe. Er atmet schwer ein und wieder aus, und seine Augen glänzen feucht, als er mich direkt ansieht und sagt:

»Ich bin gegangen. An meinem zwanzigsten Geburtstag. Seitdem bin ich nicht mehr zu Hause gewesen. Nicht für fünf Minuten.«

In meiner Küche wird es still, Lars ist still, und ich bin still, und dann sage ich:

»Verdammt aber auch.«

»Ich habe meine Mutter seit meinem zwanzigsten Lebensjahr nicht mehr gesehen«, sagt er.

»Lebt sie denn noch?« frage ich.

»Ich weiß es nicht«, sagt Lars. »Ich habe nicht versucht, es herauszufinden.«

Ich sehe aus dem Fenster. Ich weiß nicht, ob das etwas ist, was ich wirklich wissen will. Ich spüre, wie sich eine große Müdigkeit über mich legt, mich zudeckt und nach unten zieht. Ich frage ja nur, weil ich den Eindruck habe, fragen zu *müssen*, weil es für Lars offensichtlich wichtig ist, mir diese Dinge zu erzählen, und in mehr als einer Hinsicht interessieren sie mich ja auch, wenn er nur wüßte, aber dann bin ich nicht sicher, ob ich tatsächlich etwas darüber erfahren will. Sie nehmen zu viel Platz ein. Es fällt mir schwer, mich zu konzentrieren, denn die Begegnung mit Lars hat mich aus dem Gleichgewicht gebracht, macht meinen Plan hier weniger klar, fast unwichtig in Momenten, in denen ich mich nicht konzentriere, das muß ich einfach zugeben. Meine Stimmung fährt wie ein Fahrstuhl hoch und runter, innerhalb weniger Stunden vom Speicher zum Keller, und meine Tage sind nicht so, wie ich es mir vorgestellt hatte. Wenn nur eine Kleinigkeit schiefläuft, bausche ich sie zu katastrophalen Dimensionen auf. Nicht daß die Birke klein war, das meine ich nicht, und nicht, daß es nicht gutgegangen wäre, denn es ist ja gutgegangen, mit Lars' Hilfe, aber eigentlich wollte ich hier allein sein. Meine Probleme allein lösen, eins nach dem anderen, durch klares Denken und mit gutem Werkzeug, wie mein Vater es damals in der Hütte wahrscheinlich getan hat: Wie er eine Aufgabe nach der anderen anging, sie einschätzte und das Werkzeug, das er brauchte, in der entsprechenden Reihenfolge herauslegte und an einem Ende begann und sich bis zum anderen vorarbeitete, während er nachdachte und seine Hände benutzte und mochte, was er tat, wie auch ich das, was ich tat, gerne tun wollte: die täglichen Herausforderungen lösen, die heikel genug sein können, die aber eine klare Begrenzung haben, einen Anfang und ein Ende, das ich überschauen kann, und am Abend dann erschöpft sein, aber nicht kaputt, und am nächsten Morgen ausgeruht aufwachen, sich Kaffee kochen und Feuer machen und das Licht betrachten, das rot vom See her über den Wald kommt, und mich anziehen und mit Lyra spazierengehen, und dann die Aufgaben anpacken, die ich mir für diesen Tag vorgenommen hatte. Das will ich, und ich weiß, daß ich es kann, daß ich sie in mir habe, die Fähigkeit, allein zu sein, und es gibt nichts, wovor ich mich fürchten müßte. Ich habe viel gesehen und so ziemlich alles im Leben erlebt, ohne daß ich hier ins Detail gehen will, denn ich hatte auch Glück, ich war der Junge mit den Goldhosen, aber jetzt würde ich gern ein wenig Ruhe haben.

Doch nun gibt es Lars, und ich kann wohl nicht umhin, ihn zu mögen, Lars, der vom Tisch aufsteht und die Schirmmütze auf den Haaren hin und her schiebt, bis sie den richtigen Platz gefunden hat. Draußen ist es jetzt dämmrig, zumindest scheint die Sonne nicht mehr, und er bedankt sich auf eine unbeholfene, förmliche Art für das Essen, als hätten wir gerade ein Weihnachtsmahl zu uns genommen und er wäre der Gast, der sich Meilen weg sehnt. Er fühlt sich im Freien anscheinend wohler, mit einer Axt in der Hand oder einer Säge, als hier drinnen in meinem Haus, und das ist für mich in Ordnung, das verstehe ich. Mir würde es genauso gehen, wäre ich der Gast und wir befänden uns in seinem Haus.

Ich gehe in den Gang, mache Lars die Tür auf und begleite ihn auf die Treppe vorm Haus, dort sitzt Poker und wartet. Und als ich Lars einen schönen Abend wünsche und mich für den Einsatz bedanke und er sagt, mit der Birke, das haben wir fein hingekriegt, den Rest machen wir morgen mit der Schleppkette, drückt sich der Hund zwischen uns, setzt sich, starrt sein Herrchen an und fängt an zu knurren, doch Lars kehrt ihm einfach den Rücken zu, ohne den Blick auch nur einen Moment lang zu senken, geht an ihm vorbei, die zwei Treppenstufen hinunter, weiter über den Hof und hinunter zur Hütte, in der er wohnt. Poker bleibt unschlüssig mit hängender Zunge stehen. Er sieht mich an, der ich an der Tür lehne und warte und kein erlösendes Kommando zu geben habe, und dann senkt er plötzlich den Kopf und schleicht widerwillig mit fast schleppenden Schritten hinter Lars her, und wäre ich er, würde ich mein Benehmen jetzt schleunigst verbessern.

Auf dem Hof liegt eine dünne Schicht Schnee. Ich habe nicht bemerkt, wann er anfing liegenzubleiben, doch die Temperatur ist gefallen, es schneit noch, und ich kann nicht sehen, daß es weniger wird. Ich gehe hinein, schließe die Tür hinter mir und drehe den Schalter für das Außenlicht aus. Lars hat seine Arbeitshandschuhe vergessen, sie liegen auf dem Schuhregal, wo er sie hingelegt hat, und ich nehme sie in die Hand, öffne die Tür und will ihm hinterherrufen, aber das wäre ja sinnlos, er kann sie morgen haben, er wird jetzt bestimmt nichts mehr in Angriff nehmen, wofür er die Handschuhe bräuchte.

Lars. Der sagt, daß er in den Jahren, als Jon zur See fuhr, nicht an seinen Bruder gedacht hat, der sich aber an die Städte und die Häfen erinnert, in die der Bruder gekommen war, und an das, was auf den Briefumschlägen stand, die dieser nach Hause geschickt hatte, und wie die Schiffe hießen, auf denen er an- und abgemustert hatte, und der den Schulatlas aufgeschlagen hat, um mit dem Finger der Route zu folgen, die die Schiffe genommen hatten. Der bereits dünne und ausgemergelte Jon ganz vorn an Deck auf der *MS Tijuka* mit festem Griff um die Reling, den Blick trotzig und mit zusammengekniffenen Augen auf die sich nahende Küste gerichtet. Sie kommen aus Marseille, und Lars' Finger folgt dem Schiff an Sizilien und der italienischen Stiefelspitze vorbei und danach in einer Diagonalen zu den griechischen Inseln, und südöstlich von Kreta liegt etwas Neues in der Luft, als hätte sie jetzt eine andere Konsistenz als noch vor einem Tag, doch Jon begreift nicht, daß das Neue in der Luft Afrika ist. Und dann folgt Lars ihm auf dem Weg nach Port Said am äußersten Ende des Mittelmeers, wo sie die Ladung löschen und neue an Bord nehmen sollen, bevor es langsam durch den Suezkanal geht, Wüste auf beiden Seiten über weite Strecken und ein merkwürdig gelbes Licht von Milliarden blinkender Sandkörner in der Sonne, und dann der Länge nach durch das Rote Meer bis nach Djibouti, in sengender Hitze zuerst, und dann weiter nach Aden auf der anderen Seite der schmalen Meerenge, die eine Welt von einer anderen trennt, die ganze Zeit im Kielwasser des jungen Dichters Rimbaud, der hier vor fast siebzig Jahren gereist war, um ein anderer zu werden als der, der er war, und alles hinter sich zu lassen, wie ein Wüstentaucher auf dem Weg zum Vergessen und dem späteren Tod, und das weiß *ich*, denn ich habe in einem Buch davon gelesen. Doch Lars weiß es nicht, wie er mit dem Atlas vor sich auf dem Küchentisch in dem Haus am Fluß sitzt, und *Jon* weiß es nicht, aber in Port Said sieht er seine ersten afrikanischen Palmen unter dem intensiv blauen und tiefen Himmel. Er sieht die flachen Dächer der Stadt, und er sieht Basare und Märkte in allen Straßen bis zu den Anlegern und am Kai entlang, an dem die *MS Tijuka* liegt. Es gibt in dieser Stadt nichts anderes als Basare und Stimmen, die in allen Sprachen rufen und dir etwas verkaufen wollen, die wollen, daß du die Gangway herunterkommst, ja *du*, der du da oben stehst, die Hände so fest um die Reling geklammert, die Augen wie schmale Striche, du sollst nach unten kommen und etwas kaufen, das du unbedingt haben mußt, wenn du weißt, was gut für dich ist, es wird dein Leben zum unverkennbar Glücklichen hin verändern, und es gibt einen *special price for you today*, und es ist ohrenbetäubend und verwirrend, Zimbalen und Pauken, und der Geruch raubt dir beinahe die Besinnung: eine Mischung aus überreifem Gemüse und undefinierbarem Fleisch, und er hatte keine Ahnung, daß es das in dieser Welt gab. Und es gibt Kräuter und Gewürze und etwas vom Feuer, das er ganz am Ende des Kais sehen kann, und er weiß nicht, was sie dort grillen, aber es riecht scharf, und er verläßt das Schiff nicht. Er hilft beim Entladen und stürzt sich mit all seiner jugendlichen Kraft auf die Arbeit, aber er geht *nicht* die Gangway hinunter. Nicht als er frei hat und auch nicht in einer Wachschicht, aber als die Dunkelheit jäh hereinbricht, steht er an Deck und betrachtet das Leben, das nun in gemäßigterem Tempo, beleuchtet von einer Mischung aus elektrischen Lampen und Kerzen, weitergeht, und alles wirkt jetzt verlockender als in dem grellen Tageslicht, aber auch unheimlich, mit seinen flackernden Schatten und schmalen Gassen. Er ist fünfzehn, und er verläßt das Schiff nicht, nicht in Port Said, nicht in Aden und nicht in Djibouti.

Ich werde in der Nacht wach, setze mich im Bett auf und sehe aus dem Fenster in die Dunkelheit. Es schneit immer noch, und es ist windig, ein Wirrwarr, dort draußen, Schneeflocken wirbeln gegen die Scheibe. Da, wo der Weg zum Fluß hinunterführt, liegt ein großer weißer Teppich ohne jegliche Konturen. Ich schäle mich aus dem Bett, gehe in die Küche und mache die kleine Lampe über dem Herd an. Lyra liegt an ihrem Platz neben dem gußeisernen Ofen und hebt den Kopf, aber ihr inneres Uhrwerk tickt richtig, sie weiß, daß wir jetzt nicht nach draußen gehen, es ist erst zwei Uhr nachts. Ich gehe ins Bad oder vielmehr in die Kammer neben dem Gang, in der ich eine Waschschüssel, einen großen Wasserkrug und auf dem Boden einen Eimer habe, wenn das Wetter so ist, daß ich keine Lust habe, hinter das Haus zu gehen. Dort verrichte ich mein Bedürfnis, ziehe dann einen Pullover über und ein Paar Socken an die Füße und setze mich mit einem Gläschen Schnaps und den letzten Seiten von *A Tale of Two Cities* an den Küchentisch. Sydney Cartons Leben geht zu Ende, überall um ihn herum fließt Blut, durch einen roten Schleier sieht er die Guillotine im Takt arbeiten, die Köpfe fallen in den Korb, der, wenn kein Platz mehr darin ist, durch einen neuen ersetzt wird, und die strickenden Frauen auf den besten Plätzen zählen neunzehn, zwanzig, einundzwanzig, zweiundzwanzig, und er küßt die Frau, die vor ihm in der Schlange steht, und sagt lebwohl, wir sehen uns in einem Land, in dem es keine Zeit oder Trauer gibt wie hier, und bald steht nur noch er da, und er sagt zu sich und der Welt: »This is a far, far better thing than I have ever done.« Es ist nicht leicht, ihm in einer solchen Situation zu widersprechen. Armer Sydney Carton. Richtig aufmunternde Lektüre, muß ich sagen. Ich lächele in mich hinein, gehe mit dem Buch in die Stube, stelle es ins Regal, an seinen Platz zwischen die anderen Bücher von Dickens, und zurück in der Küche leere ich das Gläschen Schnaps in einem Zug, lösche das Licht über dem Herd, gehe in die Kammer und lege mich ins Bett. Ich bin weg, noch bevor mein Kopf auf das Kissen trifft.

Um fünf Uhr werde ich vom Tuckern eines Traktors und dem schabenden, kratzenden Laut eines Schneeschiebers auf der Zufahrtsstraße zu meinem Haus geweckt. Ich sehe das Scheinwerferlicht im Fenster und weiß sofort Bescheid, drehe mich einfach nur um und schlafe wieder ein, habe keine Zeit, auch nur einen einzigen negativen Gedanken zu denken.

13

Nach dem Morgen bei Franz sah das Tal anders aus. Der Wald war anders und die Wiesen waren anders, der Fluß war vielleicht derselbe und doch ein anderer, und so war es auch mit meinem Vater, wenn ich an die Geschichte dachte, die Franz mir über ihn erzählt hatte, und nach dem, was ich auf dem Anleger am Flußufer vor Jons Haus gesehen hatte. Ich wußte nicht, ob er jetzt weiter weg oder näher war, ob er leichter zu verstehen war oder schwerer, aber er war ganz sicher anders, und ich konnte nicht mit ihm darüber reden, denn er war es nicht gewesen, der die Tür geöffnet hatte, und so hatte ich nicht das Recht, einzutreten, und ich wußte auch nicht, ob ich es wollte.

Jetzt konnte ich sehen, daß er ungeduldig wurde. Nicht daß er brüsk oder irgendwie aufbrausend war, er war, wie er war, seit wir mit dem Bus hier angekommen waren, und obwohl ich in mir selbst einen großen Unterschied spürte, wenn ich an ihn dachte, konnte ich keinen Unterschied *sehen.* Doch jetzt wollte er nicht länger warten. Er wollte das Holz weghaben. Und egal, was wir am Tag gemacht hatten: Ob wir im Laden waren oder den Fluß ein Stück hinaufgerudert waren, bis zu der kleinen Stromschnelle an der Brücke, um auf dem Weg flußabwärts vom Boot aus zu angeln, oder ob wir im Hof etwas geschreinert hatten oder in dem Wirrwarr des abgeholzten Gebiets mit Handschuhen an den Händen aufgeräumt und Äste zu einem Holzhaufen zusammengetragen hatten, den wir später bei Windstille anzünden würden, denn er wollte nicht, daß es grausig hinter uns aussah, wenn die Zukunft kam, ja, so ging er doch mindestens zweimal am Abend zu den zwei Holzstapeln am Flußufer, um sie zurechtzurücken, an das Holz zu klopfen, Winkel und Abstand zum Wasser zu berechnen, ob denn die Hölzer richtig auftreffen würden, wenn sie losrollten, und alles noch einmal durchzugehen. Es war eigentlich völlig unnötig, wenn man mich fragte, schließlich konnten alle sehen, daß die Stämme direkt in den Fluß fallen und sich auf dem Weg dahin nicht in etwas verhaken würden, und das wußte bestimmt auch er. Aber er ließ sich nicht davon abhalten. Manchmal stand er lange bei den Poltern und roch an dem Holz, ja hielt die Nase an die offenen Stellen ohne Rinde, an denen das Harz noch glänzte, und inhalierte kräftig, und ich wußte nicht, ob er es tat, weil er den Geruch mochte, wie ich zum Beispiel, oder ob seine Nase daraus Informationen ablesen konnte, zu denen wir anderen Sterblichen keinen Zugang hatten. Welcher Art diese Informationen dann waren, weiß ich auch nicht, sie zügelten seine Ungeduld jedenfalls nicht.

Dann regnete es zwei Tage lang kräftig, und am Abend darauf machte er sich auf den Weg zu Franz, um mit ihm zu reden, und er blieb lange dort. Als er zurückkam, lag ich im oberen Bett und las im Licht einer kleinen Petroleumlampe, denn es war jetzt abends dunkler, und er kam ins Zimmer, lehnte sich an mein Bett und sagte:

»Morgen wollen wir es probieren. Wir schicken das Holz auf die Reise.«

An der Stimme meines Vaters konnte ich sofort erkennen, daß Franz in dieser Sache anderer Meinung gewesen war als er. Ich legte ein Lesezeichen in das Buch, lehnte mich über die Kante, ließ mit herabhängendem Arm das Buch auf den Stuhl neben dem Bett fallen und sagte:

»Gut. Ich freue mich schon.« Und das stimmte, das tat ich.

Ich freute mich auf das Körperliche daran, den Druck auf den Armen, den Widerstand der Stämme und wie sie am Ende nachgaben.

»Das ist gut so«, sagte mein Vater. »Franz kommt herunter und hilft uns. Am besten schläfst du jetzt und sammelst Kräfte für morgen. Das wird kein Kinderspiel, das versteht sich von selbst, denn wir sind nur zu dritt, und es sind viele Stämme. Jetzt muß ich noch einmal nach unten und ein wenig nachdenken, in einer Stunde bin ich zurück.«

»In Ordnung«, sagte ich.

Er wollte hinunter zum Fluß, auf einem Stein sitzen und vor sich hinstarren, aber das war ich gewöhnt, deshalb zweifelte ich nicht daran, daß er die Wahrheit sagte, denn er ging oft zu dem Stein.

»Soll ich das Licht ausmachen?« fragte er, und ich sagte, ja, bitte, und er bückte sich, hielt die Hand hinter die Petroleumlampe und blies in das Glasrohr, so daß die Flamme erlosch und am Docht zu einem kleinen roten Streifen wurde, und dann verschwand auch dieser, und es wurde dunkel, aber nicht ganz. Durch das Fenster sah ich den grauen Waldrand und den grauen Himmel darüber, und mein Vater sagte, gute Nacht, Trond, bis morgen, und ich sagte auch gute Nacht und bis morgen, und dann ging er, und ich drehte mich zur Wand. Bevor ich einschlief, legte ich die Stirn an das grobe Holz und sog den schwachen Waldgeruch ein, der darin noch immer zu finden war.

In dieser Nacht war ich einmal auf. Ich kletterte vorsichtig aus dem Bett, sah nicht nach rechts und nicht nach links, um die Tür nicht zu verfehlen, und ging dann eine Runde hinter die Hütte. Dort stand ich barfuß, nur in Unterhosen, den Wind in den Baumwipfeln über mir und bleifarbene Wolken, die voller Regen waren, wie mir schien, und die bald platzen würden, und dann schloß ich die Augen, hob das Gesicht, hielt es dem Himmel entgegen, aber es kam nichts herunter, was ich spüren konnte. Nur die kühle Luft an der Haut und der Geruch nach Harz und Holz, und der Geruch nach Erde, und ein Vogel, von dem ich nicht wußte, wie er hieß, der in einem Gebüsch herumhüpfte und raschelte und scharrte und leise, zaghafte Pieplaute von sich gab, die endlos aus dem dichten Blattwerk einen Meter oder zwei von meinem Fuß entfernt drangen. Es war ein merkwürdiger, einsamer Laut in der Nacht, aber ich war mir nicht sicher, ob ich fand, der Vogel sei einsam oder ich.

Als ich wieder hineinging, lag mein Vater im Bett und schlief, wie er es angekündigt hatte. Ich blieb in dem halbdunklen Zimmer stehen und betrachtete seinen Kopf auf dem Kissen: Die dunklen Haare, den kurzen Bart, die geschlossenen Augen und sein verschlossenes Gesicht, im Traum ganz woanders als zusammen mit mir in dieser Hütte. Ich konnte ihn nicht erreichen, nirgendwie. Sein Atem ging leise und zufrieden, als hätte er keinerlei Sorgen auf der Welt, und vielleicht hatte er auch keine, und auch ich sollte keine haben, aber ich war unruhig und wußte nicht, was ich von allem halten sollte, und auch wenn *ihm* das Atmen leichtfiel, so galt dies nicht für mich. Ich machte den Mund weit auf und sog die Luft drei oder vier Mal kräftig ein, bevor sich die Brust öffnete, und ich bot sicher einen merkwürdigen Anblick, wie ich keuchend in dem halbdunklen Zimmer stand, und dann kletterte ich nach oben, an meinem Vater vorbei, und schlüpfte unter die Decke. Ich schlief nicht sofort ein, sondern lag wach, starrte an die Zimmerdecke und studierte Muster, die ich nur mit Mühe erkennen konnte, und alle Astlöcher kamen mir vor wie winzigkleine Tiere, die sich auf unsichtbaren Beinen hin und her bewegten, und mein Körper war zunächst ganz starr, doch nach einigen Minuten, oder waren es Stunden, wurde er allmählich weicher. Ich konnte es nicht sagen, denn ich hatte kein Gefühl für die Zeit, die sich bewegte, oder für den Raum, in dem ich lag, alles drehte sich bloß wie die Speichen eines riesigen Rads, in dem ich mit dem Nacken an der Radnabe festgebunden war und mit den Füßen außen. Mir wurde schwindlig davon, und ich riß die Augen auf, um die Übelkeit daran zu hindern, daß sie kam.

Als ich das nächste Mal wach wurde, war der Raum lichtdurchflutet, und es war bereits Vormittag, und ich hatte zu lange geschlafen und war müde und erschöpft und hatte überhaupt keine Lust aufzustehen.

Die Tür zur Stube stand offen, und die Hüttentür stand offen, und wenn ich mich auf die Ellbogen stützte, konnte ich sehen, wie die Sonne schräg durch die Türöffnung auf den blank gescheuerten Fußboden fiel. In der Hütte roch es nach Frühstück, und ich hörte, wie sich mein Vater draußen im Hof mit Franz unterhielt. In den Worten, die sie einander sagten, lag ein gedämpfter, friedlicher, fast träger Ton. Wenn sie gestern also in einer Sache uneinig gewesen waren, waren sie es heute jedenfalls nicht mehr, sondern sahen jetzt vielleicht beide, wie wichtig diese Flößerei für meinen Vater war. Deshalb nahmen sie das Risiko auf sich und waren sich einig, daß sie das gut konnten: Risiken auf sich nehmen, während *ich* eigentlich nicht verstand, wieso das Holz nicht einen Monat oder zwei oder auch bis zum Frühjahr warten konnte. Doch egal, sie standen im Sonnenschein im Hof und planten, wie ich hören konnte, ohne etwas zu überstürzen, was sie an diesem Tag zusammen machen wollten, und das hatten sie vermutlich schon viele Male getan, ohne daß ich davon wußte.

Ich ließ mich wieder auf das Kopfkissen sinken und versuchte herauszufinden, was mich so schwer und niedergeschlagen machte, aber ich fand nichts: keine Sätze, keine Bilder, nur lila Farbe hinter den Lidern und ein trockenes und schmerzhaftes Gefühl im Hals, und dann dachte ich an die Polter am Fluß, die jetzt jeden Augenblick auf die Reise geschickt werden sollten, und ich wollte unbedingt dabeisein. Ich wollte sehen, wie die Baumstämme das Wasser trafen, einer nach dem anderen, einer Lawine gleich, und wie sich der Platz am Ufer leerte, und von dem Essensduft aus der Küche wurde mein Magen plötzlich ganz hohl, und ich rief durch die Tür:

»Habt ihr schon gefrühstückt?«

Die beiden draußen fingen an zu lachen, und es war Franz, der antwortete:

»Nein, wir schlendern nur hier herum und warten auf dich.«

»Ihr Armen«, rief ich zurück, »dann komme ich, wenn es jetzt was zu essen gibt«, und ich beschloß, einfach bestens gelaunt zu sein und leicht wie eine Feder. Ich riß mich zusammen und sprang aus dem Bett, wie ich es immer tat, hielt mich zunächst gut am Bettgestell fest, nahm mit den Beinen und dem Hintern vom Oberbett aus Schwung und hüpfte auf den Fußboden, wo ich mit einem Telemarkaufsprung landete. Doch diesmal gelang es den Ober- und Unterschenkeln nicht, den Stoß abzufangen, und ich knallte mit dem rechten Knie auf den Dielenboden und kippte zur Seite. Das Knie tat so weh, daß ich fast aufgeschrien hätte. Die beiden vor der Hütte hatten den Aufprall anscheinend gehört, denn mein Vater rief:

»Alles in Ordnung da drinnen?«, doch er blieb zum Glück mit Franz draußen stehen. Ich kniff die Augen zusammen und rief:

»Ja. Alles in Ordnung hier drinnen«, auch wenn es sich nicht so anfühlte. Ich hievte mich auf den Stuhl neben dem Bett, blieb dort sitzen und hielt das Knie mit beiden Händen fest. Es sah nicht so aus, als wäre etwas kaputt, doch der Schmerz machte mich niedergeschlagen und verwirrt und etwas benommen im Kopf, und es war nicht leicht, in die Hose zu steigen, denn ich mußte das rechte Bein steif halten, und ich war kurz davor aufzugeben und wäre wieder ins Bett geklettert, wenn es möglich gewesen wäre. Aber dann schaffte ich es doch, die Hose und die restlichen Kleider anzuziehen, und ich humpelte in die Stube, setzte mich und stellte das Bein direkt unter den Tisch, bevor mein Vater und Franz mit ihrer Unterhaltung fertig waren und hereinkamen.

Da wir spät gefrühstückt hatten, machten sich die beiden Erwachsenen sofort an den Abwasch, denn mein Vater wollte reinen Tisch vorfinden, wenn er nach Hause kam und müde war, sagte er, und nicht in Dreck und Unordnung zurückkommen, und ich begriff nicht, warum, aber sie ließen mich sitzen, obwohl es normalerweise meine Pflicht war, mich am Abwasch zu beteiligen, wenn meine Schwester aus Oslo nicht mitgekommen war. Ich hatte allerdings nichts dagegen, wenn mir genau das erspart blieb.

Sie standen mit dem Rücken zum Tisch und redeten und scherzten und klapperten mit Tassen und Gläsern, und Franz stimmte ein Lied an, das er von seinem Vater gelernt hatte, ein Lied vom Vielfraß, der in einem Baumwipfel hing. Es stellte sich heraus, daß auch mein Vater das Lied kannte und es von seinem Vater gelernt hatte, und sie johlten laut im Chor und wedelten mit den Geschirrhandtüchern und der Spülbürste im Takt, und ich *sah* den Vielfraß vor mir, wie er hilflos in einem Tannenwipfel baumelte, und ich nutzte die Gelegenheit und legte den Kopf auf die Hände auf der Tischplatte vor mir, denn er fühlte sich schwer an und ließ sich kaum oben halten, und vielleicht schlief ich auch ein, wie ich dort saß. Doch als mein Vater sagte:

»Jetzt können wir nicht länger herumalbern, wir müssen

endlich loslegen, stimmt's, Trond?«, konnte ich ihn gut hören und antwortete in meinem eigenen Sabber:

»Ja, das müssen wir«, und ich hob den Kopf, wischte mir den Mund ab und fühlte mich plötzlich gar nicht so schlecht.

Ich ging als letzter über den Hof zum Holzschuppen und versuchte, so wenig wie möglich zu humpeln, und im Verschlag lud ich mir einen Flößerhaken und eine Seilrolle über die Schulter, und auch mein Vater nahm einen Flößerhaken und zwei Äxte und ein Fahrtenmesser, und Franz nahm ein Brecheisen und eine frisch geputzte Säge, und das alles hatten wir im Schuppen und noch viel mehr: Verschiedene Sägen und Hämmer und zwei Sensen und Zwingen und zwei Hobel und Stemmeisen in verschiedenen Größen, und verschiedene Zangen hingen in einer Reihe an Nägeln an der Wand, und dort waren auch Winkeleisen und jede Menge Werkzeug, von dem ich nicht wußte, wozu es gut war, denn es war eine gut bestückte Werkstatt, die mein Vater im Holzschuppen hatte, und er liebte diese Werkzeuge und putzte sie und rieb sie und ölte sie mit verschiedenen Ölen ein, so daß sie gut rochen und lange hielten, und jedes einzelne Teil hatte seinen speziellen Platz, wo es hing oder stand und immer einsatzbereit war.

Mein Vater schloß die Tür, steckte den Holzstab ins Schloß, und dann liefen wir drei hintereinander über den Pfad zum Fluß und zu den zwei Holzstapeln und trugen das Werkzeug unter den Armen und auf den Schultern, mein Vater vorweg und ich als letzter in der Reihe. Und die Sonne schien und blitzte im Fluß, der nach den Wolkenbrüchen der letzten Tage angeschwollen war und einen hohen Wasserstand hatte, und dies könnte ein perfektes Bild für diesen Sommer sein und das, was wir zusammen machten, wenn ich nicht immer noch mit einem Bein übel humpelte, und zwar, weil es in mir drin, wie ich meinte, nicht weit von der Seele entfernt, etwas gab, was müde und erschöpft war und Schuld daran hatte, daß meine Ober- und Unterschenkel plötzlich nicht mehr so viel tragen konnten, wie sie eigentlich sollten.

Als wir am Ufer ankamen, legten wir alles auf den Steinen ab, und mein Vater und Franz gingen um den ersten Holzstapel herum, stellten sich nebeneinander mit dem Rücken zu dem glitzernden, brausenden Fluß, legten die Köpfe schief, stemmten die Hände in die Hüften und untersuchten das aufgestapelte Holz, das schwer gegen zwei kräftige, senkrechte Sparren drückte. Die Sparren wurden von schräggestellten Pfählen gehalten, die fest in den Boden gerammt waren, und im Prinzip funktionierte es so, daß man die schrägen Pfähle wegzog, wodurch die Sparren nach vorne fielen, der Holzstapel zusammenbrach und alle Baumstämme über die Sparren wie über Schienen und weiter ins Wasser rollten, wenn der Abstand und die Neigung richtig bemessen waren. Und alles war richtig, meinten mein Vater und Franz. Deshalb gingen sie als nächstes auf die Knie und gruben Schotter und Steine um die schrägstehenden Pfähle weg, um sie leichter lösen zu können. Als dies erledigt war, nahm jeder von ihnen ein Seil, befestigte es an jeweils einem der Pfähle und ging mit dem Tauende in der Hand seitlich ein gutes Stück weg von dem Polter, denn sie wollten nicht im Weg stehen, wenn die Stämme losrasten. Es gab verschiedene Möglichkeiten, diese Arbeit zu verrichten, und diese hier war Franz' Patent. Er hatte noch nie alles Holz auf einmal ins Wasser bekommen, sagte er, und er glaubte auch nicht, daß er es diesmal schaffen würde, denn man brauchte eine ganz bestimmte Neigung dafür und somit ein großes Gewicht und verdammt kräftige Stagen und Sparren und gern auch eine Portion Glück, denn es war ziemlich riskant. Aber eins ist klar: Wer so richtig faul veranlagt ist, muß hin und wieder große Risiken auf sich nehmen, sagte Franz.

Jetzt zogen sie von beiden Seiten ihre Seile stramm, stemmten die Stiefel fest gegen den Boden und zählten laut im Chor: fünf, vier, drei, zwei, eins, los!, und sie zogen gleichzeitig, so fest sie konnten, so daß das Seil knallte und ihnen die Adern auf der Stirn hervortraten und sich ihre Gesichtsfarbe verdunkelte. Nichts passierte. Die Pfähle standen fest. Franz zählte noch einmal abwärts und rief: Los! Und sie zogen erneut und stöhnten im Takt, aber nichts bewegte sich außer den Gesichtszügen der beiden Männer, die die Zähne zusammenbissen und die Augen zu Schlitzen zusammenkniffen. Doch welche Grimassen sie auch schnitten und wie fest sie auch zogen, es nützte nichts. Die Pfähle standen fest.

»Verflucht«, sagte mein Vater.

»Verdammter Mist«, sagte Franz.

»Wir müssen sie mit der Axt fällen«, sagte mein Vater.

»Das ist riskant«, sagte Franz, »dann kann uns der ganze Mist auf den Kopf fallen.«

»Ich weiß«, sagte mein Vater. Und dann holten sie jeder seine Axt aus dem Werkzeughaufen, kehrten zur Vorderseite des Stapels zurück und droschen auf die Holzstagen ein, die Arme und Köpfe voller Ärger darüber, daß der Plan nicht im ersten Anlauf aufgegangen war, denn sie waren in diesen Dingen verwöhnt, und Franz rief noch einmal »verdammter Mist«, und dann sagte er:

»Laß uns im Takt schlagen.«

»Zu Befehl«, sagte mein Vater, und sie änderten den Rhythmus und stellten sich aufeinander ein, und das Geräusch der Axthiebe hallte jedesmal wie ein scharfer Knall. Ich konnte sehen, daß es ihnen gefiel, denn plötzlich lächelte Franz und lachte, und mein Vater lächelte, und ich wünschte, ich wäre wie sie, ich hätte einen Freund wie Franz, mit dem zusammen ich die Axt schwingen und planen und meine Kraft nutzen und lachen und im Takt hacken könnte, an einem Fluß wie diesem, der immerzu derselbe war und dennoch neu, wie jetzt, doch der einzig mögliche Freund war spurlos verschwunden, und niemand redete mehr über ihn. Ich hatte zwar meinen Vater, aber das war nicht das gleiche. Er war zu einem Mann geworden mit einem heimlichen Leben hinter dem, das *ich* kannte, und vielleicht einem weiteren dahinter, und ich wußte nicht länger, ob man ihm vertrauen konnte.

Jetzt beschleunigte er den Takt, und Franz folgte ihm, und dann begann auch mein Vater zu lachen und schwang die Axt besonders kräftig, und plötzlich hörte ich es dort, wo die Axt auftraf, knacken. Er rief:

»Lauf, was du kannst!«, drehte sich auf dem Absatz um und warf sich zur Seite. Franz lachte laut und tat es ihm nach. Beide Pfähle brachen kurz hintereinander. Sie klappten zusammen, und die Sparren fielen perfekt nach Plan, und dann stürzte der Stapel mit einem Dröhnen wie von hundert schweren Kuhglocken zusammen, es sang wahrhaftig über dem Wasser und im Wald, und mindestens die Hälfte der Stämme raste los und warf sich fast in den Fluß. Das Wasser spritzte in einer einzigen Gischt auf, es war ein beeindruckendes Durcheinander von Holz und Wasser, und ich war froh, dabeisein zu dürfen und es zu sehen.

Aber es blieben viele Stämme liegen, dabei sollte alles losgeschickt werden. Wir machten uns alle drei mit unseren Flößerhaken an die Arbeit, zogen und schoben und zerrten, und manchmal mußte das Brecheisen ran, um die Hölzer auseinanderzuzwingen, wenn sie sich ineinander verhakt hatten, und manchmal das Seil, um sie aus dem Wirrwarr zu befreien, und eines nach dem anderen gaben sie nach. Wir rollten sie jeweils zu zweit mit den Flößerhaken in den Fluß, und dann klatschte es, und sie trieben plötzlich langsam und würdevoll mit der Strömung durch das Tal in Richtung Schweden.

Ich spürte, wie ich bald müde wurde. Das Gefühl, auf das

ich gewartet hatte, das mich beflügeln und berauschen und mir zusätzlich Schwung geben sollte, damit ich automatisch von Handgriff zu Handgriff gezogen wurde, stellte sich in den Muskeln, den Armen und Beinen und auch anderswo nicht so ein, wie ich es gehofft hatte. Vielmehr fühlte ich mich leer und schwer und mußte mich sehr konzentrieren und eins nach dem anderen machen, um zu verhindern, daß die anderen sahen, in welchem Zustand ich war. Mein Knie schmerzte, und ich war erleichtert, als mein Vater endlich rief, es sei Zeit für eine Pause. Der größte Teil des Stapels war schon im Fluß, es war nur noch Kleinkram übrig, aber wir hatten noch einen weiteren Stapel, der weg mußte. Ich kroch zu der Kiefer mit dem Holzkreuz am Stamm, das Franz in einer Winternacht 1944 dort angebracht hatte, weil ein Mann aus Oslo mit viel zu weiten und dünnen Hosen an dieser Stelle von deutschen Kugeln getötet worden war, und ich legte mich in das Heidekraut unter dem Kreuz, den Kopf auf eine der großen Wurzeln gebettet und schlief sofort ein.

Als ich wach wurde, kniete Jons Mutter über mir, hinter ihrem Kopf die Sonne und eine Hand in meinen Haaren, und sie trug das Baumwollkleid mit den blauen Blumen, und ihr Gesicht war sehr ernst, und sie fragte, ob ich hungrig sei. Für einen kurzen Moment war ich der Mann mit der weiten Hose, der doch nicht tot war, sondern zu sich kam und zu ihr aufsah, die immer noch neben ihm stand, doch der ihr dann entglitt und verschwand. Ich blinzelte mit den Augen und spürte, wie ich errötete, und wußte sofort, daß es daran lag, daß ich von ihr geträumt hatte, und ich erinnerte mich nicht mehr, was genau, aber der Traum hatte eine intensive und fremde Wärme gehabt, die ich mir jetzt nicht zugestehen konnte, als ihr Blick auf meinen traf. Ich nickte, versuchte zu lächeln und stützte mich auf einen Arm.

»Ich komme«, sagte ich, und sie sagte:

»Gut, und mach schnell, es gibt was zu essen«, und sie lächelte so unerwartet, daß ich woandershin sehen mußte, über das Wasser, das hinter ihrem Rücken zum anderen Ufer dümpelte, wo plötzlich oben auf der Koppel hinter dem Zaun zwei von Barkalds Pferden standen und zu uns herübersahen, die Ohren aufgestellt, mit den Hufen scharrend, wie zwei Geisterpferde, die vor sich anbahnenden Krisen warnten.

Sie erhob sich in einer einzigen anmutigen Bewegung, als wäre es die einfachste Sache der Welt, dann ging sie zu dem knisternden Feuer, das Franz oder mein Vater auf dem leeren Platz entzündet hatte, auf dem der erste Polter gestanden hatte. Dort roch es nach gegrilltem Fleisch und Kaffee, und es roch nach Rauch und nach Holz und Heide und nach sonnengewärmten Steinen und nach einem ganz bestimmten Duft, den ich noch nirgendwo sonst gerochen hatte als an diesem Fluß, und ich wußte nicht, woher er kam, aber vielleicht war er eine Kombination von allem, was es speziell hier gab: ein gemeinsamer Nenner, eine Summe, und wenn ich von hier wegführe und nie mehr zurückkäme, würde ich ihn nie wieder riechen.

Ein Stück vom Feuer entfernt saß Lars auf einem Stein am Wasser. In der Hand hatte er einen Haufen dickerer Zweige, die er in gleichlange Stücke brach und an der Uferböschung zum Fluß neben den Steinen zu einem Polter stapelte, und vor den Stapel hatte er zwei spitze Zweige als Sparren gesteckt, und nun schichtete er alles dagegen. Die Miniatur sah wunderschön aus, wie ein richtiger Polter. Ich lief zu ihm und ging in die Hocke. Mein Bein fühlte sich nach dem kurzen Schläfchen viel besser an, dann würde ich wohl doch kein Krüppel werden. Ich sagte:

»Der Polter sieht richtig gut aus.«

»Das sind nur Zweige«, antwortete er, und seine Stimme war leise und ernst, und er drehte sich nicht um.

»Jaaa«, sagte ich, »das stimmt schon. Trotzdem ist er toll. Eine echte Miniatur.«

»Ich weiß nicht, was eine Miniatur ist«, sagte Lars leise.

Ich dachte nach. Eigentlich wußte ich es auch nicht, aber ich sagte:

»Das ist, wenn etwas, was ganz klein ist, genauso aussieht wie etwas Großes. Nur daß es halt klein ist. Verstehst du?«

»Pff. Das sind doch nur Zweige.«

»Okay, in Ordnung«, sagte ich. »Es sind nur Zweige. Willst du nichts essen?«

Er schüttelte den Kopf. »Nein«, sagte er so leise, daß ich es kaum hörte, »ich will nichts essen.« Er sagte *essen*, wie ich es sagte, und nicht *futtern*, wie er es sonst getan hätte.

»Nicht?« fragte ich. »Auch in Ordnung. Es besteht ja schließlich kein Zwang.« Ich stand vorsichtig auf, mit dem Gewicht auf dem linken Bein.

»*Ich* habe jedenfalls Hunger«, sagte ich, wandte mich von ihm ab, ging ein paar Schritte, und da hörte ich ihn sagen:

»Ich habe meinen Bruder erschossen.«

Ich drehte mich um und ging die zwei Schritte zurück. Mein Mund war ganz trocken. Ich flüsterte fast:

»Ich weiß. Aber es war nicht deine Schuld. Du hast nicht gewußt, daß die Flinte geladen war.«

»Nein«, sagte er, »das habe ich nicht gewußt.«

»Es war ein Unglück.«

»Ja. Es war ein Unglück.«

»Bist du sicher, daß du nichts essen willst?«

»Ja«, sagte er. »Ich bleibe hier sitzen.«

»In Ordnung«, sagte ich, »du kannst ja nachkommen, wenn du merkst, daß du Hunger kriegst«, und ich betrachtete seine Haare und das wenige, was von seinem Gesicht zu sehen war, er war, verdammt noch mal, erst zehn, und nichts bewegte sich, und mehr wollte er nicht sagen.

Ich ging hinauf zu dem Feuer, wo mein Vater auf einem der Stämme, die immer noch herumlagen, völlig unbeschwert mit dem Rücken zum Fluß neben Jons Mutter saß. Nicht dicht neben ihr, wie kürzlich morgens auf dem Anleger, aber doch ziemlich nah, und sie wirkten so sicher, ihre Rücken, und nahezu selbstgefällig, dass es mich plötzlich mächtig ärgerte. Franz saß ihnen allein auf einem Baumstumpf gegenüber, einen Blechteller in der Hand, ich sah sein bärtiges Gesicht durch das Feuer und den durchsichtigen Rauch, und sie hatten das Brot bereits gebrochen.

»Komm, Trond, setz dich hierher«, sagte Franz mit etwas angespannter Stimme und schlug auf einen Baumstumpf neben seinem, »du brauchst jetzt was zu essen. Wir haben noch viel Arbeit vor uns. Wir müssen futtern, wenn wir alles schaffen wollen.«

Aber ich setzte mich nicht auf den Baumstumpf. Ich tat etwas, was ich damals unerhört fand, und das finde ich auch heute noch, denn ich stellte mich direkt hinter meinen Vater und Jons Mutter, schwang ein Bein über den Stamm, auf dem sie saßen, und zwängte mich einfach zwischen sie. Eigentlich war gar nicht genug Platz, deshalb drängte ich mich fest an ihre Körper, vor allem an ihren, der weich war im Verhältnis zu meinen kantigen und unfreundlichen Bewegungen, und ich merkte, daß es mir leid tat, aber ich tat es dennoch, und sie rückte weg, und mein Vater saß stocksteif. Ich sagte:

»Das hier ist ein schöner Platz.«

»Findest du?« fragte mein Vater.

»Klar doch«, sagte ich. »In so guter Gesellschaft.« Ich sah Franz direkt ins Gesicht und behielt meinen Blick dort, und seine Augen begannen zu flackern, er sah schließlich auf seinen Teller, den Mund zu einer merkwürdigen Grimasse verzogen, und konnte kaum kauen. Ich griff nach einem Teller und einer Gabel, beugte mich vor und nahm mir von der Bratpfanne, die flach und sicher auf einem Stein am Rand des Feuers stand.

»Das sieht ja gut aus«, sagte ich und lachte und hörte, daß meine Stimme einen schrillen Klang hatte und viel lauter war als beabsichtigt.

14

Ich quäle mich aus dem Traum ans Licht und *sehe* das Licht über mir, als wäre ich unter Wasser: die blauglänzende Oberfläche dort oben, so nah und doch unerreichbar, denn nichts geht schnell in den lila Schichten hier unten, aber hier bin ich schon einmal gewesen, und ich weiß nicht, ob ich es rechtzeitig an die Oberfläche schaffe. Schwindlig vor Erschöpfung strecke ich die Arme mit aller Kraft nach oben und spüre plötzlich kalte Luft an den Handflächen, und ich setze die Beine ein und stoße mich fest ab und durchbreche mit dem Gesicht die Oberfläche und kann den Mund aufmachen und die Luft einatmen. Ich öffne die Augen, aber es ist nicht hell, sondern genauso dunkel wie unten in der Tiefe. Die Enttäuschung schmeckt wie Asche im Mund, hier wollte ich nicht hin. Ich atme fest ein, presse die Lippen zusammen, will wieder abtauchen, doch dann wird mir klar, daß ich in meinem Bett liege, unter der Decke, in dieser Kammer neben der Küche, daß es frühmorgens ist und immer noch stockfinster, daß ich die Luft nicht länger anhalten muß. Ich stoße sie aus und lache vor Erleichterung ins Kissen, und dann fange ich an zu weinen, bevor ich begreife, warum. Das ist neu, ich kann mich nicht erinnern, wann ich zuletzt geweint habe, und es hält eine Weile an, und ich denke: Wenn ich es eines Morgens nicht mehr an diese Oberfläche schaffe, bedeutet das dann, daß ich sterbe?

Aber das ist nicht der Grund für meine Tränen. Ich könnte hinausgehen und mich in den Schnee legen, bis mich die Kälte taub macht, um so dicht wie möglich heranzukommen, um herauszufinden, wie es sich anfühlt. Ich könnte mich leicht vorbereiten. Aber ich fürchte den Tod ja nicht. Ich drehe mich zu dem kleinen Nachttisch um und sehe auf das leuchtende Ziffernblatt. Es ist sechs Uhr. Das ist meine Zeit. Ich werde jetzt loslegen. Ich schiebe die Decke beiseite und setze mich auf. Diesmal geht es mit dem Rücken gut, und ich sitze auf der Bettkante, die Füße auf dem Flickenteppich, den ich auf den Boden gelegt habe, damit der Schock an den Fußsohlen in der kalten Jahreszeit nicht zu groß ist. Langfristig muß ich einen neuen Fußboden verlegen und isolieren. Im Frühjahr vielleicht, wenn ich genug Geld habe. Natürlich habe ich genug Geld. Wann werde ich aufhören, mir darüber Sorgen zu machen? Ich schalte die Lampe neben dem Bett ein und greife nach der Hose, die über dem Stuhl hängt, bekomme sie zu fassen und packe zu, aber dann halte ich inne. Ich weiß nicht. Ich bin noch nicht soweit. Ich habe noch einiges zu tun. Ich muß ein paar Bretter auf dem Treppenabsatz austauschen, bevor jemand einbricht und sich am Bein verletzt, das hatte ich mir für heute vorgenommen. Ich habe imprägniertes Material gekauft und Dreizoll-Nägel, die sollten reichen, Vierzoll-Nägel finde ich doch ein wenig zu grob, und dann muß ich noch die Klötze der verdorrten Fichte in passende Stücke spalten, das habe ich bisher nicht getan, sollte aber nicht mehr allzu lange damit warten, das versteht sich ja von selbst, jetzt, wo der Winter vielleicht endgültig kommt. Danach sieht es jedenfalls aus, und später kommt Lars vorbei, und dann wollen wir die große Wurzel mit Schleppkette und Auto wegräumen. Es macht bestimmt Spaß, das hinzukriegen, denke ich. Ich sehe aus dem Fenster. Es hat aufgehört zu schneien. Ich erkenne schwach die Konturen der Schneewälle die Zufahrtsstraße herauf. Vielleicht wird es heute nicht so einfach sein, draußen zu arbeiten.

Ich lasse die Hose los und sinke wieder auf das Kissen zurück. Irgend etwas war mit diesem Traum, er war nicht gut.

Ich weiß, ich kann herausfinden, was es war, das kann ich gut: rekonstruieren, das konnte ich früher zumindest, aber ich weiß nicht, ob ich es will. Es war ein erotischer Traum, die habe ich oft, das gebe ich zu, sie sind ja nicht nur Teenagern vorbehalten. Jons Mutter war beteiligt, im Sommer 1948, und ich war dabei, wie ich heute bin, siebenundsechzig Jahre alt, gute fünfzig Jahre später, und vielleicht war auch mein Vater irgendwie beteiligt, im Hintergrund, im Schatten, so fühlt es sich an, und es entsteht ein fester Knoten im Bauch, sobald ich nur an den Traum denke. Ich glaube, ich muß ihn loslassen, muß ihn fallen lassen, damit er sich dort unten zur Ruhe betten kann, neben den anderen, an die ich nicht rühren kann. Der Teil des Lebens ist vorbei, in dem ich Träume für etwas nutzen konnte. Ich will nichts mehr verändern, ich will hier sein. Wenn es geht. Das ist der Plan.

Dann stehe ich auf. Viertel nach sechs. Lyra erhebt sich von ihrem Platz am Ofen, geht zur Küchentür und wartet. Sie dreht den Kopf und sieht mich an, und es liegt ein Vertrauen in diesem Blick, von dem ich nicht weiß, ob ich es verdiene. Aber vielleicht geht es gar nicht darum, etwas zu verdienen oder nicht, vielleicht ist es einfach da, das Vertrauen, unabhängig davon, wer du bist und was du getan hast, und soll weder in die eine noch in die andere Waagschale gelegt werden. Das wäre schön. Good dog, Lyra, denke ich, good dog. Ich mache die Tür auf und lasse sie in den Gang und weiter auf die Stufe vor dem Haus. Ich mache von innen die Hoflampe an, folge ihr nach draußen, bleibe stehen und sehe ihr zu. Lyra springt direkt in den Schnee, der gelb erleuchtet in hohen Verwehungen am Rand des großen Kreises liegt, den Åslien im Hof wunderbar geräumt hat, Zentimeter an meinem Auto vorbei. Die große Wurzel von dem Baum hat er mit dem Schneepflug hin und hergeschoben, vermutlich, weil sie die ganze Zeit im Weg lag, und sie schließlich auf die Seite gepackt, wo sie jetzt liegt: bestens zugänglich für spätere Transporte. Er hat sogar an der Außenwand, wo ich zum Pinkeln gern ums Haus herum zum Waldrand gehe, weil ich das kleine Plumpsklo nicht zu sehr belasten will, einen Streifen geräumt. Vielleicht ist es ein Vorschlag, das Auto dort zu parken, damit es dem Traktor in Zukunft nicht im Weg ist, oder aber er hat selbst ein Plumpsklo.

Ich lasse Lyra auf den Hof, damit sie allein die neue weiße Welt beschnüffeln kann, schließe die Tür und gehe hinein, um Feuer zu machen. Heute habe ich keine Probleme damit, bald knistert es trocken und beruhigend hinter den schwarzen Eisenplatten, und ich mache nicht sofort das Deckenlicht an, sondern halte das Zimmer dämmerig, damit die gelbroten Flammen im Ofen auf dem Boden und an den Wänden einen deutlich flackernden Widerschein geben. Der Anblick läßt mich langsamer atmen und beruhigt mich, wie er bestimmt seit Tausenden von Jahren Menschen beruhigt hat: Laßt die Wölfe heulen, hier am Feuer ist es sicher.

Ich decke den Frühstückstisch und mache das Licht noch immer nicht an. Dann lasse ich Lyra in die Wärme, damit sie am Ofen liegen kann, bevor wir zusammen nach draußen gehen. Ich setze mich an den Tisch und sehe aus dem Fenster. Ich habe die Lampe im Hof wieder ausgemacht, damit nur die verschneite Oberfläche glänzt, aber für das Tageslicht ist es noch zu früh, nur eine schwache Ahnung von rosa Fäden über den Bäumen zum See, undeutliche Striche wie von einem Buntstift mit zu harter Mine gezogen, sind zu sehen, und doch ist alles deutlicher als zuvor, es liegt am Schnee: Es gibt eine klare Trennung zwischen Himmel und Erde, und *das* ist etwas Neues in diesem Herbst. Und dann esse ich langsam und denke nicht mehr an den Traum, und als ich fertig bin, räume ich den Tisch ab, gehe in den Gang und ziehe hohe Stiefel und die alte warme Seemannsjacke, eine Mütze mit Ohrenklappen,

Handschuhe und den Wollschal an, den ich bestimmt seit zwanzig Jahren um den Hals trage, den mir jemand gestrickt hat, als ich ein einsamer, geschiedener Mann war, und mir fällt nicht ein, wie sie heißt, aber ich erinnere mich an ihre Hände in der Zeit, in der wir zusammen waren: Sie waren nie still. Sie selbst aber war still und diskret in ihrer Art; nur das Klackern der Stricknadeln war in der Stille zu hören, und irgendwann wurde das Ganze etwas zu leise für mich, und die Beziehung rann lautlos und unmerklich aus ins Nichts.

Lyra steht schwanzwedelnd vor der Tür, und ich nehme die Taschenlampe vom Regalbrett, schraube sie am Ende auf und tausche die alten Batterien gegen neue aus, die auf demselben Brett bereitliegen, und dann gehen wir nach draußen. Ich vorweg, sie hinterher, wenn sie den Befehl dazu erhält. Ich bin schließlich der Chef, aber sie wartet nur zu gern, denn sie kennt unser System, und lächelt, wie nur ein Hund lächeln kann, und sie hüpft sicher aus dem Stand einen Meter in die Höhe und über die ganze Treppe hinweg, wenn ich leise sage: Komm! Sie landet fast auf meinem Schoß und auf den Pfoten. Sie hat den Welpen in sich bewahrt.

Ich mache die Taschenlampe an, und wir gehen den Weg hinunter, den Åslien geräumt hat, scharfe Schneewälle in einer feinen Kurve über die Brücke zu Lars' Hütte auf der anderen Seite und ganz sicher auch bis zur Landstraße zwischen den Fichten hindurch, und dann bleiben wir stehen, und ich richte den Strahl der Lampe auf den Pfad, den wir normalerweise am Fluß entlang zum See nehmen. Dort liegt jetzt viel Schnee, und ich weiß nicht, ob ich es auf mich nehmen will, mich mühsam hindurchzuquälen. Aber sonst gibt es nur eine Richtung, in die man gehen kann, und das ist geradeaus weiter. Dorthin sind wir noch nie zusammen gelaufen: das letzte Stück bis zur großen Straße und an ihr entlang, denn dann muß ich Lyra an die Leine nehmen, wegen der Autos, und das ist für keinen von uns besonders befriedigend. Da hätte ich ebenso gut in der Stadt wohnen bleiben und dieselben tristen Straßen hinauf und hinunter laufen können, wie ich es drei Jahre lang getan habe und dachte, jetzt muß bald Schluß sein, jetzt muß etwas passieren, sonst bin ich fertig. Und dann denke ich: Warum sollte ich nicht müde werden, was gibt es sonst in meinem Leben, wofür ich meine Kräfte aufsparen müßte? Und ich mache einen großen Schritt über den Schneewall und die ersten Verwehungen und laufe mit brennender Taschenlampe los, und an manchen Stellen wurde der Schnee weggeblasen, und der Weg fühlt sich hart und gut an, und an anderen Stellen liegt er in hohen Verwehungen da, und es ist wirklich geschickt, die hohen Stiefel anzuhaben. Ich hebe sie hoch und setze ein Bein vor das andere, das rechte zuerst, lasse es einsacken, und dann das linke Bein, lasse es einsacken, und dann dieselbe Bewegung immer wieder, und auf diese Weise quäle ich mich durch die schlimmsten Abschnitte. Über mir klart es auf, am Himmel sind Sterne zu sehen, etwas blaß gegen Ende der Nacht, aber Schnee wird es vorerst keinen mehr geben. Wenn das Tageslicht endgültig durchbricht, wird die Sonne scheinen, wenn auch nicht so ausgreifend stark, so vibrierend heiß wie an einem Tag, an den ich plötzlich zurückdenken muß, einem Tag Ende Juni 1945, als meine Schwester und ich im ersten Stock am Fenster standen, mit Blick über den inneren Oslofjord und Nesodden und den Bunnefjord, und es war Sommer, und ein blendendes Licht lag über dem Wasser, und hysterische Boote fuhren in dem befreiten Norwegen mit vollen Segeln im Zickzack über das Wasser, von Strand zu Strand, und gingen vor lauter Eifer fast über Stag und wurden nicht müde, und die Leute an Bord sangen und schämten sich nicht, und das war schön für sie. Aber ich war von alledem schon müde, vom Warten erschöpft, ich hatte dieselben Leute so oft gesehen, im Park Studenterlunden in der Stadt, in der Østmarkhütte, im Strandbad Ingier und am Fagerstrand, wenn wir mit einem geliehenen Boot dorthin fuhren, und an vielen anderen Orten, wo sie johlten und grölten und nicht einsehen wollten, daß das Fest vorbei war. Deshalb sahen wir nicht über den Fjord, denn von dort war nichts zu erwarten. An diesem Tag starrten meine Schwester und ich auf die Straße, auf der mein Vater langsam den steilen Nielsenbakken von der Station Ljan heraufkam, auf dem Heimweg von Schweden nach dem Krieg, mit großer Verspätung, sehr vorsichtig, in einem abgetragenen grauen Anzug, mit einer grauen Tasche auf dem Rücken, aus der etwas herausstach, das wie eine Angel aussah, und er zog das Bein nicht nach, er humpelte nicht, er war nicht verletzt nach allem, was wir sehen konnten, aber trotzdem ging es langsam, wie in einer großen Stille, in einem Vakuum, und weshalb wir dort am Fenster standen und nicht unten an der Station waren, lange bevor der Zug einlief, oder draußen auf der Straße, um ihm entgegenzugehen, weiß ich heute nicht mehr. Vielleicht genierten wir uns. Ich weiß zumindest, daß *ich* mich geniert haben mußte, wie immer, und meine Mutter stand in der Tür im Erdgeschoß und biß sich auf die Lippen und wrang das durchnäßte Taschentuch aus und konnte ihre Füße nicht stillhalten. Sie trippelte, als müßte sie zur Toilette, und dann konnte sie sich nicht länger zurückhalten, riß den Körper aus dem Türrahmen los, lief die Straße hinunter und warf sich vor aufmerksamen Zeugen in mehreren Gärten an den Körper meines Vaters. Das war es, was sie zu tun hatte, was sie tun mußte, und sie war damals noch jung und leichtfüßig, aber die Frau, als die ich sie in Erinnerung habe, ist die, die sie später wurde: bitter, gezeichnet, viel schwerer.

Mein Vater muß einen solchen Empfang erwartet haben, ich kann es mir nicht anders vorstellen. Wir hatten ihn seit acht Monaten nicht gesehen und kein Wort von ihm gehört, bis vor zwei Tagen, wir wußten also, daß er käme. Meine Schwester lief klappernd die Treppe hinunter und auf die Straße, wo sie zu meiner Verlegenheit, der ich nur langsam hinterherkam, jede einzelne Bewegung meiner Mutter nachahmte; es war nicht leicht, sich mitreißen zu lassen, so war ich nicht. Ich blieb am Briefkasten stehen und lehnte mich dagegen und betrachtete die beiden, die mitten auf der Straße standen und sich an meinen Vater hängten. Über ihren Schultern sah ich seinen Blick: verwirrt zuerst und hilflos, doch dann suchte er meinen, und ich suchte seinen. Ich nickte vorsichtig. Er nickte zurück und lächelte leise, ein Lächeln, das nur für mich bestimmt war, ein geheimes Lächeln, und ich wußte, von jetzt an geht es um uns zwei, haben wir einen Pakt. Und obwohl er so lange weggewesen war, war er an diesem Tag näher als vor dem Krieg. Ich war zwölf, und im Verlauf eines Blicks verlagerte mein Leben sein Gewicht von einem Punkt auf einen anderen, von ihr zu ihm, und schlug einen neuen Kurs ein.

Aber ich war vielleicht zu eifrig.

Ich schleppe mich keuchend bis zur Bank, die zugeschneit am Seeufer steht, dem Schwanensee, wie ich ihn jetzt insgeheim nenne, wie ein Kind es tun würde, und der Schwanensee liegt im Licht der Taschenlampe offen und schwarz vor mir. Er ist noch nicht zugefroren, *so* kalt ist es bisher nicht gewesen. Auch waren um diese Zeit keine Schwäne zu sehen. Solange die Nacht andauert, halten sie sich bestimmt im dichten Schilf auf dem trockenen Land auf, die langen Hälse gleich federgeschmückten Schleifen in weißen Bögen, die Köpfe unter den Flügeln, ich sehe es vor mir, und sie schwimmen nicht eher los, bis das Licht kommt, um auf dem Grund in Ufernähe nach Nahrung zu suchen, während das Wasser weiterhin offen daliegt. Was sie tun, wenn der See zufriert, habe ich bisher noch nicht überlegt. Warum fliegen sie nicht zu eisfreien Seen in den Süden. Werden sie bis zum Frühjahr hierbleiben? Gibt es in Norwegen im Winter Schwäne? Das muß ich nachschauen.

Mit dem Arm schiebe ich den Schnee von der Bank, mache große runde Bewegungen, bürste mit den Handschuhen weiter, bis alles weg ist, ziehe die Seemannsjacke tief über den Po und setze mich. Lyra prustet im Schnee und tollt glücklich herum, und an einer Stelle wirft sie sich zu Boden und wälzt sich mehrmals hin und her, die Beine in der Luft, sie dreht und windet den Rücken mit großer Freude im Schnee, um mit dem Pelz den Geruch desjenigen aufzunehmen, der hier vorher war. Ein Fuchs vielleicht. Dann muß sie gewaschen werden, wenn wir nach Hause kommen, denn sie tut das nicht zum ersten Mal, und ich weiß, wie es riecht, wenn wir im Haus sind. Doch noch ist es dunkel, und ich kann hier am Schwanensee sitzen und denken, was ich will.

15

Ich gehe zurück den Weg hinauf zu meinem Haus. Das Tageslicht kommt jetzt endgültig durch, rot und gelb, die Temperatur steigt, ich spüre es im Gesicht, und mir ist klar, daß der meiste Schnee schmelzen wird, vielleicht schon im Lauf des Tages. Und egal, was ich vorher darüber gedacht habe, bin ich jetzt enttäuscht.

Ein Auto steht neben meinem auf dem Hof. Ich kann es von hier unten gut sehen, es ist ein weißer Mitsubishi Spacewagon, in etwa der Wagen, dessen Anschaffung ich selbst erwogen hatte, weil er robust aussah und deshalb gut zu dem Haus paßte, das ich gekauft hatte und in das ich einziehen wollte, denn so hatte ich die ganze Situation damals empfunden, nachdem meine Entscheidung gefallen war: als recht robust, und das gefiel mir, ich fühlte mich selbst recht robust, nach drei Jahren in einem Glaskorridor, wo die geringste Bewegung sofort Risse nach sich zog, und das erste Hemd, in das ich mich nach dem Umzug vernarrte, war ein rotschwarzkariertes, dickes Flanellhemd von der Art, wie ich sie seit den fünfziger Jahren nicht mehr getragen hatte.

Vor dem weißen Mitsubishi steht ein Mensch, eine Frau, wie es aussieht, in dunklem Mantel, ohne Kopfbedeckung, und ihre Haare sind hell und gelockt, sei es aus natürlichen oder eher aus technischen Gründen, und sie hat den Motor nicht ausgemacht, denn ich sehe die Auspuffgase still und weiß vor den dunkleren Bäumen hinter dem Hof aufsteigen. Sie steht ganz ruhig da und wartet, eine Hand an der Stirn oder im Haar, und sieht auf den Weg, den ich hinaufgehe, und etwas ist mit dieser Gestalt, ich habe sie schon einmal gesehen, und dann erblickt Lyra sie, stürzt davon und stürmt mir voraus. Ich habe kein Auto gehört, und ich habe im Schnee keine Spuren gesehen, als ich von dem Pfad auf die Zufahrtsstraße kam, aber ich hatte auch nicht mit einem Auto gerechnet, nicht um diese Tageszeit. Es kann noch nicht später als acht sein. Ich sehe auf die Uhr, sie zeigt halb neun. Nun gut.

Es ist meine Tochter, die da steht. Die ältere von zweien. Sie heißt Ellen. Sie hat sich eine Zigarette angezündet und hält sie, wie sie es seit jeher getan hat, mit gespreizten Fingern vom Körper weg, als wollte sie sie jemand anderem geben, als gehöre sie ihr nicht. Allein schon daran würde ich sie immer erkennen. Ich rechne schnell aus, daß sie jetzt neununddreißig sein muß. Sie ist immer noch eine hübsche Frau. Ich glaube nicht, daß sie nach mir schlägt, aber ihre Mutter war ja auch hübsch. Ich habe Ellen seit mindestens einem halben Jahr nicht mehr gesehen und nicht mit ihr gesprochen, seit ich umgezogen bin, oder eigentlich lange davor. Um ehrlich zu sein, habe ich nicht einmal viel an sie gedacht, auch nicht an ihre Schwester. Es gab so viele andere Dinge. Ich komme oben an, und Lyra steht vor Ellen, wedelt mit dem Schwanz und wird am Kopf getätschelt. Die beiden kennen sich nicht, aber meine Tochter liebt Hunde, und diese erwidern ihr Vertrauen sofort. So war es schon, als sie noch ganz klein war. Soweit ich mich erinnere, hatte sie selbst einen Hund, als ich zuletzt bei ihr war. Einen braunen Hund. Das ist alles, was sich mir eingeprägt hat. Es ist auch schon eine Weile her. Ich bleibe stehen und lächele, so gut ich kann, und sie richtet sich auf und sieht mich an.

»Du bist's«, sage ich.

»Ja, ich bin's. Das ist sicher eine Überraschung.«

»Das kann ich nicht leugnen«, sage ich. »Du bist früh auf den Beinen.«

Sie lächelt, ein nahezu unmerkliches Lächeln, das sachte verebbt, und sie zieht an der Zigarette, stößt den Rauch langsam aus und hält die Zigarette mit fast ausgestrecktem Arm vom Körper weg. Sie lächelt nicht mehr. Das beunruhigt mich ein wenig. Sie sagt:

»Früh? Das kann sein. Ich habe so schlecht geschlafen, da konnte ich auch früh fahren. Ich bin gegen sieben aufgebrochen, als alle, die weg mußten, aus dem Haus waren. Ich habe mir heute freigenommen, das habe ich vor langer Zeit beschlossen. Die Fahrt hierher hat nur eine gute Stunde gedauert, wie sich herausgestellt hat. Ich war auf mehr eingestellt. Eigentlich merkwürdig, daß sie nicht länger gedauert hat. Ich bin gerade gekommen. Vor einer Viertelstunde.«

»Ich habe das Auto nicht gehört«, sage ich. »Ich war im Wald unten am See. Dort lag ziemlich viel Schnee.« Ich drehe mich um und zeige in die Richtung, und noch bevor ich mich wieder umgewandt habe, hat sie die Zigarette auf meinem Hof ausgetreten, die zwei, drei Schritte auf mich zugemacht, die Arme um meinen Hals geschlungen und mich an sich gedrückt. Sie riecht gut und ist genauso groß wie beim letzten Mal. Das ist nicht sehr verwunderlich, zwischen dreißig und vierzig wächst man nicht mehr viel, aber es gab eine Zeit, in der ich den größten Teil des Jahres unterwegs war, hin und her fuhr, hin und her, zwischen allen möglichen Orten in Norwegen, und beide Mädchen waren gewachsen, wenn ich wieder nach Hause kam, so sah es für mich zumindest aus, und sie saßen ganz still nebeneinander auf dem Sofa, und ich weiß, daß sie auf die Tür starrten, durch die ich kommen sollte, und das verwirrte mich, wie ich mich erinnern kann, und mitunter war ich unangenehm berührt, wenn ich schließlich hereinkam und sie dort sitzen sah, verlegen und erwartungsvoll. Ich bin auch jetzt unangenehm berührt, denn sie drückt mich fest an sich und sagt:

»Hallo, Väterchen. Schön, dich zu sehen.«

»Hallo, Töchterchen, ebenfalls«, sage ich, und sie läßt nicht los, sondern bleibt so stehen und sagt ganz leise an meinem Hals:

»Ich mußte alle Gemeinden im Umkreis von hundert Kilometern und mehr anrufen, um herauszufinden, wo du wohnst. Ich habe Wochen gebraucht. Du hast ja nicht mal Telefon.«

»Nein, das hab ich wohl nicht.«

»Nein, das hast du wohl nicht. Verflucht aber auch«, sagt sie und boxt mir mit der Faust mehrmals oben auf den Rücken, und nicht gerade sanft. Ich sage:

»He, he, vergiß nicht, ich bin ein alter Mann«, und es wirkt fast so, als würde sie weinen, aber sicher bin ich nicht. Jedenfalls drückt sie mich so fest, daß ich kaum Luft bekomme, und ich schiebe sie nicht von mir, sondern halte bis auf weiteres die Luft an, tief unten, lege die Arme um sie, etwas sehr vorsichtig vielleicht, und verharre so, bis sie losläßt, und dann lasse ich die Arme sinken, gehe einen Schritt zurück und atme aus.

»Du kannst den Motor jetzt sicher abstellen«, sage ich, ringe ein wenig nach Luft und nicke zu dem Mitsubishi hinüber, der leise brummt. Die ersten Sonnenstrahlen blitzen auf dem frischpolierten weißen Lack und blenden mich. Es tut weh. Ich schließe die Augen.

»Ach ja«, sagt sie, »das kann ich tun. Du bist ja hier. Ich habe dein Auto gar nicht erkannt, ich dachte schon, ich wäre verkehrt.«

Ich höre, wie sie im Schnee um ihr Auto herumläuft, und ich gehe ein paar Schritte weiter und öffne die Augen, während sie die Autotür aufmacht, sich nach innen beugt, den Schlüssel umdreht und das Scheinwerferlicht löscht. Es wird ganz still. Ein wenig hat sie wohl geweint, wie ich sehen kann.

»Du kommst am besten mit mir rein und trinkst einen Kaffee«, sage ich. »Und ich müßte mich fast hinzusetzen, meine

Beine sind ganz kraftlos nach dem Spaziergang durch den Schnee. Ich bin ein alter Mann, wie gesagt. Hast du schon gefrühstückt?«

»Nein«, sagt sie, »ich habe mir nicht die Zeit dazu genommen.«

»Dann kriegst du auch was zu essen. Komm.«

Lyra gehorcht auf das Wort »komm«, geht zur Treppe, die zwei Stufen hinauf und bleibt vor der Tür stehen.

»Wie schön sie ist«, sagt meine Tochter, »seit wann hast du sie? Sie ist ja kein Welpe mehr.«

»Seit gut einem halben Jahr. Ich war in diesem Tierheim bei Oslo, wo sie für Hunde neue Besitzer suchen. Ich weiß nicht mehr, wie es heißt. Ich habe sie sofort mitgenommen, es gab keinerlei Zweifel, sie kam einfach direkt auf mich zu, setzte sich und wedelte mit dem Schwanz. Sie hat sich geradezu angedient«, sage ich und versuche zu lachen. »Aber sie wußten nicht, wie alt sie ist oder von welcher Rasse.«

»VVT, heißt es. Verein für die Vermittlung von Tieren. Ich war einmal dort. Sie hat wohl von allem etwas, so wie sie aussieht. In England nennt man das British Standard, eine schöne Ausdrucksweise, um zu sagen, daß ein Hund eine Mischung von allem ist, was man auf der Straße findet. Aber sie ist ja wirklich schön. Wie heißt sie?«

Ellen ist ein paar Jahre in England zur Schule gegangen und hat sehr davon profitiert. Doch da war sie schon fast erwachsen. Davor gab es ein paar Jahre, in denen sie von den meisten Dingen wenig profitiert hat.

»Sie heißt Lyra. Der Name ist nicht von mir. Er stand auf ihrem Halsband. Ich bin jedenfalls froh, daß ich mich für sie entschieden habe«, sage ich. »Ich habe es nicht eine Sekunde lang bereut. Wir kommen gut miteinander aus, und sie macht es mir viel leichter, allein zu wohnen.«

Das letzte hört sich ein wenig wehleidig an und illoyal meinem jetzigen Leben gegenüber, ich bin niemandem Rechenschaft oder eine Erklärung schuldig, nicht einmal dieser meiner Tochter, die ich gern mag, das muß ich zugeben, und die mit ihrem Mitsubishi Spacewagon frühmorgens auf dunklen Straßen durch mehrere Gemeinden gefahren ist, von einem Osloer Außenbezirk, Maridalen, um zu sehen, wo ich wohne, weil ich es ihr anscheinend nicht erzählt habe und auch überhaupt nicht daran gedacht habe, daß ich dies tun sollte. Es mag seltsam klingen, das verstehe ich jetzt, und schon sind ihre Augen wieder feucht, und das ärgert mich ein wenig.

Ich mache die Tür auf, und Lyra sitzt nach wie vor auf der Treppe und bleibt dort sitzen, bis Ellen und ich im Gang sind. Dann winke ich sie mit einer kleinen, einstudierten Handbewegung herein. Ich nehme meiner Tochter den Mantel ab, hänge ihn an einen freien Haken und führe sie in die Küche. Dort ist es immer noch lauwarm. Ich mache die kleine Ofentür auf und sehe hinein, in der Brennkammer ist noch Glut.

»Das läßt sich retten«, sage ich, öffne den Deckel des Holzkastens, streue ein paar Späne und Papierstreifen über die Glut und schichte drei mittelgroße Scheite um sie herum. Ich mache die Aschentür auf, damit der Ofen besser zieht, und es fängt sofort an zu knistern.

»Hier ist es aber schön«, sagt sie.

Ich schließe die Ofentür und sehe mich um. Ich weiß nicht, ob sie recht hat. Ich war davon ausgegangen, daß es noch schön werden würde, mit der Zeit, wenn die Ausbesserungspläne größtenteils umgesetzt waren, aber sauber ist es und aufgeräumt. Vielleicht meint sie, daß sie von einem alleinlebenden älteren Herrn etwas anderes erwartet hat und über das, was sie zu sehen bekommt, positiv überrascht ist. In dem Fall hätte sie mich nicht richtig in Erinnerung aus der Zeit, die wir zusammen hatten. Ich mag Unordnung nicht, habe sie nie gemocht. Eigentlich bin ich ein penibler Mensch: Jedes Ding soll seinen

Platz haben und einsatzbereit sein. Staub und Dreck machen mich nervös. Wenn ich das Saubermachen erst einmal vernachlässige, kann es schnell den Bach runtergehen, besonders hier, in diesem alten Haus. Eine meiner vielen Ängste ist es, der Mann mit der ausgefransten Jacke und dem aufgeknöpften Hosenschlitz vor der Kasse im Konsum zu werden, mit Eierflecken und mehr auf dem Hemd, weil der Spiegel im Gang es nicht mehr richtig tut. Ein Schiffbrüchiger ohne Anker nur in seinen eigenen fahrigen Gedanken verheddert, in denen die Zeit ihre Reihenfolge eingebüßt hat.

Ich fordere sie auf, sich an den Tisch zu setzen, lasse frisches Wasser in die Kanne laufen, gieße es in die Kaffeemaschine, und es zischt sofort. Ich muß vergessen haben, sie auszuschalten, als ich sie heute morgen benutzt habe, und das ist eigentlich ziemlich schlimm, aber ich glaube nicht, daß Ellen etwas gemerkt hat, also tue ich, als wenn nichts wäre, schneide ein paar Scheiben Brot ab und lege sie in einen Korb. Ich bin plötzlich wütend, und mir ist ein wenig unwohl, und ich sehe, daß meine Hand zittert, also bewege ich mich von ihr abgewandt, damit sie es nicht sieht, wenn ich an ihr vorbeigehe, um Zucker, Milch, blaue Servietten und alles andere zu holen, was man für eine ordentliche Mahlzeit benötigt. Ich habe eigentlich vor ein paar Stunden zu mir genommen, was ich brauche, und bin noch nicht wieder hungrig, dennoch stelle ich genug für uns beide auf den Tisch, denn es würde sie vielleicht ein wenig verlegen machen, wenn sie allein essen müßte. Es ist trotz allem lange her, daß wir uns zuletzt gesehen haben. Und mir fällt auf, daß ich mich am liebsten drücken würde, aber dann gibt es nichts mehr, was ich auf den Tisch stellen könnte, und ich muß mich setzen.

Eine Zeitlang hat sie aus dem Fenster gesehen, auf den See geschaut. Ich sehe in die gleiche Richtung und sage:

»Ich nenne ihn Schwanensee.«

»Es gibt also Schwäne darauf?«

»Klar. Zwei oder drei Familien, nach allem, was ich gesehen habe.«

Dann dreht sie sich zu mir um. »Erzähl mal. Wie geht es dir eigentlich«, sagt sie, als gäbe es zwei Versionen von meinem Leben, und jetzt sind ihre Augen nicht länger feucht, und ihre Stimme ist kantig wie bei einer Vernehmung. Sie spielt eine Rolle, das weiß ich, und dahinter ist sie wie immer, jedenfalls hoffe ich es: daß das Leben sie nicht zu einem *keifenden Weib* gemacht hat, wenn man mir diesen Ausdruck verzeiht. Also hole ich Luft und nehme mich zusammen, lege die Hände unter meine Oberschenkel auf den Stuhl und erzähle von meinen Tagen hier, wie gut alles läuft, das Schreinern und Holzhacken und die langen Spaziergänge mit Lyra, daß ich einen Nachbarn habe, mit dem ich in schwierigen Fällen zusammenarbeiten kann, Lars heißt er, sage ich, ein tüchtiger Mann mit einer Motorsäge. Wir haben viele Gemeinsamkeiten, sage ich und versuche ein geheimnisvolles Lächeln, aber ich kann sehen, daß sie es nicht mitbekommt, also insistiere ich nicht, sondern erzähle, daß ich ein wenig Angst hatte vor dem Schnee, der jetzt kommt, wenn sich der Winter mit großen Schritten nähert, aber daß ich eine Lösung gefunden habe, wie sie selbst sehen kann und sicher bemerkt hat, als sie zum Haus hinaufgefahren ist, ich habe nämlich eine Abmachung mit einem Bauern, der Åslien heißt. Er fährt einen Traktor mit Schneepflug und kann für mich räumen, wenn es nötig ist, gegen Bezahlung natürlich. Und dann höre ich Radio, sage ich, den ganzen Vormittag höre ich Radio, wenn ich drinnen bin, und abends lese ich eine Menge unterschiedlichster Bücher, aber meistens Dickens.

Sie lächelt ein reines Lächeln, keine feuchten Augen, keine scharfen Kanten.

»Du hast immer Dickens gelesen, wenn du zu Hause warst«,

sagt sie, »daran kann ich mich noch gut erinnern. Du saßt mit einem Buch in deinem Sessel und warst vollkommen weg, und dann ging ich zu dir und zog dich am Ärmel und fragte, was du liest, und zuerst sah es so aus, als würdest du mich nicht erkennen, aber dann sagtest du *Dickens*, mit ernstem Gesichtsausdruck, und ich dachte, *Dickens* zu lesen wäre nicht das gleiche wie andere Bücher, es wäre etwas völlig Ungewöhnliches, was vielleicht nicht alle taten, so hörte es sich für mich an. Ich kapierte nicht einmal, daß *Dickens* der Name desjenigen war, der das Buch geschrieben hatte, das du gerade last. Ich dachte, es sei eine bestimmte Art von Büchern, die nur wir hatten. Manchmal hast du laut gelesen, das weiß ich noch.«

»Wirklich?«

»Ja, wirklich. Aus *David Copperfield*, wie sich später herausstellte, als ich erwachsen wurde und beschloß, die Bücher selbst zu lesen. Du konntest dich an *David Copperfield* damals nicht sattlesen.«

»Es ist lange her, daß ich ausgerechnet das Buch gelesen habe.«

»Aber du hast es doch?«

»Ja, ja, ich habe es.«

»Dann finde ich, du solltest es noch einmal lesen«, sagt sie, stützt das Kinn in die eine Hand und den Ellbogen auf den Tisch und sagt:

»Ob ich als Hauptperson meines eigenen Lebens hervortreten werde oder ob sonst jemand diesen Rang einnehmen wird, müssen diese Seiten erst erweisen.«

Sie lächelt erneut und sagt: »Ich fand diesen Anfang immer etwas unheimlich, weil er die Möglichkeit ansprach, daß wir nicht zwangsläufig die Hauptperson in unserem eigenen Leben sein müssen. Ich begriff nicht, wie das möglich war, so etwas Schreckliches: eine Art Geisterleben, in dem ich nur zusehen konnte, wie jemand meinen Platz einnahm, und in dem ich diese Person vielleicht aus ganzem Herzen hassen und beneiden konnte, aber nichts gegen sie unternehmen, weil ich zu irgendeinem Zeitpunkt aus meinem Leben herausgefallen war, wie von einem Schleudersitz, stellte ich mir vor, ich war in die Luft katapultiert worden, und dort schwebte ich frei und konnte nicht mehr zurück, und ein anderer saß angeschnallt auf meinem Sitz, obwohl es mein Platz war, und ich hatte den Flugschein in der Hand.«

Es fällt mir nicht leicht, etwas dazu zu sagen. Ich wußte nicht, daß sie solche Gedanken hatte. Das hat sie mir nie erzählt. Und es kann einfache Gründe haben, wie zum Beispiel, daß ich nicht da war, wenn sie das Bedürfnis hatte zu reden, aber sie hat keine Ahnung, wie oft ich genau das gleiche gedacht, wie oft ich die ersten Zeilen in *David Copperfield* gelesen habe und dann weiterlesen mußte, Seite um Seite, fast starr vor Schreck, weil ich sehen mußte, wie alles zuletzt auf seinen Platz fiel, und dem war ja auch so, aber es dauerte immer lange, bis ich mich sicher fühlte. Im Buch. In der Wirklichkeit war es anders. In der Wirklichkeit ist es jetzt so, daß ich nicht den Mut hatte, Lars die offensichtliche Frage zu stellen:

Hast du den Platz eingenommen, der eigentlich meiner war? Hast du Jahre meines Lebens bekommen, die eigentlich mir gehören sollten?

Daß mein Vater nicht in Länder wie Südafrika oder Brasilien oder in Städte wie Vancouver oder Montevideo gereist ist, um sich ein neues Leben aufzubauen, habe ich nie bezweifelt. Er flüchtete nicht ins Ausland, wie so viele es getan haben, vor Taten, im Affekt begangen, oder vor einem Leben in Ruinen nach launischen Schicksalsschlägen, er reiste nicht Hals über Kopf mit ängstlich zusammengekniffenen Augen im Schutz einer stillen Sommernacht ab wie Jon. Mein Vater war kein Seemann. Er blieb am Fluß, da bin ich ganz sicher. So wollte er es haben. Und daß Lars nicht über ihn spricht, wenn er hier bei mir ist, daß Lars meinen Vater nicht mit einem einzigen Satz erwähnt hat, seit wir uns kennengelernt haben, muß daran liegen, daß er mich verschonen will oder daß er genau wie ich es nicht schafft, alle Gedanken um die Menschen von damals zu sammeln, ihn selbst und mich eingeschlossen, und auf einen Punkt zu bringen, weil er keine Sprache findet, in der er darüber reden kann. Das verstehe ich gut. Mir ist es über weite Strecken meines Lebens ebenso ergangen.

Doch daran wollte ich jetzt nicht denken. Ich stehe schnell vom Tisch auf und stoße beim Aufstehen dagegen, er bekommt Schräglage, und die Tassen hüpfen, Kaffee schwappt auf die Decke, das gelbe Milchkännchen fällt um, die Milch läuft heraus, vermischt sich mit dem Kaffee, und alles zusammen fließt auf Ellens Schoß zu, und das nur, weil der Küchenboden schief ist. Ein Gefälle von fünf Zentimetern von einer Wand zur anderen. Das habe ich vor langer Zeit schon ausgemessen. Dagegen sollte ich auch etwas unternehmen, aber das Verlegen eines neuen Fußbodens ist ein großes Projekt. Das muß warten.

Ellen zieht schnell den Stuhl zurück und springt auf, bevor der kleine Bach die Tischkante erreicht, und sie nimmt einen Zipfel der Decke, schlägt sie um und stoppt den Fluß mit zwei Servietten.

»Tut mir leid. Ich war wohl etwas abrupt«, sage ich und höre zu meiner Verwunderung, daß die Worte in kurzen Stößen aus meinem Mund kommen, als wäre ich gerannt und außer Atem.

»Das macht nichts. Wir müssen nur schnell die Decke abnehmen, dann können wir sie in der Spüle auswaschen. Es ist nichts passiert, was man nicht mit etwas Waschpulver in den Griff bekommen könnte.« Sie hat die Kontrolle über die Situation auf eine Weise, wie sie bisher niemand hier drinnen hatte, und ich protestiere nicht: Im Nu hat sie alles vom Tisch auf die Arbeitsplatte geräumt, hält die Decke unter den Hahn, wäscht das schmutzige Ende, wringt die Decke vorsichtig aus und hängt sie zum Trocknen über einen Stuhl vor den warmen Holzofen.

»Dann kannst du sie später in die Waschmaschine stecken«, sagt sie.

Ich öffne den Holzkasten und lege ein paar Scheite in den Ofen.

»Dabei habe ich überhaupt keine Waschmaschine«, sage ich, und es hört sich so erbärmlich an, wenn ich es auf diese Weise sage, daß ich grinsen muß, aber mein kleines Lächeln gelingt nicht ganz, und Ellen merkt es, das kann ich sehen. Überhaupt ist es schwierig, den Ton zu finden, den ich in dieser Situation gern anschlagen würde.

Sie wischt den Tisch mit einem Spüllappen ab, den sie mehrmals gründlich unter fließendem Wasser auswringt, weil er voller Milch ist, und da möchte man ihn gern ganz sauber haben, damit er nicht riecht, und dann erstarrt sie plötzlich und fragt mit dem Rücken zu mir:

»Wäre es dir lieber gewesen, ich wäre nicht gekommen?« Als ginge ihr erst jetzt auf, daß dies vielleicht eine Möglichkeit wäre. Aber es ist eine gute Frage. Ich brauche etwas Zeit, um sie zu beantworten. Ich setze mich auf den Holzkasten und versuche, meine Gedanken zu sammeln, und in dem Moment sagt sie:

»Vielleicht willst du eigentlich nur deine Ruhe haben? Deshalb bist du hier draußen, stimmt's, deshalb bist du hierhergezogen, an diesen Ort, weil du deine Ruhe haben willst, und dann komme *ich* in aller Herrgottsfrühe auf deinen Hof gefahren und störe dich, und das war das, was du eigentlich überhaupt nicht wolltest, wenn es nach dir ginge?«

Das alles sagt sie mit dem Rücken zu mir. Sie hat den Lappen in die Spüle fallen lassen, stützt sich mit beiden Händen auf die Kante der Spüle und dreht sich nicht um.

»Ich habe mein Leben geändert«, sage ich, »das ist es, was zählt. Ich habe verkauft, was von der Firma übrig war, und bin hierhergezogen, das mußte ich tun, sonst wäre es mir übel ergangen. Ich konnte nicht weitermachen wie bisher.«

»Das verstehe ich«, sagt sie. »Wirklich. Aber warum hast du es uns nicht erzählt?«

»Ich weiß nicht.« Und das stimmt.

»Wäre es dir lieber gewesen, ich wäre nicht gekommen?« fragt sie noch einmal, hartnäckig.

»Ich weiß nicht«, sage ich, und auch das stimmt; ich weiß nicht, was ich davon halten soll, daß sie hierhergekommen ist, das war nicht Teil des Plans, und dann schießt es mir durch den Kopf: Jetzt fährt sie weg und kommt nie mehr wieder. Dieser Gedanke erfüllt mich mit einer derart plötzlichen Furcht, daß ich mich beeile zu sagen:

»Nein, das stimmt nicht. Fahr nicht weg.«

»Ich habe nicht die Absicht wegzufahren«, sagt sie daraufhin, »noch nicht, jedenfalls, aber ich könnte mir vorstellen, dir einen Vorschlag zu machen.«

»Welchen denn?«

»Leg dir ein Telefon zu.«

»Ich werde darüber nachdenken«, sage ich, »ehrlich.«

Sie bleibt mehrere Stunden, und als sie sich ins Auto setzt, wird es schon wieder dunkel. In der Zwischenzeit war sie mit Lyra auf eigene Faust spazieren, weil sie es so wollte, während ich mich eine halbe Stunde hingelegt habe. Mein Haus hat sich verändert, der Hof hat sich verändert. Sie läßt den Motor an, bei geöffneter Tür. Sie sagt:

»Jetzt weiß ich, wo du wohnst.«

»Gut so«, sage ich, »darüber bin ich froh«, und sie winkt

kurz, und die Autotür fällt zu, und der Wagen rollt die Zufahrtsstraße hinunter. Ich stelle mich auf den Absatz vorm Haus, lösche das Licht im Hof und gehe durch den Gang in die Küche. Lyra folgt mir auf den Fersen, doch obwohl *sie* hinter mir ist, fühlt es sich hier drinnen ein wenig leer an. Ich blicke auf den Hof, sehe aber nichts als mein eigenes Spiegelbild in der dunklen Scheibe.

16

Als das Holz weg war, kam Franz oft den Weg zu uns herunter. Er habe sich freigenommen, sagte er und lachte. Er saß mit einer Zigarette und einer Kaffeetasse auf der Steinplatte vor der Tür, trug eine kurze Hose und sah mit seinen weißen Beinen merkwürdig aus. Der Himmel war einfach nur rundherum blau; man könnte sagen, er sei in Rekordzeit von hell und blau zu unerbittlichem Blau übergegangen, und meinetwegen könnte es jetzt gern ein wenig regnen.

Das sah auch mein Vater so. Er war weiterhin rastlos. Er ging zwar bisweilen mit einem Buch zum Fluß hinunter, legte sich dort hin und las, entweder in dem vertäuten Ruderboot, mit einem Kissen unter dem Nacken gegen die hintere Sitzbank gelehnt, oder auf den Steinen an der Böschung unter der Kiefer mit dem Kreuz, und es sah aus, als denke er nicht an das, was an diesem Ort an einem Wintertag 1944 vorgefallen war, oder vielleicht tat er genau das, und dann zwang er sich, eine gleichgültige Miene aufzusetzen, um zu demonstrieren, wie ein Mann aussah, der ein ruhiges und ausgeglichenes Gemüt hatte und die Tage einfach nur genoß. Aber er täuschte niemanden. Eigentlich dachte er an das Holz, ich konnte es an der Art sehen, wie er den Kopf hob und über den Fluß blickte, und es provozierte mich, daß dies *so* wichtig sein sollte. Wir hatten schließlich einen Pakt. *Ich* war doch da, und das wenige, was von diesem Sommer noch übrig war, bevor er vorbei und für immer verschwunden wäre, rann uns allmählich durch die Finger.

*

Gleich am Tag, nachdem wir mit dem Bus hierhergekommen waren, hatte er für die Ferien einen dreitägigen Ausritt vorgeschlagen: Ob ich nicht der Meinung wäre, das sei eine gute Idee, und als ich fragte, an welche Pferde er denke, antwortete er, die von Barkald, und ich war begeistert und fand die Idee *richtig* gut. Nun war ich ihm mit den Pferden zwar zuvorgekommen, doch was Jon und ich oben auf der Koppel unternommen hatten, war nicht wirklich ein großer Ritt gewesen, und es war ja auch nicht so gut ausgegangen, zumindest nicht für mich, und auch nicht für Jon, wenn man bedenkt, was kurz zuvor passiert war und wie alles hinterher weiterging, und abgesehen davon hatte ich seit diesem Tag nichts mehr von dem Vorschlag gehört. Deshalb war ich ziemlich überrascht, als ich eines Morgens die Augen aufschlug und durch das offene Fenster prustende, stampfende Laute hörte, die von der Wiese hinter der Hütte kamen, auf der ich mich ziemlich dämlich angestellt hatte, als ich mich nicht traute, die Brennesseln mit der kurzen Sense zu mähen, weil ich Angst hatte, es täte weh. Und dann hatte mein Vater sie, ohne mit der Wimper zu zucken, mit bloßen Händen ausgerissen und gesagt: Du entscheidest selbst, wann es weh tut.

Jetzt lehnte ich mich aus dem Bett, bis ich über dem Fenster hing, stützte mich mit den Händen auf dem Fensterbrett ab und sah mit dem Gesicht vor der Scheibe, daß auf der Wiese zwei Pferde weideten. Das eine war braun, das andere schwarz, und ich sah sofort, daß es die beiden waren, die Jon und ich geritten hatten, und ob das ein gutes Zeichen war oder eher ein schlechtes, hätte ich an diesem Morgen nicht zu sagen vermocht, wenn mich jemand gefragt hätte.

Ich hüpfte aus dem Bett, wie ich es immer tat, und landete perfekt auf dem Boden, ohne mir das Bein oder eine andere Körperstelle zu verletzen. Das Knie war jetzt wieder in Ordnung, es hatte nur ein paar Tage gebraucht, und ich lehnte mich aus dem Fenster, so weit es ohne hinauszufallen ging. Dort sah ich meinen Vater mit einem Sattel auf dem Arm vom Holzschuppen kommen und ihn über den Sägebock hängen, so daß die Steigbügel auf beiden Seiten herunterbaumelten, und ich rief:

»Warst du los, um Pferde zu stehlen?« Er erstarrte und hielt einen Augenblick inne, bevor er sich umdrehte und mich aus dem Fenster hängen sah, und als ihm klar wurde, daß ich nur Spaß machte, lächelte er und sagte laut:

»Mach, daß du hierherkommst.«

»Jawohl, Chef«, rief ich.

Ich nahm meine Kleider vom Stuhl, lief in die Stube und zog mich, ohne innezuhalten, so schnell wie möglich an, und ich hinkte zuerst auf einem Bein und dann auf dem anderen, als ich die Hose anzog, und blieb nur kurz stehen, um in die Turnschuhe zu schlüpfen, bevor ich halbblind aus dem Haus lief, die Hemdsärmel über dem Kopf flatternd. Als ich mit dem Gesicht ganz durch das Hemd hindurchgeschlüpft war, konnte ich ihn in der Tür zum Holzschuppen sehen, und er musterte mich und lachte herzhaft über das, was er zu sehen bekam, und im Arm hielt er einen weiteren Sattel.

»Den kriegst *du*«, sagte er. »Falls du noch Interesse hast? Du *hattest* Interesse, wie ich mich erinnere.«

»Natürlich habe ich Interesse«, sagte ich. »Wollen wir jetzt los? Wohin wollen wir?«

»Egal, wohin wir wollen, als erstes gibt es Frühstück«, sagte mein Vater, »und dann müssen wir die Pferde satteln. Das braucht etwas Zeit, denn es muß ordentlich gemacht werden, wir können nicht einfach losreiten. Wir haben sie für drei Tage geliehen, auf die Minute genau. Du kennst ja Barkald, er versteht keinen Spaß bei Dingen, die ihm gehören. Ich begreife nicht, wieso er überhaupt zugestimmt hat.«

Doch das war für mich kein Rätsel. Barkald mochte meinen

Vater und hatte ihn immer gemocht, und nach dem, was Franz mir erzählt hatte, war das Vertrauensverhältnis zwischen den beiden viel enger, als ich zunächst angenommen hatte. Vielleicht hatte mein Vater für die Hütte, in der wir wohnten, nicht einmal bezahlt, vielleicht hatte Barkald sie ihm einfach geschenkt, weil sie so enge Freunde waren, bei Kriegsende, aufgrund des gemeinsam Erlebten. Das veränderte ja alles, nicht wahr, gegenüber dem ersten Mal, als wir hierhergekommen waren und mir der Wald und der Fluß fremd waren, und der Platz vor dem Laden neu war, und die Brücke neu, und ich hatte noch nie zuvor Rundhölzer gelb und glänzend in der Strömung eines Flusses treiben sehen, und Barkald war ein Mann, dem gegenüber ich skeptisch war, weil er Besitz hatte und Geld, und das hatten wir nicht, und ich hatte geglaubt, mein Vater würde genauso empfinden. Doch das tat er ganz offensichtlich nicht, und wenn er sagte, was er jetzt sagte, dann weil er kokettieren wollte oder um zu verschleiern, wie die Dinge eigentlich zusammenhingen.

Das wäre dann ein wenig unheimlich, aber darauf konnte ich keine Rücksicht nehmen, denn der Sommer ging seinem Ende entgegen, jedenfalls für uns, und die Schwere, die ich an unserem Flößertag gespürt hatte, die mich niedergedrückt und mein Knie lädiert hatte, war auf rätselhafte Weise aus dem Körper gewichen und verschwunden. Jetzt war ich ebenso rastlos wie mein Vater und hatte den Willen, soviel wie möglich aus den Tagen, die wir noch hatten, und aus allem, was sich am Fluß und in der Landschaft drumherum befand, herauszupressen, bevor wir nach Oslo zurückkehrten.

Und genau das wollten wir: die letzte Wärme aus den Waldwegen und den Felsterrassen in der Sonne am Furufjell pressen und sehen, wie die Reflexe blendender Birkenstämme zwischen den Bäumen hin und her schwirrten, wie Pfeile, von den Bögen der Kiowa abgeschossen, und in tiefgrüne Farnblätter abtauchen, die an der Kante des schmalen Schotterwegs standen wie die Palmenblätter am Palmsonntag in der Bibel der Sonntagsschule. Wir ritten im Schritt den Weg zur Sennhütte hinunter, vorbei an dem alten Holzstall, in dem ich vor noch nicht allzulanger Zeit eine Nacht gewesen war und plötzlich die Wärme im Körper gespürt hatte, und jetzt hatte ich die Wärme der Pferdeflanken an den Oberschenkeln und im Gesicht die Wärme des Südwinds. Wir ritten ihm auf unserer Seite, der Ostseite des Flusses, entgegen, und wir hatten gefrühstückt und die Satteltaschen gepackt und warme Decken zum Übernachten zusammengerollt und Regenmäntel mit den Decken zusammengeschnürt und die Pferde gestriegelt, und ihre Mähnen glänzten. Über den Bergkamm im Westen zogen Wolkenbänke hinweg, aber es würde bestimmt nicht regnen, hatte mein Vater gesagt, den Kopf geschüttelt und sich auf das Pferd geschwungen.

Unten vor dem Stall stand die Sennerin mit Eimern und Wannen, die sie im Bach mit Wasser und Soda wusch, und die Sonne blinkte in dem Metall und dem eisklaren Wasser, das in die Eimer strömte und wieder herausspritzte, und wir winkten ihr zu, und sie hob die Hand und winkte zurück, und in dem Moment spritzte ein glänzender Wasserstrahl in einem Bogen durch die Luft, bevor er auf den Boden traf. Die Pferde prusteten und schlenkerten die Köpfe, und sie lachte laut, als sie sah, wer da vorbeiritt, aber es war nicht böse gemeint, und ich errötete nicht.

Sie hatte eine schöne Stimme, die sich nach allem, was ich wußte, möglicherweise wie eine Silberflöte anhörte, und mein Vater drehte sich im Sattel um und sah mich an, der ich direkt hinter ihm ritt. Ich war noch immer darum bemüht, herauszufinden, wie ich im Sattel sitzen konnte, damit es sich richtig anfühlte. Sei locker in den Hüften, hatte mein Vater gesagt, laß die Hüften zu einem Teil des Pferdes werden. Du hast dort ein Kugellager, sagte er. Benutze es, und ich merkte, daß ich eins hatte, daß mein Körper so zusammengesetzt war, daß ich gut mit ihm reiten konnte, wenn ich wollte.

»Kennst du *sie* auch?« fragte mein Vater jetzt.

»Ja doch, wir kennen uns gut«, sagte ich, »ich habe sie ein paarmal besucht«, was zwar überhaupt nicht stimmte, aber ich wußte nicht, an wen er dachte, wenn er *sie auch*, sagte, ob er Jons Mutter meinte, und die Art, wie er es sagte, ließ mich darüber nachdenken, ob er wegen des Vorfalls bei den Poltern immer noch wütend auf mich war, und dann sagte er:

»Wie wäre es mit jemandem in deinem Alter?«

»Es gibt ja niemanden hier«, sagte ich, und das stimmte auch. In zwei Sommern hatte ich im Umkreis von mehreren Kilometern noch kein Mädchen in meinem Alter gesehen, und das war mir ganz recht. Ich brauchte keine in meinem Alter, was sollte ich mit ihr? Es war gut so, wie es war, und ich hörte, daß meine Stimme steif und abweisend klang, und er sah mir direkt in die Augen, und dann lächelte er.

»Da hast du, verdammt noch mal, recht«, sagte er, drehte sich wieder um, und ich hörte, daß er lachte.

»Worüber lachst du?« rief ich und merkte, daß ich wütend wurde, aber er drehte sich nicht um und sagte nur in die Luft:

»Ich lache über mich.« Jedenfalls glaube ich, daß er das sagte, und es kann gut sein, daß es stimmte. Das konnte er nämlich: über sich selbst lachen. Was ich persönlich nicht so gut konnte, während er es häufig tat. Aber warum er es genau jetzt tat, verstand ich nicht. Dann berührte er das Pferd ganz leicht mit den Hacken in den Seiten, und es erhöhte das Tempo und fiel in leichten Trab.

»Jetzt geht's los«, rief er, und ich, der ich hinter ihm ritt, war ausreichend damit beschäftigt, darauf zu achten, daß das Kugellager in den Hüften richtig funktionierte, als mein Pferd ebenfalls die Gangart wechselte und ihm folgte, und der Stall verschwand zwischen den Bäumen hinter uns, und die Sennerin blieb mit glänzenden braunen Knien unter dem Trachtenrock, die starken braunen Arme in die Luft gereckt, auf dem Hof zurück.

Wir folgten dem Weg, bis er zu einem Pfad wurde, aber wir bogen nicht auf die Lichtung am Fluß und den kleinen Steg im Schilf, wo ich in einer Nacht mit merkwürdigem Licht gewesen war und gesehen hatte, wie mein Vater Jons Mutter küßte, als wäre es das letzte, was er tat. Statt dessen trieben wir die Pferde über einen anderen Pfad, der bald nach Osten ging und allmählich zu einem Elchpfad wurde, der im Zickzack an hohen alten Birken vorbeiführte, und wenn man den Kopf nach hinten legte und durch das Blätterwerk starrte, sah man die großen rauschenden Kronen, und ich tat es, bis ich einen steifen Nacken bekam und mir Tränen in die Augen traten, und wir querten einen tiefen Bach, dessen Wasser eiskalt aussah. Und es war auch kalt, als es zwischen den Pferdebeinen nach oben und auf die Hosenbeine spritzte und sofort durch den Stoff drang, und ein paar Tropfen trafen mich im Gesicht, als wir im Trab durch den Bach planschten, und die Pferde mochten es, daß sich das Terrain zum Furufjell hinauf veränderte. Der Nadelwald stand dicht und unberührt von Einschlägen auf den steilen Hängen, und wir folgten dem Trampelpfad bis auf den Kamm, hielten einen Augenblick auf dem höchsten Punkt an und wendeten die Pferde, um zurückzusehen, und zwischen frischgemähten Wiesen schlängelte sich der Fluß silbermatt über den Baumwipfeln dahin, und die Wolkenbänke lagen über dem Kamm auf der anderen Seite des Tals. Es war ein schöner Anblick, schöner als der Fjord zu Hause. Der Fjord war mir eigentlich vollkommen egal, das war der Punkt, und es war das letzte Mal für lange Zeit, daß ich auf diese Weise über dieses Tal hier blicken konnte, das wußte ich genau, und es stimmte mich nicht wehmütig, wie man vielleicht glauben könnte, sondern fast ärgerlich und ein wenig wütend. Ich wollte weiter. Ich fand, daß mein Vater länger als nötig mit dem Gesicht nach Westen sitzen blieb, und ich wendete das Pferd mit dem Hinterteil zum Tal und sagte:

»Hier können wir nicht bleiben und unsere Zeit vergeuden.« Er sah mich an, lächelte leise, dann wendete er ebenfalls sein Pferd und setzte sich in Bewegung nach Osten, dahin, wo, wie ich wußte, Schweden lag. Wenn wir dort ankämen, würde alles exakt genauso aussehen, wie auf dieser Seite der Grenze, aber es würde sich anders anfühlen, dessen war ich sicher, denn ich war noch nie in Schweden gewesen. Wenn wir überhaupt dorthin wollten. Davon hatte mein Vater nichts gesagt. Ich ging einfach davon aus.

Und ich irrte mich nicht. Wir ritten auf der anderen Seite den Berg hinunter, durch eine schmale Felsspalte mit schlechter Sicht in alle Richtungen, und die Pferde gingen vorsichtig, denn der Weg nach unten war voller Schotter und Steine, die lose waren, und steil war es auch. Ich lehnte mich mit gestreckten Beinen, die Füße fest in die Steigbügel gepreßt, im Sattel nach hinten, um nicht über den Pferdehals zu rutschen und ins Geröll zu fallen, und das Geräusch der eisenbeschlagenen Hufe schlug gegen die Felsen auf beiden Seiten und erzeugte ein Echo, so daß man nicht behaupten konnte, wir würden uns leise vorwärtsbewegen. Aber das war bestimmt nicht weiter schlimm, dachte ich, denn niemand war hinter uns her, keine deutsche Patrouille mit Maschinenpistolen und Fernglas, keine Grenzpolizei mit Spürhunden, kein hagerer, entschlossener US-Marshall auf einem ebenso hageren Pferd, der uns die ganze Zeit tagaus, tagein im gleichen Abstand folgte, nie dichter dran, nie weiter weg, während er geduldig auf den richtigen Zeitpunkt wartete, bis unsere Nerven dünn wie verschlissene Stoffetzen geworden waren und wir einen

Augenblick lang nicht auf der Hut waren. Dann würde er zuschlagen. Ohne zu zögern. Gnadenlos.

Ich drehte mich im Sattel vorsichtig um und sah zurück, um zu prüfen, ob er wirklich nicht da war auf seinem grauen hageren Pferd, und ich lauschte, so gut ich konnte, aber die Geräusche unserer eigenen Pferde in der engen Felsspalte waren viel zu laut, um etwas anderes hören zu können.

Als wir das abschüssige Stück hinter uns hatten, kamen wir auf eine Lichtung, und mit den Schatten des Bergkamms hinter uns, die Sonne im Rücken, begannen die Pferde vor Erleichterung locker zu traben, und mein Vater zeigte auf eine Bergkuppe, auf der gleich einer Skulptur eine einsame knorrige Kiefer stand, und er rief:

»Siehst du die Kiefer da oben?«

Es gab hier ja nicht viel anderes zu sehen, also rief ich zurück:

»Klar sehe ich sie.«

»Dort beginnt Schweden!«, und er zeigte weiterhin auf die Kiefer, als wäre sie schwer zu entdecken.

»Aha«, rief ich, »dann sagen wir doch, wer ist als erster an der Kiefer!«, und ich drückte dem Pferd die Hacken in die Flanken, es ging sofort in Galopp über und stürzte davon, und mir glitten die Zügel aus den Händen, und ich rutschte durch den plötzlichen Ruck geradewegs rückwärts aus dem Sattel, rollte über den Pferdehintern und schlug der Länge nach auf den Boden. Hinter mir rief mein Vater:

»Phantastisch! Noch einmal! Da capo!«, und dann galoppierte er laut lachend an mir vorbei und setzte dem durchgegangenen Pferd nach. Nach nur hundert Metern war es eingeholt, und er beugte sich vor, packte im Galopp die Zügel, ritt auf der Lichtung einen großen Halbkreis und kam im Schritt zurück in einer Weise, die aller Welt zeigte, daß er auch das beherrschte. Aber alle Welt war nicht da, nur ich lag wie ein leerer Sack im hohen Gras und sah, wie er mit den beiden Pferden auf mich zukam, und es tat eigentlich nirgendwo besonders weh, aber ich blieb trotzdem liegen. Er stieg von seinem Pferd, kam bis zu mir heran, ging vor mir in die Hocke und sagte:

»Entschuldige, daß ich gelacht habe, es sah einfach so verdammt komisch aus, wie eine Zirkusnummer. Ich weiß ja, daß es für dich nicht lustig war. Es war unglaublich dumm von mir zu lachen. Tut es irgendwo sehr weh?«

»Eigentlich nicht«, sagte ich.

»Nur ein bißchen in der Seele?«

»Ein bißchen, vielleicht.«

»Laß es sacken, Trond«, sagte er. »Laß es einfach liegen. Es nützt dir nichts.«

Er streckte mir die Hand hin, um mich hochzuziehen, und ich nahm sie entgegen, und er drückte so fest, daß es fast weh tat, aber er zog mich nicht hoch. Vielmehr sank er plötzlich auf die Knie, schlang die Arme um mich und zog mich an die Brust. Ich wusste, verdammt noch mal, nicht, was ich sagen sollte, ich war wirklich überrascht. Wir waren ja gute Freunde, waren es jedenfalls gewesen und würden es ganz sicher wieder werden. Er war der erwachsene Mann, zu dem ich von allen am meisten aufsah, und wir hatten noch immer einen Pakt, davon war ich überzeugt, aber wir umarmten uns normalerweise nicht. Wir konnten uns zum Spaß balgen und uns umklammern und wie zwei Verrückte über das Gras vor der Hütte rollen, wo genug Platz für solche Kindereien war, aber das hier war keine Balgerei. Ganz im Gegenteil. Er hatte so etwas, soweit ich mich erinnern konnte, noch nie getan, und es fühlte sich nicht richtig an. Aber ich ließ ihn gewähren, während ich darüber nachdachte, was ich mit meinen Händen machen sollte, denn ich wollte ihn ja nicht wegschieben, und ich konnte ihn nicht umarmen, wie er mich umarmte, und so blieben sie einfach in der Luft hängen. Aber ich brauchte nicht lange darüber nachzudenken, denn er ließ mich los, stand auf, nahm noch einmal meine Hand und zog mich hoch, bis ich stand. Er lächelte jetzt, aber ich wußte nicht, ob das Lächeln mir galt, und ich hatte keine Ahnung, was ich sagen sollte. Er gab mir nur die Zügel meines Pferdes, bürstete vorsichtig vorne den Staub von meinem Hemd und war wieder ganz normal.

»Wir sollten jetzt zusehen, daß wir nach Schweden kommen«, sagte er, »bevor das ganze Land versinkt und unter uns verschwindet und uns nur noch der Bottnische Meerbusen bleibt und Finnland auf der anderen Seite, und Finnland können wir jetzt nicht gebrauchen.« Ich verstand überhaupt nichts von dem, was er sagte, aber ich sah, daß er den Fuß in den Steigbügel setzte und sich wieder auf das Pferd schwang, und ich tat es ihm nach. Ich versuchte nicht einmal, elegant auszusehen, denn ich war am ganzen Körper steif, und alles tat weh, und wir ritten im Schritt hinauf zu der knorrigen Kiefer, die wie eine Skulptur aussah, und über die Grenze nach Schweden, und es war genauso, wie ich es mir vorgestellt hatte, daß es sich anders anfühlte, auch wenn alles gleich aussah, als wir daran vorbei waren.

In dieser Nacht schliefen wir unter einem Felsvorsprung, wo es schon eine Feuerstelle gab. Es lagen Reste von Tannenzweigen da, die zum Schlafen benutzt worden waren, aber alle Nadeln waren längst braun geworden und abgefallen, deshalb entfernten wir die alten und holten mit der Axt, die ich vor nicht langer Zeit mit großem Eifer benutzt hatte, neue Zweige von den umstehenden Bäumen, und wir ordneten die Zweige zu zwei weichen Betten unter dem Felsen an, und es roch stark und gut, wenn man sich mit dem Gesicht nach unten hineinlegte. Wir holten unsere Decken, machten in dem Steinkreis Feuer und setzten uns jeder auf eine Seite der Flammen, um zu essen. Wir hatten die Stricke zu einem langen Tau zusammengebunden und um die vier Tannenbäume geschlungen, mit ausreichend Abstand dazwischen, so daß eine Umfriedung entstanden war, in der wir die Pferde frei laufen ließen. Wir konnten sie von unserem Feuerplatz aus leise hören, wenn sie über den weichen Waldboden liefen, und ganz deutlich, wenn ihre Hufe mitunter einen Stein trafen, und sie verständigten sich untereinander mit weichen Kehllauten, aber wir konnten sie nicht so gut sehen, denn es war jetzt August und am Abend dunkler. Die Flammen warfen einen Widerschein auf das Felsdach über mir, der den Gedanken bis weit in den Schlaf und in die Tiefe der Träume hinein Farben verlieh, und als ich in der Nacht erwachte, wußte ich zuerst nicht, wo ich war und warum. Aber es gab genug Flammen und Glut und Licht vom Feuer und dem kommenden Tag, daß ich aufstehen und vorsichtig zu den Pferden gehen und die Erinnerung zurückholen konnte, alles in einem langsamen Strom, während Wurzeln und kleine Steine an den nackten Fußsohlen kratzten, und ich redete mit den Pferden über das Tau hinweg ganz still über stille Dinge, die ich im selben Moment wieder vergaß, in dem ich sie gesagt hatte, und ich strich ihnen mit den Händen über die kräftigen Hälse, auf und ab. Anschließend hatte ich ihren Geruch an den Fingern und spürte in der Brust, wie ruhig ich war, bevor ich wegging und hinter einem Felsblock verrichtete, wofür ich aufgestanden war. Auf dem Rückweg war ich so schläfrig, daß ich mehrmals strauchelte, und unter dem Felsvorsprung zog ich schnell die Decke über mich und war sofort weg.

Diese Tage waren die letzten. Wenn ich jetzt hier sitze, in der Küche dieses alten Hauses, in das ich gezogen bin, um es in den Jahren, die mir noch bleiben, zu einem wohnlichen Ort herzurichten, und meine Tochter nach einem überraschenden

Besuch gefahren ist und ihre Stimme und die Zigaretten und das gelbe Licht der Autoscheinwerfer die Straße hinunter mitgenommen hat, und ich zurückschaue, hat jede einzige Bewegung durch die Landschaft damals die Farbe dessen angenommen, was anschließend kam, und läßt sich davon nicht lösen. Und wenn jemand behauptet, die Vergangenheit sei ein fremdes Land, in dem die Leute anders handeln, dann habe ich es wohl die meiste Zeit des Lebens so empfunden, weil ich dazu gezwungen war, aber das will ich nicht länger. Wenn ich mich nur konzentriere, kann ich in das Lager der Erinnerung eintreten, das richtige Regal mit dem richtigen Film finden, darin versinken und in meinem Körper den Ritt durch den Wald mit meinem Vater spüren: hoch über dem Fluß, den Bergkamm entlang, und auf der anderen Seite wieder hinunter, über die Grenze nach Schweden und weit hinein in das, was tatsächlich ein fremdes Land war, jedenfalls für mich. Ich kann mich zurücklehnen und am Feuer unter dem Felsen liegen, wie ich es in dieser Nacht getan habe, als ich ein zweites Mal flüchtig erwachte und meinen Vater mit offenen Augen daliegen sah, wie er zu dem Berg über sich starrte: reglos, die Hände unter dem Kopf, rotes Licht von der Glut auf der Stirn und den Bartstoppeln, und auch wenn ich es wirklich versuchte, gelang es mir nicht zu sehen, ob er die Augen noch einmal schloß, bevor der Morgen kam. Er war ohnehin lange vor mir auf und hatte die Pferde getränkt und sie mit der Bürste gestriegelt und brannte darauf, loszukommen: hektisch in der Art, sich zu bewegen, aber nicht scharf im Tonfall, so daß ich es hätte hören können. So packten wir zusammen, sattelten die Pferde, bevor ich meine Träume aus dem Kopf bekam, und waren unterwegs, ehe ich etwas anderes als ganz einfache Gedanken haben konnte.

war, verdammt noch mal, nicht übel«, und dann lä-
r und befestigte das Seil an einer provisorischen Halte-
n Pferdegeschirr, die er selbst gebastelt hatte, als ich im
ar, nahm die Zügel, stellte sich vor das Pferd und rief:
, und das Pferd zog mit aller Macht, und nichts ge-
Er rief noch einmal: »Zieh!«, und das Pferd zog, und da
wir ein schabendes Geräusch von der Stromschnelle
r, und etwas brach, und der ganze Holzhaufen kippte
orn. Holz um Holz rutschte herunter und wurde von
ömung unterhalb der Stromschnelle erfaßt. In diesem
nt sah mein Vater fast glücklich aus, und an der Art, wie
n ansah, begriff ich, daß ich es auch tat.

Ich hörte den Fluß, bevor ich ihn sehen konnte, und wir kamen um eine Kuppe, und da floß er fast weiß zwischen den Bäumen hindurch, und etwas in der Luft veränderte sich, und das Atmen fiel leichter. Ich konnte sofort sehen, daß es unser eigener Fluß war, nur weiter südlich und ein gutes Stück in Schweden, und auch wenn es nicht möglich ist, das Wasser an der Art, wie es fließt, zu erkennen, so tat ich doch genau das.

Wir gelangten ans Ufer und bewegten uns im Schritt daran entlang nach Süden, so gut es sich machen ließ, und mein Vater schaute hinauf und hinab und auf die andere Seite, und zuerst sahen wir nur einen einzigen Baumstamm, der sich im Schilf verfangen hatte, und dann hingen in einer Untiefe weiter vorn mehrere fest. Da nahm mein Vater die Axt, schlug aus zwei kleinen Kiefern ein paar kräftige Stöcke zurecht, und wir gingen mit Schuhen ins Wasser, ich in meinen Turnschuhen und mein Vater in seinen groben Schnürstiefeln, benutzten die Stöcke als Flößerhaken und zogen die Hölzer wieder in die Strömung. Aber ich konnte sehen, daß er jetzt besorgt war, denn der Wasserstand war nicht sonderlich hoch und zum Flößen nicht geeignet, und mein Vater wollte sofort am Fluß entlang weiter. Wir saßen also wieder auf und ritten mit den langen Stöcken weiter, die wie Lanzen neben den Pferden aufragten so wie Ivanhoe und sein Knappe ihre Lanzen auf dem Weg zu einem Turnier oder einer entscheidenden Schlacht gegen die falschen Normannen in dem alten England wohl hielten. Ich versuchte, meine Phantasie im Zaum zu halten, aber es war nicht einfach, wie ich dort auf dem Pferderücken saß und durch das Uferdickicht ritt, denn der Feind konnte sich jederzeit zeigen. Wir kamen zu einer Flußbiegung und in ihr gab es eine flache Stromschnelle, und darin hatte sich ein Baumstamm mitten in der Strömung zwischen zwei großen Steinen, die nackt und trocken in dem niedrigen Wasser standen, verkeilt, und immer mehr Hölzer waren angetrieben worden und hatten sich dahinter gesammelt. Jetzt hing dort ein großer Haufen, der feststeckte und sich nicht mehr von der Stelle rührte. Das gefiel meinem Vater überhaupt nicht. Er fiel im Sattel ein wenig in sich zusammen, und es quälte mich, ihn so zu sehen, es machte mich unruhig, also sprang ich vom Pferd, lief hinunter zum Wasser, starrte auf den Holzhaufen, und ich lief ein wenig die eine Uferseite hinauf, starrte weiterhin auf den Fluß und lief wieder zurück und noch ein Stück weiter und trat auf der Stelle und konnte nicht stillstehen und betrachtete den Haufen von allen möglichen Seiten. Zum Schluß rief ich meinem Vater zu:

»Wenn wir ein Seil um das eine Holz dort binden«, und ich zeigte auf den Kern des Problems, »und wir es nur ein bißchen von dem Stein wegziehen, löst es sich aus der Umklammerung, und dann rutscht der Rest ganz sicher mit.«

»Es wird nicht einfach sein, dahinzukommen«, sagte er, und seine Stimme war jetzt flach und ohne Glut, »und wir können dieses Holz keinen Millimeter von der Stelle bewegen«, sagte er.

»Nein, wir nicht«, rief ich, »aber die Pferde.«

»Okay«, sagte er, und ich merkte, wie erleichtert ich war. Ich lief zu meinem Pferd, löste das Seil vom Sattel, nahm dann das von meinem Vater, knotete die beiden zusammen und machte am Ende eine Schlinge, machte sie ganz groß, streifte sie über den Kopf und unter die Arme und zog sie über der Brust fest zu, den Knoten irgendwo auf dem Rücken.

»Du paßt auf das andere Ende auf«, rief ich und drehte mich nicht um, um nicht zu sehen, wie er einen direkten Befehl aufnahm, und dann lief ich das Ufer ein Stück hinauf, bis ich es ausreichend fand, und stürzte mich von dort hinein ins Wasser, um den Schock hinter mich zu bringen. Zunächst krabbelte ich mehr oder weniger über den Boden, doch dann wurde es jäh tief, und ich schwamm in die Flußmitte. Die Strömung war hier

nicht stark, zog mich aber dennoc
draußen, und es ging sofort schne
die Hände den ersten Stamm be
er hielt, und schwang mich darau
schuhe fanden auf dem Stamm Ha
kelte, bis sich alles richtig anfühlte
Holz zu Holz zu hüpfen, das Seil h
Haufen hinauf und hinunter, bis zu
zurück, und ich machte ein paar
flüssig waren, um den Rhythmus i
spüren, ob er da war, wie er es scho
manche der Hölzer drehten sich, al
ten ihre Position, aber ich war sc
Gleichgewicht nie, und mein Vater r

»Was machst du da eigentlich?«

»Ich fliege!« rief ich zurück.

»Wann hast du das gelernt?« rief

»Als du nicht hingesehen hast«,
sprang ganz vor zu dem schwierigen
das Ende, um das ich die Schlinge
Stück unter Wasser lag.

»Ich muß ins Wasser«, rief ich. Un
sagen konnte, war ich hineingesprung
stand auf dem Boden. Dort spürte ich
in den Rücken stieß und an den Arme
die Augen und sah das Ende des Baur
streifte die Schlinge über den Kopf ur
ich sie haben wollte. Alles ging wunder
ich dort lange fast schwerelos stehen k
anhalten mit den Händen um den Sta
los und stieg wieder. Mein Vater spann
mich also nur zum Ufer zu hangeln.
Ufer, und mein Vater sagte:

»Das
chelte e
rung ar
Fluß w
»Zieh!«
schah.
hörten
herübe
nach v
der Str
Mome
er mic

III

17

Es war, als habe sich eine Decke herabgesenkt und verberge alles, was ich jemals wußte. Es war, als beginne man das Leben von vorn. Die Farben waren anders, die Gerüche waren anders, das Gefühl, das mir Dinge tief in mir drin gaben, war anders. Nicht nur der Unterschied zwischen Wärme und Kälte, hell und dunkel, lila und grau, sondern ein Unterschied in der Art, Angst zu haben, in der Art, sich zu freuen.

Und ich konnte mich bisweilen freuen, sogar in den ersten Wochen, nachdem ich von der Hütte weggefahren war. Ich freute mich und war voller Erwartung, wenn ich mich aufs Fahrrad setzte und den steilen Nielsenbakken hinunterfuhr, an der Station Ljan vorbei zum Mosseveien, um die sieben Kilometer ins Zentrum von Oslo zu radeln, aber ich war zugleich unruhig und begann mitunter, ohne Grund laut zu lachen, und es fiel mir schwer, mich zu konzentrieren. Alles, was ich entlang der Straße und des Fjords sah, kannte ich von früher, aber nichts war mehr dasselbe. Nesodden nicht, nicht der Bunnefjord bis zum Ingierstrand und dem Haus von Roald Amundsen, Ulvøya nicht, mit der schönen Brücke von der Straße über den schmalen Sund, und auch Malmøya gleich dahinter nicht, nicht der Getreidesilo in Vippetangen oder die grauen Festungsmauern auf der anderen Seite des Hafenbekkens, wo das Amerikaschiff anlegte. Nicht der schwere Augusthimmel über der Stadt.

Ich sehe mich vor mir, wie ich den ganzen Weg bis zum Ostbahnhof in dem fast weißen Sonnenlicht radele: graue kurze

Hose und offenstehendes Hemd, vorbeiflatternd an Bekkelaget, die Eisenbahnschienen hier links, und links den Fjord und rechts neben mir steil aufragend den Felsen mit Ekebergåsen darauf, die Schreie der Möwen, der Geruch kreosotgetränkter Eisenbahnschwellen und der schwere Duft von Salzwasser in der flimmernden Luft. Es war noch warm Ende August, obwohl der Sommer eigentlich vorbei war, eine Hitzewelle fast, und ich konnte so schnell radeln, wie ich wollte, die brennende Luft auf der entblößten Brust, von der der Schweiß rann, oder einfach unter der Sonne trocken dahinsegeln, und manchmal hörte ich mich selbst singen.

Das Fahrrad hatte ich im Jahr zuvor von meinem Vater bekommen, als im ganzen Land kein einziges neues Fahrrad aufzutreiben war. Es war viele Jahre seins gewesen, hatte aber lange Zeiten im Keller gestanden, weil er fast nie zu Hause war, und er brauchte es nicht mehr, es sei eine neue Zeit angebrochen, sagte er, mit neuen Plänen, und das Fahrrad war nicht Teil der Pläne. Das war wohl nur so dahingesagt, aber ich freute mich, es zu bekommen, und wartete es gut. Es gab mir eine Freiheit und einen Radius, den ich nicht missen wollte, ich hatte es mehrmals auseinandergebaut und wieder zusammengeschraubt, wie mein Vater es mir gezeigt hatte. Es war gewaschen und geputzt und geölt, hatte an allen Verbindungsstellen und Zahnrädern Öl, und die Kette lief vollkommen lautlos, immer im Kreis: von der Tretkurbel mit den Pedalen bis zur Nabe im Hinterrad und in dem blankgeputzten Kettenschutz wieder zurück, und zwar von dem Augenblick an, wo ich mich darauf setzte und den Abhang zu Hause hinunterrollte, bis zu dem Moment, in dem ich ebenso lautlos auf die Seeseite des Ostbahnhofs einbog, es dort am Fahrradständer abstellte und einmal mehr durch die hohen Türen trat, von dem beißenden Sonnenlicht draußen in die dunkle staubige Luft in der Halle, um den Fahrplan mit den Ankunftszeiten der Züge zu studieren. Ich ging zusammen mit vielen anderen an den Schranken vorbei und betrachtete die Schilder vor den verschiedenen Bahngleisen, über die sich das schmutzverschmierte Glasdach hoch über den Menschen und Eisenbahnwagen wölbte, aber ich war bestimmt der einzige, der einen uniformierten Schaffner am Ärmel zog und im Detail zu jedem einzelnen Zug befragte, der über Elverum nach Oslo kam. Er sah mich lange an, er kannte mich, ich hatte ihn früher schon gefragt, mehrmals, und er zeigte auf die Schilder, die ich bereits gesehen hatte. Es gab keine Geheiminformationen, keine irgendwo vergessenen Schilder.

Ich war wie üblich zu früh dran. Ich stellte mich neben eine Säule und wartete in dem merkwürdigen Halbdunkel, das in dieser großen Bahnhofshalle zu allen Tageszeiten gleich und doch für keine von ihnen richtig passend war: weder für den Tag noch für den Abend, nicht für den Morgen und auch nicht für die Nacht, und die Schuhe der Leute und ihre Stimmen hallten wider, aber vor allem herrschte eine große Stille hoch oben unter dem Dach, wo die Tauben in langen Reihen saßen, grau und weiß und braun gesprenkelt, und auf mich heruntersahen. Sie hatten überall zwischen den Eisenträgern ihre Nester und verbrachten ihr ganzes Leben dort.

Aber er kam nicht.

Ich weiß nicht, wie oft ich im Spätsommer 1948 diese Strecke fuhr, um auf den Zug aus Elverum zu warten. Und ich war stets gespannt und erwartungsvoll, ja, froh fast, wenn ich mich aufs Fahrrad setzte und den Nielsenbakken hinunterrollte und die ganze Strecke radelte, um dort zu stehen und zu warten.

Aber er kam nicht.

Und dann kam endlich der Regen, auf den alle gewartet hatten, aber ich fuhr weiterhin fast jeden zweiten Tag nach Oslo hinein, um zu sehen, ob er nicht gerade an *diesem* Tag mit dem

Zug aus Elverum käme. Ich trug einen Südwester und Ölzeug, ich sah aus wie ein Lofotenfischer in meinem gelben Aufzug, und ich trug Gummistiefel, und das Wasser spritzte von den Rädern in beide Richtungen und rauschte den Felsen unter dem Ekebergåsen herab zu den Bahngleisen auf der rechten Seite der Straße, bevor sie in einem Tunnel verschwanden und auf der linken Seite ein Stück weiter vorn wieder zum Vorschein kamen, und alle Häuser und Gebäude waren grauer, als sie es je gewesen waren, und verschwanden im Regen, ohne Augen, ohne Ohren, ohne Stimmen, sie erzählten mir nichts mehr. Und dann hörte ich auf. Eines Tages fuhr ich nicht in die Stadt, auch nicht am Tag darauf und nicht am nächsten Tag. Es war, als habe sich eine Decke herabgesenkt und verberge alles, was ich jemals wußte. Es war, als beginne man das Leben von vorn. Die Farben waren anders, die Gerüche waren anders, das Gefühl, das mir Dinge tief in mir drin gaben, war anders. Nicht nur der Unterschied zwischen Wärme und Kälte, hell und dunkel, lila und grau, sondern ein Unterschied in der Art, Angst zu haben, in der Art, sich zu freuen.

Im Herbst kam ein Brief. Er war in Elverum abgestempelt, und auf dem Umschlag stand der Name meiner Mutter, und die Adresse am Nielsenbakken stand darauf, aber der Briefbogen darin war an uns alle drei gerichtet, wir waren namentlich erwähnt, mit Nachnamen, obwohl wir alle denselben hatten. Es sah merkwürdig aus. Es war ein kurzer Brief. Er bedanke sich für die Zeit, die wir zusammen hatten, er blicke voller Freude darauf zurück, aber jetzt habe eine andere Zeit begonnen, und dagegen könne man nichts tun. Er komme nicht mehr nach Hause. In einer Bank in Karlstad, Schweden, habe er noch Geld liegen von dem Holz, das wir im Sommer gefällt und den Fluß hinuntergeschickt hatten. Er habe der Bank bereits geschrieben, und er legte dem Brief eine Vollmacht bei, so daß meine Mutter nach Karlstad fahren und das Geld abheben konnte, wenn sie sich auswies. Lebt wohl. Schluß. Kein besonderer Gruß an mich. Ich weiß nicht. Eigentlich fand ich, ich hätte es verdient.

»Holz?« war das einzige, was meine Mutter sagte. Sie hatte bereits die Schwere im Körper, die sie den Rest ihres Lebens haben sollte, nicht nur eine Schwere in den Armen und Hüften und beim Gehen, sondern eine Schwere in der Stimme und der ganzen Mimik, sogar ihre Lider waren schwer geworden, als wollte sie gleich einschlafen und wäre nicht mehr ganz da, und der Punkt war, daß ich kein Wort von dem erzählt hatte, was mein Vater und ich in diesem Sommer erlebt hatten. Kein Wort. Nur, daß er sobald wie möglich nach Hause kommen würde, wenn das, was er noch zu erledigen hatte, erledigt wäre.

Meine Mutter lieh sich Geld von ihrem Bruder, der nicht von der Gestapo auf der Flucht aus einer Polizeiwache in Südnorwegen 1943 erschossen worden war. Onkel Amund nannten wir ihn. Onkel Arne hieß derjenige, der erschossen worden war. Sie waren Zwillinge. Sie hatten in allem zusammengehalten, waren zusammen zur Schule gegangen, waren zusammen Skilaufen gewesen, waren zusammen zur Jagd gegangen, aber jetzt war Onkel Amund ein einsamer Jäger. Er wohnte in der Wohnung, die Arne und er sich in der Stadt geteilt hatten, in Vålerenga, und er war nicht verheiratet. Er kann damals nicht viel älter als dreißig gewesen sein, doch in der Wohnung roch es nach altem Mann, jedenfalls empfand ich es so, wenn wir dort in der Smålensgata zu Besuch waren.

Mit dem geliehenen Geld kaufte sie Fahrkarten nach Karlstad für den Stockholmer Zug. Ich hatte den Fahrplan studiert: Abfahrt frühmorgens von Oslo Ost, an der Glomma entlang nach Kongsvinger, dann ging es jäh nach Süden über die schwedische Grenze nach Charlottenberg und hinunter nach

Arvika am Glafsfjord und in derselben Himmelsrichtung weiter nach Karlstad, der Hauptstadt von Värmland, an dem großen Vänersee, so groß, daß Karlstad eine richtige Hafenstadt war. Rückfahrt am selben Nachmittag. Meine Mutter wollte, daß ich mitkomme, während meine Schwester zu Hause blieb. Wie immer, sagte meine Schwester, und das stimmte ja auch, aber es war, verdammt noch mal, nicht meine Sache.

Diesmal ging es nicht mit dem Fahrrad über den Mosseveien zum Ostbahnhof, sondern mit dem Lokalzug von der Station Ljan am Fjord entlang, und über dem Fjord war nicht länger Sommer, sondern ein tiefer grauer Himmel, der fast die Wellenberge berührte, und ein gewaltiger Wind, der das Wasser zwischen den Inseln zu weißen Spitzen peitschte. Ich stand am Bahnsteig und sah hoch über den Schienen einen Damenhut fliegen, und die hohen Kiefern, von denen es dort, wo wir wohnten, so viele gab, wankten im Wind und bogen sich gefährlich bei den schlimmsten Stößen. Aber sie würden nicht fallen. Das hatte ich, als ich klein war, so oft geglaubt, daß sie umstürzen würden, die Wurzeln in der Luft, wenn ich am Fenster im ersten Stock saß und nervös auf die schlanken, rotgelben Stämme sah, die der Wind zwischen den Häusern am Abhang zum Fjord hinunter heimsuchte, und sie bogen sich sehr, aber sie fielen nie um.

Am Ostbahnhof wußte ich bestens, an welchen Bahnsteigen die Züge ankamen, und ich wußte, wann die Züge fuhren, und ich führte meine Mutter zum richtigen Gleis, fand den richtigen Wagen und grüßte nach rechts und links Leute, mit denen ich schon einmal gesprochen hatte: Kofferträger und Schaffner und die Dame am Kiosk und zwei Männer, die dort standen und etwas unbestimmbar Ekliges aus einer Flasche tranken, die sie sich teilten, und jeden Tag wurden sie verjagt, und jeden Tag kamen sie ebenso beharrlich wieder zurück.

Ich saß am Fenster in unserem Abteil, mit dem Rücken zur

Fahrtrichtung, weil meine Mutter nicht soherum sitzen konnte, ohne daß ihr übel wurde, sagte sie, und das ging vielen so, aber mir machte es nicht das geringste aus. Der Zug fuhr langsam die Glomma entlang, und draußen am Bahnhof Blaker und bei Årnes huschten die Zaunpfähle nur so vorbei: ping, ping, ping, ping, und die Räder schlugen gegen die Schienenstöße: dungadong, dungadong, dungadong, und ich schlief dort, wo ich saß, mit flimmerndem Licht auf den Lidern ein, kein Sonnenlicht, sondern ein grauweißes Licht vom Himmel über dem Fluß, und ich träumte, ich wäre auf dem Weg zur Hütte und säße im Bus dorthin.

Ich wurde wieder wach und sah blinzelnd über die Glomma und spürte, daß ich es noch in mir hatte: Ich war mit dem Wasser verbunden, mit fließendem Wasser, es war der Sog dieses großen Flusses, der in die entgegengesetzte Richtung floß, denn wir fuhren nach Norden, während der Fluß nach Süden strömte zu den Städten am Meer und schwer und breit war, wie große Flüsse es stets sind.

Ich sah von der Glomma zu meiner Mutter, die mir gegenüber auf dem Sitz im Abteil saß, und in ihr Gesicht, auf dem das Licht mit den Masten und Zaunpfählen entlang der Gleise und mit kleinen Brücken und Bäumen an- und ausging. Ihre Augen waren geschlossen, und die schweren Lider ruhten auf den runden Wangen, als wäre für dieses Gesicht alles andere unnatürlich, außer schlafen, und ich dachte: Er ist, verdammt noch mal, einfach weggeblieben und hat mich bei *ihr* zurückgelassen.

Oh, ich liebte meine Mutter, das meine ich nicht, doch das, was in dem Gesicht vor mir über die Zukunft zu lesen stand, war nicht das, was ich mir vorgestellt hatte. Sobald ich länger als drei Minuten am Stück in dieses Gesicht sah, klemmte mich die Welt an beiden Schultern ein. Und ließ mich kurzatmig werden. Ich konnte nicht stillsitzen. Ich stand von meinem Sitz auf, zog die Tür zur Seite und stellte mich im Gang an die Fenster, die auf die andere Seite gingen, wo die Äcker vorbeirasten und fertig gedroschen und leer und gelbbraun im matten Herbstlicht lagen. Dort stand ein Mann und betrachtete die Landschaft. Und irgend etwas war mit seinem Rücken. Er rauchte eine Zigarette und war weit weg. Als ich ans Fenster trat, drehte er sich fast geistesabwesend um, nickte freundlich und lächelte. Er ähnelte meinem Vater überhaupt nicht. Ich ging den Gang entlang an den Abteiltüren vorbei bis zum Ende des Wagens, machte an dem großen Wasserspender an der Wand kehrt und ging wieder zurück, vorbei an dem Mann mit der Zigarette, wobei ich auf den Boden sah, weiter bis zum anderen Ende, und dort fand ich ein leeres Abteil. Ich ging hinein, schloß die Tür, setzte mich ans Fenster, mit dem Gesicht in Fahrtrichtung, und sah auf den Fluß, der jetzt auf mich zufloß und hinter meinem Rücken verschwand, und es ist möglich, daß ich mit dem Gesicht an der Scheibe ein wenig weinte. Dann schloß ich die Augen und schlief wie ein Stein, bis der Schaffner die Tür mit einem Schlag aufriß und sagte, wie seien jetzt in Karlstad.

Wir standen Schulter an Schulter auf dem Bahnsteig. Der Zug auf den Gleisen hinter uns stand still, sollte jedoch bald wieder abfahren und weiter nach Stockholm. Wir hörten das Zischen eines Ventils, wir hörten das Rauschen des Windes in den Kabeln zwischen den Masten am Bahnhof, und ein Mann auf dem Bahnsteig rief seiner Frau mit einem komischen Akzent zu: Komm jetz!, aber sie blieb mit allen ihren Taschen stehen, wo sie stand. Meine Mutter sah verwirrt aus, und ihr Gesicht war vom Schlafen geschwollen. Sie war noch nie im Ausland gewesen. Nur ich, aber das war im Wald. Karlstad war anders als Oslo. Hier sprachen sie anders, das hörten wir sofort, und es waren nicht nur die Wörter, auch den Tonfall fanden wir fremd. Die Stadt wirkte vom Bahnhof aus gesehen übersichtlicher als Oslo und sah bei weitem nicht so heruntergekommen aus. Aber wir wußten nicht, wohin wir gehen sollten. Wir hatten nur eine Tasche dabei, denn wir wollten nicht hier übernachten oder große Ausflüge unternehmen. Wir wollten eigentlich nur zur Bank, Värmlandsbank hieß sie und befand sich irgendwo im Zentrum dieser Stadt, und dann wollten wir vermutlich etwas essen. Wir gingen davon aus, daß wir Geld genug hätten, um ausnahmsweise einmal im Café zu essen, wenn wir in der Bank gewesen waren und das Geld von meinem Vater abgehoben hatten, aber ich wußte, daß meine Mutter ein Proviantpäckchen gepackt und sicherheitshalber in die Tasche gesteckt hatte.

Wir gingen zum Bahnhofsgebäude, quer über dessen Fliesenboden, kamen nach draußen und überquerten die Straße, die an den Gleisen entlangführte. Wir gingen die Järnvägsgatan hinauf zum Zentrum. An den Häusern auf beiden Seiten hielten wir Ausschau nach dem Schild der Bank, für die wir einen Brief in der Tasche hatten, aber wir sahen keines, und wir fragten uns gegenseitig in kurzen Abständen: Kannst du es sehen? Und dann antworteten wir abwechselnd mit Nein.

Ich trug die Tasche unter dem Arm, und wir gingen weiter, bis die Straße von selbst endete, weil wir zum Klaraälv kamen, der von Norden und den großen Wäldern dort angerauscht kam und sich hier um eine Landspitze teilte. Auf dieser Landspitze standen wir jetzt, und der Fluß floß auf zwei Seiten durch Karlstad hindurch und teilte die Stadt in drei Teile und mündete zum Schluß in den großen Vänersee, wo er fast ein Delta bildete.

»Schön ist das hier«, sagte meine Mutter, und das war vielleicht richtig, aber es war auch kalt, vom Fluß kam ein eisiger Luftzug. Mein Körper war durchgefroren, nachdem ich im Zug geschlafen hatte und dann in das Herbstwetter und den

Wind gekommen war, und ich konnte mir gut vorstellen, hinter mich zu bringen, wofür wir gekommen waren, damit die Abrechnung ein für allemal erledigt war und jemand zwei Striche unter das Ergebnis setzte: So viel hatte man. So viel hatte man ausgegeben. So viel hatte man noch.

Wir änderten die Richtung, gingen weg vom Fluß und nahmen eine andere Straße parallel zu der, die wir gekommen waren.

»Frierst du?« fragte meine Mutter. »In der Tasche ist ein Schal, den kannst du haben. Es ist kein Frauenschal oder so, du blamierst dich also nicht.«

»Nein, ich friere nicht«, sagte ich und hörte, daß meine Stimme einen ungeduldigen gereizten Klang hatte. Das ist mir später im Leben vorgeworfen worden, von Frauen vor allem, weil ich ihn auch Frauen gegenüber verwendet habe. Das gebe ich zu.

Kurz darauf zog ich den Wollschal aus der Tasche. Er hatte meinem Vater gehört, und ich schlang ihn um den Hals, verknotete ihn unter dem Kinn und steckte die langen Enden vorne flach in die Jacke, so daß sie die Brust größtenteils abdeckten. Ich fühlte mich sofort besser und sagte entschieden:

»Wir müssen jemanden fragen. Wir können nicht einfach so durch die Straßen laufen.«

»Ach, wir finden es schon«, sagte meine Mutter.

»Ganz bestimmt, irgendwann, aber es ist ja Quatsch, so viel Zeit zu vergeuden.«

Ich wußte, daß sie Angst hatte, die Leute würden nicht verstehen, was sie sagte, wenn sie jemanden fragte, es würde sie verwirren und sie hilflos aussehen lassen, wie eine Bauersfrau in der Großstadt, hatte sie einmal gesagt, und das wollte sie um jeden Preis vermeiden. Für meine Mutter waren Bauern ein rückständiger Teil der Bevölkerung.

»Ich werde jemanden fragen«, sagte ich.

»Wenn du willst, nur zu. Sonst finden wir es bestimmt bald«, sagte sie. »Es muß ja hier irgendwo sein.«

Bla, bla, bla, dachte ich, ging auf den erstbesten Mann auf dem Bürgersteig zu und fragte, ob er uns helfen könne, die Värmlandsbank zu finden. Er sah ganz normal aus und war kein Säufer, denn er war gut gekleidet, und sein Mantel war ziemlich neu. Ich bin sicher, daß ich in der Wahl der Wörter und der Aussprache klar und deutlich war, aber er sah mich nur mit offenem Mund an, als käme ich aus China und hätte einen spitzen Hut und Schlitzaugen oder nur ein Auge in der Mitte, direkt über der Nase, wie die Zyklopen, von denen ich gelesen hatte. Plötzlich spürte ich die Wut wie eine glühende Säule in der Brust hochsteigen, mir wurde heiß im Gesicht, ich bekam Schmerzen im Hals. Ich sagte:

»Sind Sie schwerhörig?«

»Was?« Es klang wie das Bellen eines Hundes.

»Sind Sie schwerhörig?« fragte ich. »Hören Sie nicht, wenn Menschen mit Ihnen reden? Ist mit Ihren Ohren was nicht in Ordnung? Können Sie uns sagen, wo wir die Värmlandsbank finden? Wir müssen diese Bank finden. Verstehen Sie das nicht?«

Er verstand es nicht. Er verstand überhaupt nicht, was ich sagte. Es war lächerlich. Er starrte mich nur an und ließ langsam das Gesicht von einer Seite zur anderen gleiten, mit nervösem Blick, als wäre die Person, die er vor sich hatte, ein Idiot, einem Heim entflohen, und er müßte jetzt Zeit gewinnen, damit das Aufsichtspersonal sie abholen und zurückbringen konnte, bevor jemand zu Schaden kam.

»Wollen Sie eine in die Fresse haben?« fragte ich. Wenn er nicht verstand, was ich sagte, konnte ich ja sagen, was mir in den Sinn kam. Außerdem war ich genauso groß wie er und nach diesem Sommer in guter Form, denn ich hatte mit meinem Körper alle möglichen Dinge in hohem Tempo gemacht.

Ich hatte ihn in alle Richtungen gereckt und gestreckt und gestemmt, was daherkam, und an Steinen und Bäumen gezogen und war mit dem Boot den Fluß hinauf und hinunter gerudert, ich war fast den ganzen Spätsommer hindurch unzählige Male zwischen dem Nielsenbakken und dem Ostbahnhof hin und her geradelt. Ich fühlte mich stark und auf eine merkwürdige Weise unbezwingbar, und der Mann vor mir sah nicht gerade aus wie ein Athlet, aber es ist möglich, daß er den letzten Satz besser verstand als die ersten, denn seine Augen waren kugelrund geworden, und er war sehr auf der Hut. Ich wiederholte das Angebot:

»Wenn Sie eine in die Fresse haben wollen, das können Sie sofort haben, ich habe verdammte Lust, Ihnen die Fresse zu polieren«, sagte ich, »Sie brauchen es nur zu sagen.«

»Nein«, sagte er.

»Was?« fragte ich.

»Nein«, sagte er, »ich will nichts in die Fresse haben. Wenn du mich schlägst, ruf ich die Polizei.« Er sprach ganz deutlich, wie ein Schauspieler. Das reizte mich gewaltig.

»Wir können schnell herausfinden, ob Sie das machen«, sagte ich und spürte, wie sich meine Hand wie von selbst ballte. Sie fühlte sich warm und in allen Gliedern seltsam stramm an, und ich wußte nicht, woher diese Sätze kamen, die ich mich selbst sagen hörte. Ich hatte solche Dinge noch nie zu jemandem gesagt, nicht zu Leuten, die ich kannte, und schon gar nicht zu Leuten, die ich nicht kannte. Und ich erkannte, daß von der Stelle auf dem Pflaster, auf dem ich stand, Linien in mehrere Richtungen gingen, wie in einem Diagramm, das genau aufgezeichnet worden war, und ich stand in einem Kreis in der Mitte, und heute, mehr als fünfzig Jahre später, kann ich die Augen schließen und die Linien immer noch deutlich sehen, wie leuchtende Pfeile, und auch wenn ich sie an diesem Herbsttag in Karlstad nicht so deutlich sehen konnte, wußte ich doch, daß sie da waren, davon bin ich überzeugt. Und die Linien waren Wege, die ich gehen konnte, und wenn ich mich erst einmal für einen Weg entschieden hatte, fiel das Gittertor mit einem Schlag herab, jemand zog die Zugbrücke hoch, und eine Kettenreaktion wurde ausgelöst, die niemand mehr aufhalten konnte, und es war nicht möglich, sich umzudrehen und in seiner eigenen Spur zurückzugehen. Und eins war sicher: Würde ich den Mann vor mir schlagen, hätte ich eine Entscheidung getroffen.

»Verfluchter Idiot«, sagte ich und begriff sofort, daß ich mich nun doch entschieden hatte, es bleiben zu lassen. Meine rechte Hand lockerte sich unter Schmerzen, und ein deutlicher Ausdruck der Enttäuschung huschte über das Gesicht vor mir. Er hätte wohl gern die Polizei gerufen aus Gründen, die ich nicht verstand, doch im selben Augenblick hörte ich meine Mutter etwas weiter unten auf der Straße rufen:

»Trond!, Trond! Ich sehe sie, hier ist sie. Hier ist die Värmlandsbank!« rief sie, etwas lauter, als mir lieb war. Aber sie hatte zum Glück nicht mitbekommen, was in meinem Leben an meinem Ende der Straße beinahe passiert wäre, und ich trat aus dem Kreis, die leuchtenden Pfeile leuchteten nicht mehr, Diagramme und Linien verschmolzen miteinander, liefen in einem dünnen grauen Strom die Bordsteinkante entlang und verschwanden unter dem nächsten Schachtdeckel. Ich hatte von den Fingernägeln rote Stellen auf meinem rechten Handteller, aber die Entscheidung war gefallen. Hätte ich den Mann in Karlstad geschlagen, wäre mein Leben ein anderes geworden und ich ein anderer Mann. Und es wäre dumm, wie so viele zu behaupten, daß es aufs gleiche hinausgelaufen wäre. Das wäre es nicht. Ich hatte Glück. Ich habe es schon gesagt. Und es stimmt.

In die Bank wollte ich nicht mithineingehen, also blieb ich draußen zwischen den Fenstern stehen, eine Schulter an der grauen Wand, den Wollschal meines Vaters um den Hals: Oktober im Gesicht und ein klares Bewußtsein für den Klaraälv nicht weit hinter mir mit allem, was er mit sich führte, und ein Zittern im Bauch, wie nach einem langen Lauf, wenn man wieder genug Luft bekommt, die eigentliche Anstrengung aber noch festsitzt. Eine Lampe, die jemand vergessen hat zu löschen.

Meine Mutter ging allein hinein, die Vollmacht meines Vaters in der Hand: trotzig und darauf eingestellt, den Auftrag hinter sich zu bringen, aber auch die Last der sprachlichen Verlegenheit spürend. Sie blieb fast eine halbe Stunde weg. Verdammt, war das kalt in der Straße, ich würde bestimmt krank werden. Als meine Mutter schließlich mit einem verwirrten, fast abwesenden Blick im Gesicht herauskam, war es, als hätte die Kälte des Flusses eine dünne Schicht aus einem fremden Stoff um meinen Körper gelegt, was mich eine Spur distanzierter machte, die Haut eine Spur härter als zuvor. Ich richtete mich auf und sagte:

»Hat es nicht geklappt? Haben sie dich nicht verstanden oder wollten sie dir kein Geld geben? Oder gab es vielleicht überhaupt kein Konto?«

»Doch, doch«, sagte sie, »es hat alles geklappt. Es gab ein Konto, und ich habe das Geld bekommen, das darauf war.« Und dann lachte sie ein nervöses Lachen und sagte:

»Aber es waren nur einhundertfünfzig Kronen. Ich weiß nicht, findest du nicht auch, daß das ziemlich wenig ist? Ich habe ja keine Ahnung, aber wie viel kann man eigentlich mit solchem Rundholz verdienen, was meinst du?«

Darin war ich mit meinen fünfzehn Jahren kein Experte, aber es hätte bestimmt das Zehnfache sein müssen. Franz hatte nie einen Hehl daraus gemacht, daß Flößen anders vor sich ging, als mein Vater es plante, daß es ein hoffnungsloses Projekt war und daß er nur deshalb mitmachte und half, weil sie Freunde waren und er wußte, wie verzweifelt mein Vater war. Und auch wenn mein Vater und ich an der Stromschnelle einen Haufen gelöst hatten, bevor wir zurück zur Hütte mußten und ich nach Hause fuhr, hatte es nicht genügt. Der Fluß hatte unerbittlich die Bremsen gezogen: Der Wasserstand war in voller Fahrt nach unten gewesen auf das, was nach den Regenfällen im Juli normal war, und das Holz hatte sich bestimmt verkeilt und quergelegt und in großen Mengen aufgestaut, die nur Dynamit lösen konnte, wenn es soweit wäre, es hatte sich in das steinerne Ufer gebohrt oder in dem niedrigen Wasser ergeben auf Grund gelegt und bewegte sich nicht mehr vom Fleck, und weniger als ein Zehntel der Hölzer kamen am Sägewerk an, bevor es zu spät war. Und das zu einem Wert von nicht mehr als einhundertfünfzig schwedischen Kronen.

»Ich weiß nicht«, sagte ich. »Ich weiß nicht, wieviel Geld man mit Holz verdienen kann. Keine Ahnung.«

Wir standen auf dem Bürgersteig vor der Värmlandsbank und sahen uns an: ich sicher mürrisch und abweisend, wie ich es ihr gegenüber häufig war, und sie verwirrt und ratlos, aber ohne Bitterkeit an diesem Tag. Sie biß sich auf die Lippen, lächelte plötzlich und sagte:

»Ja, ja, dann haben wir wenigstens einen schönen Ausflug gemacht, du und ich, das kommt schließlich nicht jeden Tag vor, oder?« Und dann lachte sie:

»Und weißt du, was das witzigste ist?«

»Ist denn daran etwas witzig?« fragte ich.

»Wir müssen das Geld hier ausgeben. Wir können es nicht so ohne weiteres nach Norwegen ausführen.« Sie lachte laut.

»Irgendwelche Währungsrestriktionen, von denen ich eigentlich hätte wissen müssen. Ich fürchte, ich bin nicht so ganz auf dem laufenden. Das muß ich von nun an dann wohl sein.«

Doch das gelang ihr eigentlich nie, sie war von ihrem Wesen her zu verträumt, die meiste Zeit zu sehr in ihre eigenen Gedanken versunken. Aber an diesem Tag war sie plötzlich ganz wach. Sie lachte noch einmal laut, faßte mich an der Schulter und sagte:

»Komm. Ich will dir was zeigen, was ich auf dem Weg hierher gesehen habe.«

Wir gingen zusammen die Straße hinunter zum Bahnhof. Ich fror jetzt nicht mehr so sehr. Meine Beine waren vom langen Stillstehen steif, und mein ganzer Körper war ziemlich benommen, aber es ließ nach, als wir uns in Bewegung setzten.

Wir blieben vor einem Kleidergeschäft stehen.

»Hier ist es«, sagte sie und schob mich vor sich her durch die Tür. Ein Mann kam aus dem Raum hinter der Theke, verbeugte sich und wollte uns zu Diensten sein. Meine Mutter lächelte und sagte deutlich:

»Wir suchen einen Anzug für diesen jungen Mann hier.« Und natürlich hieß es auf Schwedisch nicht Anzug. Es hieß ganz anders, was wir unmöglich erraten konnten, aber sie formulierte es jetzt einfach und ohne sich zu genieren. In einem Augenblick von Eleganz klackerten ihre Absätze über den Boden hinüber zu den Anzügen, und sie nahm einen davon von der Stange, drehte ihn auf dem Kleiderbügel, legte ihn zur Demonstration über den linken Arm, nickte mir zu und sagte:

»So einen hier, für ihn da.« Und sie lächelte und hängte ihn wieder zurück, und der Mann lächelte und nickte und maß meine Taille und die Länge vom Schritt zum Boden und fragte, welche Größe ich bei den Hemden hätte, worüber ich nie nachgedacht hatte, doch das hatte meine Mutter. Dann ging er zurück zu der Stange und zog einen dunkelblauen Anzug heraus, von dem er meinte, er würde passen, zeigte auf eine Umkleidekabine hinten im Laden und lächelte dabei die ganze Zeit. Ich ging in die Kabine, hängte den Anzug an einen Haken und fing an, mich auszuziehen. Drinnen waren ein hoher Spiegel und ein Schemel. Es war so warm in dem Laden, daß die Haut am Bauch und an den Armen prickelte. Ich war ganz benommen und dösig, setzte mich auf den Schemel und legte die Hände auf die Knie und den Kopf auf die Hände. Ich hatte nur das blaue Hemd und meine Unterhose an und hätte leicht so einschlafen können, hätte meine Mutter nicht gerufen:

»Alles in Ordnung bei dir, Trond?«

»Ja doch«, rief ich zurück, stand auf und zog den Anzug an: die Hose zuerst, dann die Jacke über das blaue Hemd. Er saß wie angegossen. Ich blieb stehen und sah mich im Spiegel an. Ich bückte mich, zog die Schuhe an, richtete mich auf und betrachtete mich erneut im Spiegel. Ich sah aus wie ein anderer. Ich machte die zwei oberen Knöpfe der Jacke zu. Ich rieb mir mit den Handrücken die Augen und mit den Handflächen in kreisenden Bewegungen das Gesicht, und ich zog die Finger hart durch die Haare nach hinten, mehrmals, zog das Stirnhaar zur Seite und an der Schläfe stramm hinter das Ohr. Ich rieb mir mit den Fingerspitzen über den Mund, es prickelte in den Lippen, und das Blut prickelte in der Haut, und ich schlug mir mehrmals ins Gesicht. Ich betrachtete mich wieder im Spiegel. Zog den Mund stramm und kniff die Augen zusammen. Drehte mich in die eine Richtung, sah mich über die Schulter im Spiegel an, drehte mich zurück und tat das gleiche in die andere Richtung. Ich sah aus wie ein völlig anderer Mensch, nicht wie der, der ich bis zu diesem Tag gewesen war. Ich sah überhaupt nicht aus wie ein Junge. Ich fuhr mir noch ein paarmal durch die Haare, bevor ich aus der Kabine trat, und ich kann schwören, daß meine Mutter errötete, als sie mich sah. Sie biß sich schnell auf die Lippen, ging zu dem Mann, der hinter der Theke stand, und hatte immer noch diesen energischen Gang.

»Den wollen wir gern kaufen«, sagte sie.

»Das macht achtundneunzig Kronen genau«, sagte er, und jetzt lächelte er breit.

Ich war vor der Umkleidekabine stehen geblieben. Ich sah, wie der Rücken meiner Mutter über die Tasche gebeugt war, ich hörte das Geräusch der Kasse und den Mann, der sagte:

»Vielen Dank, gnädige Frau.«

»Kann ich ihn anbehalten?« fragte ich laut, und sie drehten sich beide um, sahen mich an und nickten gleichzeitig.

Ich erhielt meine alten Kleider in einer Papiertüte, die ich zusammengerollt unter dem Arm trug. Als wir auf den Bürgersteig traten und in Richtung Bahnhof und vielleicht zu einem Café gingen, in dem wir etwas essen konnten, hakte mich meine Mutter unter, und so liefen wir weiter, Arm in Arm, wie ein Paar, leichtfüßig, die richtige Größe im Verhältnis zueinander, und ihre Absätze klapperten an diesem Tag, und das Echo wurde von den Hauswänden auf beiden Straßenseiten zurück geworfen. Es war, als würde das Gesetz der Schwerkraft in Teilen aufgehoben. Fast wie ein Tanz, dachte ich, obwohl ich in meinem ganzen Leben noch nie getanzt hatte.

Wir sollten nie mehr so zusammen laufen. Als wir zurück nach Oslo kamen, fiel sie in ihre eigene Schwere zurück und verharrte darin für den Rest ihres Lebens. Aber an diesem Tag in Karlstad liefen wir Arm in Arm die Straße entlang. Mein neuer Anzug saß leicht am Körper und folgte mir mühelos bei jedem Schritt. Der Wind kam weiterhin eisig vom Fluß zwischen den Häusern hindurch, und meine Hand fühlte sich geschwollen an und schmerzte dort, wo die Nägel durch die Haut gedrungen waren, als ich sie so fest zur Faust geballt hatte, und doch fühlte sich in diesem Augenblick alles wunderschön an: Der Anzug war schön, die Stadt war schön, wenn man auf dem Straßenpflaster lief, und wir entscheiden schließlich selbst, wann es weh tut.